KB093451

한
명

한

명

김 숨 장편소설

현대문학

차 례

한 명   009

해설 기억의 역사, 역사의 기억 _ 박혜경   269

작가의 말   285

세월이 흘러, 생존해 계시는 일본군 위안부 피해자가
단 한 분뿐인 그 어느 날을 시점으로 하고 있음을 밝힙니다.

1

*

   한 명밖에 남지 않았다고 했다. 둘이었는데 간밤 한 명이 세상을 떠나.

   차분히 담요를 개키던 그녀의 손가락들이 곱아든다. 세 명에서 한 명이 세상을 떠나 두 명 남았다는 소식을 들은 게 불과 한 달 전이다. 귤색이던 극세사 담요는 바래고 물이 빠져 살구색에 가깝다.

   그녀는 마저 담요를 개켜 한쪽으로 치우고 손으로 방바닥을 쓴다. 먼지와 실오라기, 살비듬, 은빛 머리카락들을 손바닥 아래로 모아 뭉치던 그녀는 나직이, 중얼거린다.

여기 한 명이 더 살아 있다…….

*

그녀는 티브이를 켜둔 채 마루로 나간다. 마당으로 내려서려다 말고 어깨를 움츠린다. 고동색 신발 옆, 까치가 날갯죽지에 부리를 처박고 죽어 있다.

나비가 잡아다 놓은 것이다. 나비는 나흘 전에는 참새를 잡아다 놓아두었다. 세상에 태어나 아직 아무것도 쥐어본 적 없는 갓난아기의 손처럼 작고 여린 새끼 참새였다. 그렇잖아도 그즈음 그녀는 골목에서 비행 연습을 하는 새끼 참새를 보았다. 나무 한 그루, 풀 한 포기 없는 그늘지고 후미진 골목에서 새끼 참새는 비상과 추락을 부단히 반복하고 있었다. 그녀가 가까이 다가가려 하자, 허공 어딘가에 숨어 지켜보던 어미 참새가 비상경보기를 작동시키듯 요란하게 울부짖었다. 놀란 새끼 참새는 재빠르게 빗물 홈통 속으로 삼켜지듯 숨어들었다. 그저 새끼 참새의 재롱을 구경하고 싶었던 그녀는, 인간인 자신이 참새들에게 두려운 존재에 지나지 않는다는 걸 쓸쓸히 깨달았다.

그녀는 마루턱에 두 발을 반쯤 걸치고 옹송그리고 앉는다. 죽은 까치와 신발이 이상하게 분간이 안 되어서 몇 번을 번갈아 바라본다.

마당 어디서도 나비의 모습이 보이지 않는다. 나비는 가냘픈 듯 날 선 울음소리로 자신의 존재를 알릴 때도 있지만, 대개는 기척 없이 다녀간다. 대문 옆 플라스틱 용기 속 사료와 물이 줄어든 것으로 그녀는 나비가 다녀갔는지 아닌지를 안다. 주인은 아니지만 그녀는 나비에게 사료와 물을 챙겨준다. 피골이 상접한 고양이가 수돗가를 어슬렁거리기에, 다시국물 낸 멸치를 준 것이 인연의 시작이라면 시작이었다.

야생성이 강한 짐승들 중에 자신이 먹기 위해서가 아니라 인간에게 선물하기 위해 사냥을 하는 짐승이 고양이 말고 또 있을까 싶다. 아무튼 나비는 쥐든, 새든, 자신이 사냥해 잡은 전리품들을 전시하듯 그녀의 신발 옆에 놓아두고는 한다. 나비가 처음 그녀에게 가져다준 선물도 죽은 까치였다. 그녀는 정색을 하고는 나비에게 까치를 원래 있던 곳에 가져다 놓으라고 다그쳤다. 마당 시멘트 바닥에 늘어져 들은 척도 하지 않던 나비는 이튿날 도리어 쥐를 잡아다 그녀의 신발 옆에 놓아두었다.

자신이 애써 잡아다주는 선물들을 그녀가 소름 끼쳐 한다는 걸 나비가 모르지 않으리라.

나비가 인간인 자신에게 가져다주기 위해 살생을 한다는 생각을 하면 그녀는 몸서리가 쳐진다.

간밤에 또 한 명이 세상을 떠났다는 소식을 들어서인지 그녀는 나비의 살생이 다른 날보다 더 불길하고 끔찍하다.

까치의 잿빛 부리는 포도알만큼 벌어져 있다. 벌어진 부리 안은 새빨갛다. 누군가 그 안에 피를 몰래 뱉어놓고 간 듯.

나비는 저 까치를 새벽빛 속에서 잡았을까.

*

신발을 신으려 마루 밑으로 내밀던 오른발을 그녀는 도로 거두어들인다. 오른발이 신발이 아니라, 그 옆 죽은 까치를 향해서.

수돗가로 걸어가던 그녀의 고개가 홀쩍 들린다. 골목에서 까치가 울어서. 까치 울음소리는 울대가 아니라 거무스레한 부리 끝에서 나오는 소리 같다. 지렁이의 살점을 쪼고, 쥐의 내장을 파헤치던 부리 끝에서.

까치가 울 적마다 그녀의 어머니는 여동생들에게 말했다. 집 앞 강으로 다슬기를 잡으러 간 큰딸이 해가 바뀌도록 돌아오지 않자.

"까치가 우는구나, 저 까치 우는 데 좀 가봐라."

그때마다 여동생들이 물었다.

"까치 우는 데는 왜요?"

"까치 우는 데에 네 언니가 죽어 있을지 모른다……"

하여간 까치가 울기만 하면 부엌에서 군불을 지피다가도, 장독에서 간장을 뜨다가도 동생들을 불러 말했다.

"저기 까치 우는 데 좀 가봐라."

여동생들은 무서워서 까치가 우는 데에 가지 못했다.

어머니가 하도 가보라고 해서, 둘째 여동생은 거짓말을 다 했다. 까치 우는 데가 아니라 고구마밭에 다녀와서는.

"까치 우는 데 가봤는데 언니가 없던걸요."

그녀는 어머니가 살아 있다면 물어보고 싶다. 어째서 어머니가 가지 않고 어린 여동생들에게 가보라고 한 것인지.[1]

다섯 해가 지나도록 큰딸이 돌아오지 않자 어머니는 강냉이 여남은 개를 싸들고 담배밭 너머에 사는 점쟁이를 찾아갔다. 큰딸이 물 건너가 죽었다는 점괘가 나오자[2] 어머니는 밤마다 장독에 물 세 공기를 떠놓고 절을 했다. 간장독 위에 한 공기, 된장독 위에 한 공기, 고추장독 위에 한 공기.[3] 된장독은 장을 못 담가서 비어 있었다. 콩을 꾸어다 기껏 메주를 쑤어놓았더니 배가 고픈 여동생들이 야금야금 다 뜯어 먹어버렸다.[4]

날품을 팔아서 먹고살던 아버지는 식구들이 하루 먹을 양식도 제대로 구해 오지 못했다. 어머니는 황국신민의 서사를 못 외워 식량 배급을 타지 못했다. 일왕에게 충성을 맹세하는 황국신민의 서사를 외워야 식량 배급을 탈 수 있었다. 어머니는 콩기름을 짜고 남은 찌꺼기인 콩깻묵을 얻어다 동생들을 먹였다. 하루 종일 디딜방아를 찧어주고 딩기를 얻어다 시래기를 넣고 끓여 먹이기도 했다.

까치가 하도 집요하게 울어서 그녀는 어머니 목소리가 들려오는 듯하다.

……저 까치 우는 데 좀 가봐라.

그녀는 까치가 우는 곳에 가면 정말로 자신이 있을 것 같다. 군복 허리끈에 발목이 묶이고, 실오라기 한 가닥 걸치지 않은.

눈동자가 고름덩어리 같던 군인이었다. 그녀가 발버둥치자 군인은 허리끈을 풀더니 그것으로 그녀의 발목을 묶었다.[5]

군인은 그녀의 눈이 감기자 잠든 줄 알고 뺨을 찰싹찰싹 갈겼다. 그녀는 눈을 뜨고, 절정에 다다른 군인의 얼굴이 고통스럽게 일그러지는 것을 보았다.

그녀의 몸에 다녀갈 때 군인들은 하나같이 자신들이 지을 수 있는 가장 추악한 표정을 지었다.

*

마지막 한 명이 혹시나 그이가 아닐까. 수년 전 티브이에 나와 그 한마디를 듣기 전에는 절대로 죽을 수 없다 말하던.

신神도 대신해줄 수 없는 그 한마디를.

그 한마디를 평생 기다렸다는 이가 그녀는 아무래도 군자 같다.

침묵하던 그이는 갑자기 블라우스 단추를 끄르기 시작했다. 벗지 않고는 말을 할 수 없다[6]면서. 맨몸뚱이를 보여주지 않고서는.

그이는 블라우스 안에 입은 속옷마저 홀렁 벗더니 배 한복판에 녹슨 지퍼처럼 박힌 수술 자국을 보여주었다.

"애기만 긁어냈으면 내가 애기 낳고 살잖아. 그런데 애기보까지 싹 들어냈지 뭐야. 나는 그것도 모르고 애기 낳으려고 별 지랄을 다 했잖아. 절에 가 공양도 하고, 삼신령께 빌기도 하고 그랬잖아, 굿도 하고."[7]

그곳에서 열여섯 살이던 군자가 애를 가져 배가 불러오자 그들은 말했다.

저년 나이도 어리고 인물도 곱고 더 써먹어야겠으니, 저년 자궁을 들어내라.[8]

60년도 더 전 그녀는 군자의 고향집을 찾아갔다. 동갑내기인 군자가 보고 싶어 죽겠어서.[9]

경상북도 칠곡군 지천면……. 군자가 알려준 고향집 주소를 그녀는 외우고 있었다. 군자의 말대로 낫처럼 휘어진 소릿길 끝에 군자 고향집이 있었다. 보리가 노릇노릇 익어갈 때였다.

인중 위 팥알 같은 점이 인상적인 군자 어머니가 그녀에게 물었다.

"누구요?"

군자 친구라고 하자 군자 어머니가 대뜸 물었다.

"너도 만주 실공장에 갔었냐?"

그녀가 아무 말도 못하자 군자 어머니가 물었다.

"우리 군자는 만주에서 안 나왔냐?"

"군자, 집에 안 왔어요?"

"안 왔다. 우리 군자하고 같이 안 왔냐?"

"같이 못 나왔어요……."

같이 나왔다가 중간에 헤어졌다는 말을 할 수 없어 그녀는 그렇게 말했다.

"왜 같이 못 왔냐?"

"그러게요……."

"같이 왔으면 얼마나 좋으냐."[10]

군자 어머니가 두 손으로 그녀의 팔을 붙잡고 울었다. 그녀의 팔이 자신의 딸이라도 되는 듯.

그녀가 가려는데 군자 어머니는 밥이라도 먹고 가라며 붙들었다. 부엌으로 들어가 군불을 지펴 새로 밥을 지었다. 만주 실공장에 함께 있었던 군자 친구가 왔다는 소문을 듣고는 마을 여자들이 밭일도 팽개치고 몰려왔다.

앞니가 뭉텅 빠진 여자가 다짜고짜 그녀에게 물었다.

"내 딸은 왜 못 나왔냐?"[11]

"아주머니 딸이 누군데요?"

"희숙이 말이다. 우리 희숙이도 군자하고 같이 만주 실공장에 갔다.”

그녀가 아무 말도 못하자, 검은 몸뻬바지를 입은 여자가 그녀의 손을 잡고 물었다.

“우리 상숙이는 몸성히 잘 있나?”

“상숙이오?”

“눈만 커다란 상숙이 말이다.”

“내 딸 명옥이는 왜 안 왔냐?”

“모르겠어요…….”

상심한 마을 여자들이 돌아간 뒤 군자 어머니가 그녀에게 물었다.

“그럼, 너 혼자 왔냐?”

혼자만 살아 돌아왔다[12]는 죄책감에 그녀는 보리밥이 목구멍으로 넘어가지 않았다.

혼자만 살아 돌아온 게 죄가 되나? 살아 돌아온 곳이 지옥이어도?

*

그녀는 아까부터 창문에 붙어 서서 골목을 내다보고 있다. 다이아몬드 무늬가 반복되는 방범창은 페인트가 벗겨지고 곳곳이 녹슬었다. 회칼처럼 가늘고 기다란 햇살이 그녀의 얼굴을 찌르듯 비쳐 든다.

검푸른 곰팡이가 만발한 담벼락을 집요하게 응시하던 그녀는 한순간 발작적으로 숨을 토한다. 마흔일곱 명이라고 들은 게 엊그제 같은데 어떻게 한 명밖에 안 남았을까 싶다.

꽃잎이 방사형으로 퍼진 꽃을 그리듯, 두 발을 번갈아가면서 조금씩 옆으로 옮긴다.

그녀가 발을 뗄 때마다 장판지가 슬쩍 들뜬다. 밀크캐러멜 색깔의 장판지는 뾰족한 것에 찍힌 자국, 뜨거운 것에 덴 자국, 밀려 주름진 자국, 날카로운 것에 긁힌 자국 등으로 지저분하다.

한 생을 등지듯, 그녀는 그렇게 창문에서 천천히 돌아선다.

마흔일곱 명이 아니다.

그 어느 해던가 한 해에 아홉 명이나 세상을 떠나 마흔일곱 명이 되었으니까, 마흔일곱 명이 아니라…….

마흔일곱 명에 아홉 명을 더하면…… 가게나 시장에서 물건을 사고 돈을 계산할 때는 그럭저럭 돌아가는 덧셈과 뺄셈이 그녀는 잘 안 된다.

부엌에 들어갔다 나오는 그녀의 손에 마른국수 봉지가 들려 있다. 잔치국수를 해 먹으려고 사놓고 봉지를 뜯지도 않았다. 그녀는 마루 한쪽에 신문지를 펼치고 그 위에서 봉지를 뜯는다.

신문지 위에 마른국수를 쏟는다.

마른국수 한 가닥을 들어 옆으로 옮기고 중얼거린다. 하나. 또 한 가닥을 들어 옆으로 옮기고 중얼거린다. 둘. 또 한 가닥을 들어 옆으로 옮기고 중얼거린다. 셋. 또 한 가닥을 들어 옆으로 옮기고 중얼거린다. 넷. 또 한 가닥을……

쉰여섯이다.

마흔일곱에 아홉을 더하면.

마른국수를 추슬러 도로 봉지에 담고 일어서던 그녀는 갑자기 정색을 하고 자신의 발을 내려다본다. 발에 신긴 것이 신발이 아니라 죽은 까치만 같아서.

까치가 아니라는 걸 거듭 확인하고도 그녀는 좀처럼 발에서 눈길을 거두지 못한다.

*

입으로 가져가던 국숫발이 미끄러져 대접 속으로 떨어진다. 김치 서너 조각과 고추장으로 비벼 시뻘건 국숫발들은 그새 붇고 있다. 국숫발들을 훑트리다 말고 슬그머니 젓가락을 놓는다.

국숫발을 뽑듯, 석순 언니의 몸에서 피가 쭉쭉 뿜어져 나오던 게

생각나 국수를 못 먹겠다.[13]

산골 오지에 있는 군부대로 출장을 갔을 때였다.

땅딸막한 중대장 하나가 소녀들을 막사 앞에 모아놓고 긴 칼을 뽑아 들었다. 중대장의 돌출된 눈이 광기로 희번덕거렸다.

"군인 백 명을 상대할 자가 누구인가?"[14]

"우리가 무슨 죄를 지었다고 군인 백 명을 상대합니까."

작지만 야무지던 석순 언니가 따지고 들자, 중대장이 병사들을 시켜 석순 언니를 앞으로 끌어냈다.

"반항하면 어떻게 되는지 똑똑히 보여주겠다."

군인들은 닭 껍질을 벗기듯 석순 언니의 몸에서 옷을 벗겼다. 석순 언니의 몸은 깡말라 사내아이의 몸 같았다. 겁에 질린 소녀들은 소리를 내지 않으려고 아랫입술을 깨물었다. 소녀들을 한 명 한 명 섭어먹을 듯 바라보는 중대장과 눈을 마주치지 않기 위해 그녀는 얼른 고개를 떨어뜨렸다. 막사 뒤에서 수십 개의 못을 동시에 박는 소리가 들려왔다. 소녀들은 자신들의 눈앞에서 곧 끔찍한 일이 벌어지리라는 걸 직감적으로 알았다.

군인들이 못을 한 3백 개 심은 나무판을 들고 막사 뒤에서 나왔다. 얼떨떨한 표정의 군인이 석순 언니를 나무판으로 끌고 갔다. 공포에 질려 뒷걸음치는 석순 언니를 군인 둘이 양쪽에서 붙들었다. 다른 군인이 실없이 웃으면서 동아줄로 석순 언니의 두 발을 묶었다. 하나는 석순 언니의 머리를 잡고, 하나는 다리를 잡았다.

그들은 못판으로 석순 언니를 굴렸다. 발가벗겨진 석순 언니의 몸에 못들이 박혔다가 뽑히면서 생긴 구멍들에서 피가 솟구쳤다.

해금이 비명을 지르며 쓰러졌다. 그녀는 자신보다 머리 하나는 더 큰 금복 언니의 겨드랑이에 얼굴을 파묻었다. 부들부들 떨던 기숙 언니가 비명을 지르면서 풀썩 주저앉았다.

석순 언니가 못들 위에서 한 바퀴 돌 때 하늘과 땅이 덩달아 돌았다. 하늘이 소녀들의 발밑에 있었다. 까마귀보다 작지만 까만 새들이 소녀들의 발아래로 곤두박질쳤다.

그들에게는 소녀를 죽이는 게 개를 죽이는 것보다 아깝지 않았다.[15]

그들은 석순 언니를 땅에 묻지 않고 변소에 버렸다.

그들은 죽은 소녀에게는 땅도 아깝고, 흙도 아깝다 했다.[16]

그들이 석순 언니를 어떻게 죽이는지 처음부터 끝까지 지켜봤으면서, 그녀는 석순언니가 어떻게 죽었는지 하나도 기억나지 않는다.

*

설거지를 하다 말고 그녀는 부엌 바닥에 주저앉는다. 아래가 딸그락거려서. 부식된 못이 겉돌듯 딸그락딸그락.[17]

그들은 못으로 찌르기도 했다. 아래가 심하게 부어서 도무지 받아주지 못하자 욕을 퍼붓더니, 아래를 못으로 찔러버렸다.[18]

*

가만가만 마당을 비질하던 그녀의 눈에 개미들이 들어온다. 죽은 나방에 개미가 바글바글 끓고 있다. 나방이 어째서 수돗가 근처에서 죽어 있는 것인지 의아해하던 그녀는 이내 고개를 끄덕끄덕한다. 나방은 어디서든 죽어 있을 수 있다. 장롱 속에서도, 싱크대 속에서도, 쌀통 속에서도.

평안남도 평양이 고향인 석순 언니는 중국 만주에서 죽었다. 석순 언니는 만주 위안소로 오기 전 담배공장에 다녔다. 장수연[19]이라는 담배 가루를 포장 상자에 넣는 일을 했다.

"아침 여덟 시부터 저녁 일곱 시까지 일했는데, 한 달 일하면 쌀 반 말은 살 수 있는 월급을 받았어."

석순 언니가 담배공장에 다닌 이야기를 들려줄 때 한옥 언니가 부럽다는 듯 물었다.

"담배공장에 어떻게 들어갔대?"

"면접 보고, 신체검사 받고 들어갔지. 내가 몸은 작아도 약삭빠르고 깡다구가 있잖아."

담배공장에서 일한 지 1년쯤 지난 어느 날, 석순 언니가 공장에서 돌아와 강낭콩을 삶고 있는데 순사 둘이 찾아왔다. 한 명은 말을 타고, 한 명은 걸어서. 하지가 모레라 날이 환했다. 걸어서 온 순사가 어머니 보고 딸을 일본 방직공장에 보내야 한다고 말했다.

"닷새 뒤에 데리러 올 테니 담배공장에 가지 말고 집에 꼭 붙어 있으라고 하더라구. 도망가고 없으면 식구들을 전부 총살시킨다고 하니 어떡해. 어머니는 절대 못 보낸다고 우는데, 나는 강낭콩이 얼마나 맛있던지 주워 먹느라 정신이 없었어. 닷새 뒤에 정말로 데리러 와서 아침도 먹다 말고 따라나섰잖아."[20]

"나는 된장에 상추 찍어 먹고 있는데 안경쟁이가 데리러 와서 따라나섰잖아. 지금 가야 열차를 탈 수 있다고 하도 성화를 해서."[21]

한옥 언니가 말했다.

"안경쟁이가 누군데?"

동숙 언니가 물었다.

"순사 앞잡이 노릇하던 김 씨. 안경쟁이라고 하면 우리 고향에서는 지나가는 개도 안다."

그녀는 빗자루를 놓고 나방 앞에 쪼그려 앉는다.

나방이 자궁만 같다. 수십 마리의 개미들이 달라붙어, 눈썹보다 작은 이빨로 잘근잘근 집요하게 물어뜯고 있는 나방이 그녀 자신의 자궁만.

개미들이 나라비를 서서 죽죽 밀던[22] 일본 군인들을 떠오르게 해 그녀는 욕지기가 치민다.

주먹을 꽉 쥐고, 오른발을 내밀어 개미들을 짓뭉갠다. 혼비백산한 개미들이 사방으로 흩어진다. 납작하게 눌린 개미들이 허공에 대고 다리를 떠는 것을 보고서야 그녀는 자신의 돌연한 행동이 몸서리쳐지도록 소름 끼쳐 발을 끌어당긴다.

그녀는 신이 자신을 내려다보고 있다면, 어떤 표정을 지을지 궁금하다. 찡그린 표정일까, 화가 난 표정일까, 체념한 표정일까, 안쓰러움이 담긴 표정일까.

그런데 신에게도 얼굴이 있을까?

그렇다면 신의 얼굴도 인간의 얼굴처럼 늙을까?

그녀는 신에게 얼굴이 있다면 늙지 않을 것 같다. 신의 얼굴이라서 늙지 않는 게 아니라, 더는 늙을 수 없을 만큼 늙은 얼굴이라서.

*

장롱에서 요를 내려 거울 아래에 편다.

문지방을 등지고 앉아 요를 손으로 쓸고, 또 쓴다.

서쪽으로 앉은 마루 깊숙이 오후 볕이 든다. 그녀의 그림자가 요 위로 오줌 자국처럼 번진다.

그녀는 요 위로 올라가 천장을 바라보고 눕는다.

눈을 감지만 잠은 오지 않는다. 그녀는 잠들려 애쓰지 않는다. 인간이 잠을 안 자도 죽지 않는다는 것을 그녀는 알고 있다.[23]

지난 70년 동안 그녀는 온전히 잠들었던 적이 없다. 몸뚱이가 잠든 동안에는 영혼이, 영혼이 잠든 동안에는 몸뚱이가 깨어 있었다.

그녀는 감았던 눈을 도로 뜨고 옆으로 천천히 돌아눕는다. 누군가 자신의 옆으로 와서 눕기를 기다리듯 손으로 요를 쓰다듬는다.

그러나 아무도 그녀의 옆으로 와서 눕지 않는다.

2

*

그녀의 신발은 늘 놓여 있는 자리에 놓여 있다. 그 자리를 한순간도 떠난 적이 없는 듯. 신발 왼짝과 오른짝은 꼭 붙어 있다.

신발은 어스름이 군데군데 묻어 대여섯 살 여자아이의 신발처럼 작아 보인다.

누군가 데려다 앉혀놓은 듯, 그녀는 안방 티브이 앞에 꼼짝 않고 앉아 있다. 티브이 속에서 흘러나오는 소리인지, 그녀 입에서 흘러나오는 소리인지 분간하기 어려운 소리가 안방과 마루에 떠돈다.

티브이 속 허리가 낫처럼 휜 늙은 여자는 한자리에서 40년 넘게 비빔밥을 팔았단다. 가마솥만 한 양은솥에서는 돼지 뼈 국물이 은근히 고아지고 있다. 밥과 나물들이 담긴 대접이 여남은 개 양은솥 옆으로 줄지어 놓여 있다. 콩나물, 시금치, 고사리 같은 나물들이 수북이 얹어져 있어서 밥알은 보이지 않는다. 늙은 석공들이 여자의 비빔밥을 먹으러 온단다.

늙은 여자는 국자로 뼈 곤 국물을 떠 대접으로 가져간다. 나물들이 자작하게 잠길 만큼 국물을 부었다가 양은솥에 도로 따른다.

국물을 따를 때 늙은 여자는 대접 속 나물들과 밥알들이 쏟아지지 않게 국자로 그것들을 눌러준다.

토렴을 여섯 번이나 반복하는 늙은 여자의 손놀림은 현란하지 않지만 한결같다.

꽃봉오리가 벌어지듯, 그녀의 왼손 손가락들이 순차적으로 벌어진다. 왼손바닥을 들여다보는 그녀의 입가에 잔잔한 미소가 파문처럼 번진다.

그녀는 종종 환영을 본다. 다슬기들이 왼손바닥 위에서 구물거리는 환영이다. 모두 여섯 마리로, 중간치도, 중간치보다 조금 큰 것도, 작은 것도 있다. 마치 다슬기 가족이 오순도순 모여 있는 것 같다.

환영에 불과하다는 걸 잘 알지만 다슬기들이 손바닥에서 떨어질까봐 조마조마하다. 아니나 다를까 중간치보다 조금 큰 다슬기가 엄지와 검지 사이에 간당간당 매달려 있다. 그녀는 그 다슬기를 집어 손바닥 가운데에 놓아준다.

어느 순간 물거품처럼 사라질 환영에 불과한데도 꿈틀거림이 느껴져 그녀는 어깨를 떤다.

다슬기라는 미물이 지닌 생명력이 얼마나 대단한지 그녀는 알고 있다. 그 작은 게 물 밖에서 얼마나 악착같이 버티는지. 지우개똥 뭉치 같은 게.

그게 70년도 더 전이다. 그게 벌써…….

70년도 더 전 고향 마을 강에서 다슬기를 잡던 그녀는 난데없이 나타난 사내들에게 붙들려 강둑 위로 끌려갔다.

한 명은 그녀의 다리를 잡고 한 명은 팔을 잡더니, 그녀를 트럭 짐칸으로 던졌다. 그녀는 높이 떴다가 세게 떨어졌다. 대여섯 명의 소녀가 그곳에 앉아 있었다.[24]

사내들이 넷이었는지, 다섯이었는지는 기억이 안 난다. 사내들은 자기들끼리 일본말을 했다.

소녀들을 대구역에서 하얼빈역까지 인솔한 사내는 그들 중 하나였다.

죽일까 싶어서[25] 그녀는 자신을 어디로 데리고 가려는 것인지 묻지 못했다.

그저 한도 없이 무서웠다.[26]

트럭은 개울가에 자리한 여관에 들러 소녀들을 한 보따리 태웠다. 겁에 질려 있는 그녀와 다르게, 여관에 있던 소녀들은 명랑하니 들떠 있었다. 자기들끼리 얘기를 하다가 까르르 자지러지기도 했다. 여관을 떠나기 전, 그녀는 변소에 다녀오다 산비탈에 피어 있는 보라색 꽃을 보았다. 생전 처음 보는 꽃을 신기한 듯 바라보는 그녀에게 한 소녀가 물었다.

"예쁘니?"

"무슨 꽃이에요?"

"도라지꽃이야."

그녀보다 머리 하나는 더 크던 소녀는 까만 깡동치마에 단추 달린 긴 면적삼을 입고 게다를 신고 있었다.

"따줄까?"

소녀가 물어서 그녀는 얼떨결에 고개를 끄덕였다. 도라지꽃을 따려고 산비탈 쪽으로 다가가는 그녀를 향해 사내 하나가 소리를 질렀다. 그 소리에 놀라 허둥거리는 소녀의 발에 도라지꽃이 밟혀 뭉개졌다.

열차를 타고 가는 내내 소녀의 게다 신은 발에는 짓뭉개진 도라지꽃이 달라붙어 있었다.[27]

트럭이 한 식경쯤 달려가 소녀들을 부려놓은 곳은 대구역이었다.

대구역에서 도망치지 못한 것이 그녀는 두고두고 한이지만, 다시 그때로 되돌아간다 해도 도망칠 엄두를 못 낼 것 같다. 그녀를 납치해 트럭에 태운 사내들이 지키고 서 있는 데다, 대구역은 일본 헌병들과 군인들로 버글거렸다. 더구나 그녀는 생전 처음 보는 역사驛舍의 기세에 기가 눌려 있었다.

소녀들은 파도처럼 밀려들고 밀려가는 사람들 무리에 떠밀리지 않기 위해 서로서로 손을 잡았다. 소녀들의 나이는 대개 열대여섯 살이었다. 옷차림은 제각각이었다. 몸뻬 비슷한 바지에 하오리를 입은 소녀도, 까만 유똥치마에 하얀 자미사 저고리를 입은²⁸ 소녀도 있었다. 그녀는 아래에는 깡똥하고 얄궂은 바지를 입고²⁹ 위에는 검정 광목 저고리를 걸치고 있었다.

흰 치마저고리에 명주 실타래 같은 머리를 쪽지고, 흰 광목 보자기에 싼 장닭을 끌어안고서 열차를 기다리던 늙은 여자가 소녀들로부터 멀지 않은 곳에 서 있었다. 벼슬이 유난히 크고 붉던 장닭은 보자기 밖으로 삐죽 내민 대가리를 경기하듯 흔들어댔다.

시커먼 열차 대가리가 목이버섯 같은 연기를 토하면서 선로 위로 떠오를 때 그녀는 왼손을 그러쥐었다. 어디로 가는지도 모르고 소녀들에게 떠밀려 열차에 오르는 그녀의 왼손에는 다슬기 여섯 마리가 쥐어져 있었다. 그녀가 손을 너무 꽉 그러쥐어서 다슬기들이 손바닥에 구멍을 내듯 파고들었다.

키가 크고 낮이 긴, 쉰 살은 넘었을 것 같은 사내가 뒤에서 소녀들을 몰면서 열차에 올랐다. 그녀를 들어 트럭 짐칸으로 던질 때 다리를 잡았던 사내였다. 그때만 해도 쉰 살이면 영감이었다.[30] 풍덩하고 후줄근한 바지 위에 흰 저고리를 걸친 사내의 더부룩한 머리가 소금밭을 뒹굴다 온 듯 희끗희끗했다.

열차 안에서 소녀들에게 건빵처럼 메마르고 누르스름한 빵 쪼가리를 나누어 주던 이도 그 사내였다.[31]

열차는 복도를 사이에 두고 양옆으로 소녀 셋이 나란히 앉을 수 있는 의자가 마주보고 있었다. 둘씩 짝을 지은 일본 군인들이 수시로 복도를 돌아다녔다.[32]

포항에서 올라왔다는 열차에는 포항 소녀 넷이 타고 있었다.

대구역에서 탄 열차가 원산이라는 곳을 지날 때까지도, 그녀의 왼손에 쥐어져 있던 다슬기들은 살아 꿈적거렸다.

그녀는 잠들지 않으려고 애썼다. 잠든 새 다슬기들이 손가락 새새로 달아나버릴까봐. 막연했지만 다슬기들이 자신을 고향 마을 강가로 데려다 놓으리라는 믿음 같은 게 있었다. 그래서 다슬기들이 말라죽을까봐, 손가락으로 침을 찍어 발라주었다. 구린 듯 달짝지근한 냄새를 풍기는 침은 그러나 금세 말랐다.

문득, 한 명의 심정이 어땠을까 싶다. 다른 한 명이 세상을 떠나 자신만 남았다는 소식을 전해 들었을 때.

망망한 바다에 홀로 떠 있는 배처럼 두렵고 외롭지 않았을까. 여기 한 명이 더 살아 있다는 것을 알면 위안이 되려나. 여기 한 명이 더 살아 있다는 것을, 세상 사람들에게는 아니더라도 그이에게는 알려야 하는 게 아닌가? 그러나 그녀는 한 명이 어디에 사는지도 모른다.

그녀 또한 일본군 위안부였지만 세상 사람들이 그녀의 존재를 까맣게 모르는 것은, 그녀가 위안부 신고를 하지 않아서다.

그녀는 자신처럼 위안부 신고를 하지 않고 살아가는 이가, 어딘가에 또 있으리란 생각이 든다. 창피스러워서, 너무 부끄러워서. 자신의 잘못이 아닌데도.[33]

갑자기 여기가 어딘지 모르겠어서 방 안을 휘둘러보던 그녀의 시선이 거울에 고정된다. 아침저녁으로 들여다보는 거울이 한 번도 들여다본 적 없는 미궁의 세계처럼 낯설다.

여기가 어딘가…….

열차를 타고 가는 내내 그녀는 속으로 수백 번을 물었다. 여기가 어딘가……. 대구역에서 열차에 오르기 전까지 그녀는 집에서 10리 밖을 모르고 살았다.[34] 막연히 열차가 움직이는 방향이 북쪽임을 알 수 있었다.[35] 열차가 자꾸자꾸 북쪽으로 가는 게 이상했지만 물어볼 수도 없었다.

그래서 대전이라고 하면 대전인 줄 알았다. 봉천이라고 하면 봉천인 줄, 청진이라고 하면 청진인 줄.[36]

그녀는 소녀들이 소곤소곤 나누는 이야기를 귀담아들었다.

"너도 저 만주 가니?"[37]

"나도 만주 간다."

"우리도 만주 간다."

"만주 가면 돈을 가마니로 쓸어 담는다더라."

10리 밖을 모르고 살던 소녀들에게 만주는 저 만주였다.

"나는 간호사 시켜준다고 해서 간다."[38]

붉은 양단 저고리에 석탄처럼 시커먼 깡동치마를 입은 소녀가 말했다.

"나는 옷 만드는 공장에 가는데."

연두색 저고리를 입고 머리를 길게 땋아 내린 소녀가 말했다.

"나는 야마다공장에 실 푸러 간다."[39]

눈이 바늘처럼 가는 소녀의 얼굴은 얽어 있었다.

"나는 좋은 데 간다."

까만 유똥치마에 하얀 자미사 저고리를 입은 소녀가 히죽 웃었다.

"좋은 데?"

"구장 아저씨가 좋은 데에 취직시켜준다 해서…… 아버지가 무슨 일 하는 데냐고 하니까 좋은 데, 좋은 공장이라고. 아무튼 좋은 공장이니까 가기만 하면 된다고 해서."

"돈은 많이 준대?"

"돈은 일하는 것 봐가지고."[40]

"너는 무슨 공장에 가니?"

그녀의 옆에 타고 있던 소녀가 그녀에게 물었다. 소녀의 무명 저고리 소맷동 밑으로 드러난 팔목이 앙상했다.

"몰라요."

강가에서 다슬기를 잡다가 끌려왔다고 말하려던 그녀는 사내와 눈이 마주쳐 얼른 입을 다물었다.

열차는 달리다 말고 굴속에서 한참을 서 있기도 했다.

사흘이었는지, 나흘이었는지 모르겠다. 중간에 열차를 갈아탄 것도 같은데 그것 역시 잘 기억나지 않는다.

사내가 마침내 내리라고 해서 내린 역이 하얼빈역이었다. 5월 중순이었지만, 3월 초순 날씨처럼 서늘했다. 하늘은 시멘트를 한 벌 바른 듯 흐리고 에굳었다. 그곳이 3월에도 버선목까지 덮도록 눈이 내리는 곳이라는 걸 소녀들은 알지 못했다. 소녀들의 얼굴은 사나흘 씻지 못한 데다 열차 연기를 뒤집어써서 시커멓게 그을려 보였다. 눈이 동그란 소녀의 하얀 자미사 저고리도 때가 타고 구겨져 있었다.

역 주변은 일본 군인들 천지였다. 군장을 갖추고, 둘둘 만 군용 담요를 혹처럼 등에 짊어지고, 장총을 오른쪽 어깨에 걸친 일본 군인들은 무리를 지어 분주히 어디론가 이동하고 있었다. 맨땅에 드러누워 잠든 군인들도 있었다. 철모 쓴 머리를 한 방향으로 하고 잠든 군인들은 똑같은 악몽을 꾸는 듯 고통스러운 얼굴이었다. 놀다가 지쳐 잠든 사내아이처럼 앳된 얼굴도 있었다. 어떤 군인은 철모가 벗겨져 나뒹구는 것도 모르고 이를 빠드득빠드득 갈았다. 말이 끄는, 자갈을 한가득 실은 수레가 옆으로 지나가는데도 군인들은 깨어나지 않았다.

까맣거나 흰 광목 보따리를 부둥켜안은 소녀들이 역전 한쪽에 소복이 앉아 있었다. 그 소녀들의 얼굴도 며칠 씻지를 못했는지 더러웠다. 진흙이 여기저기 튀고, 짐칸에 친 포장이 너덜너덜 찢긴 화물트럭이 달려오더니 소녀들 앞에 섰다.

끝없이 펼쳐지는 허허벌판을 화물트럭이 몇 뼘씩 튀어 오르며 한나절을 달려간[41] 곳에는 베니어합판으로 사방을 두르고 지붕에 기와를 얹은 집이 있었다.

비둘기색 기모노 차림에 게다를 신은, 땅딸막한 여자가 발을 질질 끌면서 철사 울타리[42] 너머에서 걸어 나왔다.

화물트럭 짐칸에서 내리는 소녀들을 보자마자 여자는 숫자를 셌다. 양이나 염소 같은 가축의 마릿수를 세듯.

하늘은 노을이 져 피 빨래[43]한 물을 뿌려놓은 것 같았다.

철조망 너머로 눈길을 주던 그녀는 비명을 질렀다. 파란 기모노 차림에 얼굴을 빨갛게 칠한 여자가 귀신처럼 서 있었다. 입에 뭔가를 물고 있는 여자는 진짜 사람이 아니라 허수아비였다. 허수아비가 입에 물고 있던 것은 곤약이었다.[44]

소녀들의 숫자를 세던 여자가 갑자기 화물트럭 운전수와 일본말로 야단을 하면서 싸웠다. 그녀는 겁이 나 광목 보따리를 끌어안은 소녀의 뒤로 숨었다. 열차를 타고 오는 내내 소녀는 품에서 광목 보따리를 내려놓지 않았다. 열차가 청진을 지날 때 소녀는 광목 보따리에서 백설기를 꺼내 다른 소녀들과 나누어 먹었다. 소녀의 엄마가 배고프면 먹으라고 싸주었다는 백설기에는 쥐의 눈처럼 까맣고 작은 콩이 점점이 박혀 있었다. 검은 콩이 쉬어서 새콤한 냄새가 났지만 소녀들은 백설기를 입에 넣고 곤죽이 될 때까지 씹었다.[45]

화가 난 운전수가 가축 떼를 몰듯 소녀들을 철조망 울타리 안으로 몰았다. 콧수염을 기른 운전수는 누런 당꼬바지에 검은 개똥모자를 쓰고 도수가 높은 금테 안경을 끼고 있었다.[46]

여자는 소녀들에게 자신을 하하라고 부르라고 했다. 하하가 일본말로 엄마를 뜻한다는 걸 그녀는 다른 소녀로부터 들어서 알았다.

하하는 소녀들에게 내일부터 군인을 받아야 한다고 말했다. 그 말을 그녀는 군인들이 오면 밥도 해주고, 군복이나 양말 같은 빨래도 해주고 해야 한다는 소리로 들었다.

야마다공장에 실 푸러 간다던 소녀가 하하에게 물었다.

"군인 받는 게 뭐예요?"[47]

소녀는 열차가 중국을 가는지 일본을 가는지도 모르고[48] 마냥 자기는 야마다공장에 간다고 했다. 열차가 북쪽으로 달리는데도 야마다공장에 간다고 해서, 그녀는 야마다공장이 북쪽에 있는가 보다 했다.

"군인들이 오면 데리고 자야 한다."[49]

하하의 말에 소녀들은 영문을 몰라 서로의 얼굴을 쳐다보았다. 소녀들은 그렇지 않아도 돼지 막사 같은 집만 있고 공장처럼 생긴 건물은 어디에도 없어서 이상해하던 참이었다.

"우리가 군인을 왜 데리고 자요?"

열차가 달리는 동안 경성을, 평양을, 신의주를, 만주 안동을, 장춘을 지나고 있다는 것을 다른 소녀들에게 알려주던 소녀가 따지듯 물었다.

"군인들 받는 데 왔으니, 군인들을 받아야 한다."

"나는 간호사 시켜준다고 해서 왔지, 군인 받는 데면 안 왔을 것이오."

뻐드렁니가 난 소녀가 따졌다.

"대일본제국에 몸 바쳐 일하면 우리가 너희를 잘 돌보아주겠다."[50]

"나는 좋은 데 취직시켜준다고 해서 왔는데요."

"우리는 모르는 일이다."[51] 하하가 시치미를 뗐다.

"왜 거짓말을 하나요?"[52]

열차에서 백설기를 나누어 주었던 소녀가 따지고 들자 하하는 소녀의 뺨을 때렸다.

집에 보내달라고 떼를 쓰는 소녀에게 하하는 도리어 만주까지 데리고 오느라 든 여비를 내놓으라고 따졌다. 빚을 갚기 전에는 못 보내준다고 엄포를 놓았다.[53] 그녀는 자신은 다슬기를 잡다가 붙잡혀 왔다고 말하고 싶었지만 무서워서 입이 떨어지지 않았다.

"너희들이 뒷바라지를 안 하면 군인들이 전쟁을 어떻게 하겠느냐?"[54]

하하가 정색을 했다.

"군인들 뒷바라지하는 데인 줄 알았으면 내가 절대로 안 따라왔을 것이오."

고개를 가로젓던 소녀가 자기는 군인을 받는 대신에 밥하고 빨래를 하겠다고 하니까 하하는 그 소녀의 뺨도 때렸다.

그녀는 군인들을 데리고 자야 한다는 소리도, 몸을 바쳐 일하라는 소리도 무슨 뜻인지 이해가 안 되었다. 엄마가 보고 싶다는 생각 말고는 아무 생각도 들지 않았다. 집에 보내달라고 조르면서 그녀가 훌쩍훌쩍 울자 하하는 그녀의 뺨도 때렸다. 기분 나쁘게 운다고.

야마다공장에 실 푸러 간다던 소녀에게 하하가 말했다.

"너는 오늘부터 후미코다."

소녀는 그렇게 후미코가 되었다.

하하가 소녀들에게 너는 오늘부터 오카다다 하면 오카다가 되었다.[55]

밤이 되자 하하는 소녀들을 방방마다 한 명씩 집어넣었다.

*

소녀들은 자기들끼리 있을 때는 하하가 지어준 일본 이름이 아닌, 고향에서 부르던 이름을 불렀다.

그녀는 소녀들의 이름이 떠오르는 대로 소리 내어 중얼거려본다.

기숙 언니, 한옥 언니, 후남 언니, 해금…… 금복 언니, 수옥 언니, 분선…… 애순, 동숙 언니, 연순, 봉애, 석순 언니…….

열차에서 그녀의 옆자리에 앉았던 소녀가 기숙 언니였다.

순덕, 향숙, 명숙 언니, 군자, 복자 언니, 탄실, 장실 언니, 영순, 미옥 언니…….

열차에서 자신은 바늘공장에 간다던 소녀가 한옥 언니였다. 무조건 좋은 데 간다던 소녀는 애순, 대구역으로 가는 도중에 들렀던 여관에서 도라지꽃을 따주려 했던 소녀는 동숙 언니, 야마다공장에 실 푸러 간다던 소녀는 봉애…….

연순은 몰래 집을 나왔다고 했다. 엄마도 모르게, 변소에 가는 척 입은 그대로.[56] 만딸인 자신이 공장 가 돈 벌어 오면 동생들이 배곯지 않고 살지 않을까 싶어서.

"엄마가 막내를 낳았는데, 배 속에 가졌을 때 먹지를 못해서 쥐 새끼 같았어. 할머니가 그러더라구, 애기 낳은 여자가 속이 비면 미친다구…… 그래서 내가 함지박 하나 들고 집집마다 돌아다니면서 구걸을 해다 어머니를 먹였잖아."[57]

간호사 시켜준다는 말만 믿고 만주까지 온 소녀가 수옥 언니였다.

그녀의, 대추씨만큼 벌어진 입속 혀가 달싹인다. 마분지처럼 메마른 혀끝에 이름 하나가 떠오를 듯 떠오르지 않는다.

그녀가 그나마 소녀들의 이름을 그만큼 외우는 것은, 종종 구구단을 외우듯 소녀들의 이름을 중얼거리고는 했기 때문이다. 손가락을 꼽아가면서 불러보고는 했는데도 기억나지 않는 이름들이 있다.

개중에는 부모가 이름을 지어주지 못해서 변변한 이름도 없이 살다가[58] 만주까지 끌려온 소녀도 있었다. 부산 사투리를 심하게 쓰던 소녀가 그랬다. 위안소에서 그 소녀는 이름을 두 개나 가졌다. 하하가 지어준 이름 하나, 일본 장교가 지어준 이름 하나.

하하는 그녀에게도 일본 이름을 주었다. 그래서 그녀는 이름이

네 개나 되었다. 어릴 때 고향집에서 부르던 막 이름, 아버지가 호적에 올리려고 지은 이름, 면사무소 직원이 호적에 올린 이름, 하하가 지어준 일본 이름.

군인들이 지어준 이름들까지 합하면 그녀의 이름은 열 개가 넘었다. 그녀의 몸에 다녀갈 때 군인들은 마음대로 이름을 지어 부르고는 했다.[59] 도미코, 요시코, 지에코, 후유코, 에미코, 야에코…….

몸뚱이는 하나인데 이름이 네 개라서인지, 그녀는 때때로 몸뚱이 속에 네 개의 영혼이 살고 있는 것 같다.

키가 고작 150센티인 몸뚱이 속에 네 개의 영혼이.

위안소에 있을 때 그녀는 몸뚱이가 하나인 것이 가장 원망스러웠다. 하나인 몸뚱이를 두고 스무 명이, 서른 명이 진딧물처럼 달려들었다.

하나인 그 몸뚱이도 그녀 자신의 것이 아니었다.

그런데 자신의 것이 아니던 몸뚱이를 부려 그녀는 이제껏 살아왔다.[60]

*

만주 위안소에 도착한 이튿날, 하하는 소녀들을 마당으로 불러냈다. 검은 개똥모자를 벗고 쥐색 개똥모자를 쓴 오토상이 소녀들을 벌판으로 몰았다.

걸어가는 길에 일본군 부대를 보았다. 함성 소리가 들려서 고개를 들어보니 철조망 너머로 일본 군인들이 노랗게 깔려 있었다.

30여 분을 걸어가자 아무렇게나 지은 초가집[61]이 나왔다. 군용트럭이 울타리도 없는 초가집 앞에 서 있었다. 일본 군인들이 초가집 주위를 어슬렁거리고 있었다. 오토상은 소녀들에게 줄을 서라고 했다. 소녀들이 서로 뒤에 서려고 뒷걸음질 치자 그는 금복 언니의 얼굴을 주먹으로 때렸다. 놀란 금복 언니가 손으로 자신의 볼을 감싸면서 앞으로 가서 섰다. 소녀들은 한 명씩 차례로 초가집 안으로 들어갔다. 그녀는 끝에서 세 번째였다. 소녀들이 들어가고 나올 때만 싸리문이 열려서 그 너머에 무엇이 있는지 그녀는 볼 수 없었다.

첫 번째로 들어간 애순은 못 볼 것을 본 듯 얼굴을 붉히면서 뛰어나왔다. 까만 유똥치마를 다급히 추스르면서 숨을 곳을 찾는 듯 두리번거리더니 군용트럭 뒤쪽으로 가서 쪼그리고 앉았다. 그사이에 해금이 들어갔고 얼마 지나지 않아 새된 비명 소리가 들렸다. 세 번째로 들어간 금복 언니는 얼굴을 잔뜩 찡그리고 걸어 나왔다. 줄이 줄어들수록 그녀는 겁이 났다. 숨을 데를 찾는 그녀의 그림자를 오토상이 군화 신은 발로 밟고 있었다.

마침내 차례가 되어 싸리문을 밀고 초가집 안으로 들어가자 일본 군의관과 간호사가 기다리고 있었다. 간호사는 나이가 제법 든 일본 여자로, 얼굴이 바위처럼 컸다.

간호사가 일본말과 조선말을 섞어가면서 그녀에게 의자처럼 생긴, 나무로 짠 물건 위로 올라가라고 말했다. 바닥에 네모난 구멍이 난 물건 위로 올라가서야 그녀는 자신보다 먼저 싸리문 안으로 들어갔던 소녀들이 왜 하나같이 치마를 추스르면서 정색을 하고 뛰쳐나왔는지 알았다.

초가집에서 소녀들이 받은 것은 산부인과 검사였다. 나무로 짠 물건은 검진대였다.

"아카찬오 츠레테 키타네.*"

유령처럼 창백한 낯빛의 군의관이 투덜거리더니 알루미늄 재질의 오리주둥이처럼 생긴 기구를 그녀의 가랑이로 쑥 밀어 넣었다.

초가집에서 돌아온 소녀들에게 하하는 쌀자루 같은 누런 옷을 한 벌씩 나누어 주고, 삿쿠 끼우는 법을 가르쳐주었다.

"나 좀 집에 보내주면 안 돼요?"

애순이 사정했다.

"내 말 잘 듣고 군인 많이 받으면, 집에 보내달라고 안 해도 알아서 보내줄 테니 걱정 말아라."[62]

하하는 바람 빠진 잉어 부레처럼 생긴 삿쿠를 자신의 엄지손가락에 끼워 보였다.

---

* 赤ちゃんを連れてきたね. 애기를 데려왔군.

소녀들은 그날 저녁부터 일본 군인들을 받았다. 마당에 나와 훌쩍훌쩍 울먹이던 그녀는 일본 군인들이 몰려오는 것을 보았다. 초가집에서 돌아오자마자 하하가 휘두르는 가위에 머리카락이 잘려 시무룩해 있던 해금이 놀라 몸을 일으켰다. 하하는 해금의 어머니도 함부로 자르지 않던 해금의 머리카락을 깡뚱하게 잘라놓았다.

흥분한 일본 군인들이 웃고 떠드는 소리가 점점 크게 들려왔다. 하하가 소녀들에게 모두 자기 방에 들어가라고 소리를 질렀다.

아침이 되어 그녀가 뒷마당 세면실로 갔을 때 소녀들이 저마다 울면서 피 빨래를 하고 있었다.[63]

소녀들은 서로의 얼굴을 똑바로 바라보지 못했다. 그녀는 아래가 부어 다리를 제대로 오므릴 수 없었다. 송충이에 쏘인 것처럼 따갑고 오줌이 찔끔찔끔 나왔다.

금복 언니가 동숙 언니에게 말했다.

같이 죽자.[64]

해금의 아랫입술은 간밤에 다녀간 일본 장교가 깨물어서 거무스름하게 부어 있었다. 피를 배불리 빨아 먹은 거머리가 게으르게 달라붙어 있는 것 같았다.[65]

첫날 모두 몇 명이 다녀갔는지 그녀는 모르겠다.[66]

군인들은 열세 살이던 그녀를 밤새 공기놀이하듯 가지고 놀았다.[67]

갑자기 남우세스럽고 몸 둘 바를 모르겠어 하던 그녀는 주먹으로 가슴을 치면서 중얼거린다.

내가 죄가 많다…….

그녀는 한밤중에 깨어나서도, 길을 걷다가도, 버스를 기다리다가도, 밥을 먹다가도 주먹으로 가슴을 치면서 그렇게 중얼거리고는 한다. 아무것도 모르고 끌려가 그렇게 됐으면서, 집에서 10리 밖을 모르고 살다가 끌려가 그렇게 됐으면서.

처음 자신의 몸에 다녀간 일본 장교에게 그녀는 용서해달라고 빌었다. 잘못한 것도 없으면서.

"잘못했어요……."

장교가 대검을 꺼내 들었다. 대검에 옷이 찢길 때 그녀는 날개가 찢기는 것 같았다.[68]

그녀가 용서해달라고 빌 때, 기숙 언니는 살려달라고 빌었다. 그랬더니 군인이 주머니칼로 기숙 언니의 허벅지를 찢었다.[69]

다른 방에서는 하사관이 해금의 불두덩에 대고 성냥을 그어댔다.[70]

소녀들은 자신의 비명 소리를 따라 돌림노래처럼 이어지는 비명 소리들을 들었다. 그것은 시작도 끝도 없는 돌림노래였다. 만주 위안소의 소녀들이 칸칸마다 든 방들은 달랑 베니어합판 한 장으로

구분해놓아 서로의 신음 소리까지 다 들렸다.[71]

3

*

그녀가 살고 있는 단층 양옥집은 15번지에 있다. 열대여섯 평 남짓한 땅에 집을 지어 마당은 이장移葬한 자리처럼 휑하고 옹색하다. 화장실 앞 수도는 세숫대야만으로 꽉 찬다.

그녀는 햇수로 5년째 그 집에 살고 있지만, 주민등록상 그 집에서 단 하루도 살았던 적이 없다. 5년 전 이사만 하고 거주지 이전 신고를 못해서다. 그래서인지 그녀는 문득문득 남의 집에 몰래 들어와 사는 듯 초조하고 불안하다.

5년이나 살았지만 그녀가 이전 신고를 못한 데는 나름 피치 못할 이유가 있다. 주민등록상 그 집에는 평택 조카 부부가 살기 때문이다. 15번지 일대는 재개발 예정 구역이다. 평택 조카는 임대주택 분양권을 받기 위해 일부러 15번지에 전세를 얻고, 동사무소에 이전 신고를 했다. 간혹 조카 앞으로 주민세 고지서나 자동차 보험료, 의료보험공단이나 국세청에서 발송한 우편물들이 날아든다. 그녀는 우편물들을 뜯지 않고 차곡차곡 모아두었다가 조카가 다니러 오는 날 전해준다.

평택 조카는 바로 아래 여동생의 아들이다. 태어나고 자라는 것을 가까이에서 지켜보지 못해서인지 그녀는 그가 피 한 방울 안 섞인 남 같다. 게다가 그가 성격이 무뚝뚝한 편이라 대하기가 어렵다. 전세 얻은 집에 들어와 살라는 제안을 했을 때 고마우면서도 부담스러웠던 것은 그 때문이었다. 신세 지는 게 내키지 않았지만, 그가 하도 간곡하게 사정해 그녀는 그러마 했다. 그제야 그는 임대주택 입주권 운운하면서, 이전 신고를 절대로 하지 말라고 그녀에게 신신당부했다. 주민등록등본 상으로 자신과 한집에 사는 게 그렇게나 께름칙하고 싫은가 싶어 속상하고 서운한 마음이 들었지만 그녀는 내색하지 않았다. 사정을 모르는 일가친척들이 뭐라고 떠들지 듣지 않아도 뻔하다. 제 부모도 모르는 척하는 세상에, 조카가 오갈 데 없는 이모를 돌보고 있다고 할 것이다.

평택 조카가 하필이면 자신에게 전세 얻은 집을 살라고 내준 이유를 그녀는 알 것도 같다. 자식 하나 없이 사는 처지라[72] 나중에 혹시나 문제될 일이 없을 테니.

사람들은 그녀가 어디 가서 무슨 일을 당하고 왔는지 모른다.[73]

어쩌다 보니 남의 집 식모로만 떠돌다 혼기를 놓친 줄로만 안다. 신세를 지는 것도 아닌데, 혼자 사는 그녀를 짐스러워하고 못마땅해하는 여동생들에게조차 그녀는 차마 말하지 못했다. 남자라면 몸서리가 나서 싫다[74]고. 소리 없는 총이 있으면 펑 쏴버리고 싶도록.[75]

그녀는 누가 시집가라는 소리만 하면 두드려 패고 싶었다.[76]

한두 달에 한 번 평택 조카는 양옥집에 들른다. 아파트 경비 보는 일을 한다던가. 그녀는 조카가 오죽하면 그 나이에 임대주택 입주권을 따려고 개발구역에 전세를 다 얻었을까 싶다. 어쩌다 예순 살이 넘도록 자신의 집 한 채 마련하지 못했을까 싶다.

주민등록상 그녀는 수원 화성 근처 다세대주택에 살고 있다. 다세대주택 주인여자는 벌써 다른 이에게 세를 놓았을 것이었다. 그렇잖아도 그 여자는 아흔 살이 넘은 세입자인 그녀를 부담스러워했다. 여자가 다세대주택 계단에서 다른 세입자를 붙들고 송장 치르는 게 아닌가 걱정이라고 하소연하는 소리를 그녀는 우연히 듣기도 했다.

세입자가 이사를 나간 뒤 이전 신고를 하지 않으면 집주인이 주민등록말소를 신청할 수 있다는 걸, 그녀는 얼마 전에 알았다. 누가 알려주어서가 아니라 사람들이 하는 소리를 듣고서. 그녀는 자신의 주민등록이 벌써 말소되었을 것 같다. 주인여자가 그냥 두었을 리 없다.

때가 되어 마침내 철거가 시작되면 어떻게 되는 것인지, 그녀는 평택 조카에게 물어보지 않았다. 어쩐지 물어서는 안 될 것 같아서다. 머지않아 허물릴 것이지만, 그녀는 양옥집을 아침저녁으로 쓸고 닦는다. 문틀과 창틀에 낀 먼지를 수시로 훔친다. 오래된 집이라

쓸고 닦는 것을 조금만 게을리해도 금세 표가 난다.

*

대문을 나서려다 말고 그녀는 양옥집을 새삼스레 둘러본다. 문득 이 집에서 아기가 태어난 적이 있는지 궁금하다. 단칸방에서 온 식구가 옹기종기 모여 살던 시절이 있으니, 한때 대가족이 살았었는지도 모른다.

대문을 나설 때마다 그녀는 양옥집을 영영 떠나는 기분이다. 며칠 전 대문 열쇠가 돌아가지 않아 속을 태운 뒤로는 더 그렇다. 부식이 심해 그런 것인데도 그녀는 쫓겨난 사람처럼 궁상스럽게 대문 앞에 쪼그리고 앉아 있었다.

응달이 짙게 드리운 골목에는 스산한 정적이 흐른다. 그 골목에서 사람이 사는 집은, 그녀가 살고 있는 양옥집이 유일하다. 골목 가장 안쪽 사람이 살 것만 같은 2층 양옥집도 빈집이다.

15번지는 2, 3년 새 빈집이 급격히 늘었다. 그녀처럼 사정이 있어서 떠나지 못하는 사람들만 15번지에 남아 살고 있다.

골목은 또 다른 골목으로 이어진다. 그 골목 역시 쥐 죽은 듯 조용해 그나마 남아 있던 사람들마저 15번지를 떠난 듯하다.

20분 넘게 골목들을 헤매고 다니는 동안 그녀는 사람을 한 명도 만나지 못한다. 그래서 그녀는 골목에서 누군가를 만나면 자신이 가진 모든 걸 주고 싶다는 마음마저 생긴다. 심장을, 간을, 신장을. 두 눈마저 내어 주리라 마음먹지만 사람을 한 명도 만나지 못한다.

　미끄럼대처럼 가파른 골목을 걸어 내려가다 말고 그녀는 자신의 발을 물끄러미 내려다본다.
　신발이 아니라 죽은 까치를 신고 있는 것 같다.
　까치가 아니라는 걸 확인하고도 그녀는 눈길을 거두지 못한다. 눈길을 거두는 순간 신발이 죽은 까치로 변할까봐.

*

　옷수선가게 여자는 가게를 비우고 없다. 세 평이나 될까. 가게 겸 방 안에 온갖 살림들이 들어차 있다. 자개장롱, 자개화장대, 티브이, 2인용 식탁, 재봉틀, 빨래 건조대, 3단 서랍장, 선풍기. 식탁 위는 보온밥솥을 비롯해 각종 약병이 즐비하게 널려 있다. 빨래 건조대에는 수건과 속옷들이 한가득 널려 있고, 그 밑에는 안경집과 두루마리 화장지와 과자봉지 등이 어수선하게 뒹굴고 있다. 여자는 그곳에서 먹고, 자고, 봉제 일거리를 받아다 한다. 주로 지퍼를 달거나, 커튼 끈을 만드는 일이다.
　재봉틀 아래, 레이스가 요란하게 달린 분홍색 방석 위에 흰 개가 한 마리 웅숭그리고 있다. 어미젖을 겨우 뗀 강아지로 착각할 정도로 자그마한 개는 열세 살이나 먹었다.

그녀를 빤히 쳐다보던 개가 일어나려다 도로 주저앉는다. 그녀는 개가 짐승이 아니라 사람 같다. 사람이 짓는 표정을 짓기 때문이리라. 그녀는 짐승인 개가 어쩌다 사람이 짓는 표정을 짓게 되었을까 싶다. 사람하고 한방에서 동고동락하다 보니 저절로 그렇게 된 걸까.

영락없이 사람 표정을 짓는 개가 그녀는 께름칙하다. 게다가 개는 탈모와 피부 부스럼으로 몰골이 흉측하다.

개가 여태까지 낳은 새끼를 전부 합하면 50마리는 될 거라고 했다. 여자가 개를 끌어안고서 자랑처럼 떠벌릴 때마다 그녀는 고개가 저절로 저어진다. 저리 작은 몸뚱이로 어떻게 새끼를 50마리나 낳았을까 싶다.

여자는 개에게 인공수정으로 임신을 시키고, 개가 새끼를 낳는 대로 애견 시장에 내다 판다. 애견으로 인기가 있는 종인 데다, 순종이라 벌이가 쏠쏠하단다. 여자는 개가 새끼를 낳을 때가 되면 마취를 시키고 배를 갈라 새끼를 꺼낸다. 배 속 새끼들을 한 마리도 잃지 않기 위해서란다. 개의 배에는 여자가 직접 꿰맨 자국들이 지진대처럼 흉하게 자리하고 있다.

그녀는 돌아서다 말고 가게 문지방에 쭈뼛쭈뼛 걸터앉는다. 그녀의 눈치를 살피던 개가 방석에서 내려오더니, 뒷다리와 엉덩이를 질질 끌면서 그녀 곁으로 다가온다. 문지방을 짚고 있는 그녀의 손가까이 자리를 잡고 앉더니 혀로 손등을 핥기 시작한다. 간질간질하니 기분이 야릇해 손가락들을 끌어당기지만 개는 아랑곳하기는 커녕 사력을 다해 핥는다.

자신의 발보다 작은 개가 인간인 자신에게 지극정성을 다하는 것이 그녀는 불편하고 안쓰럽다.

"핥지 마라……."

개가 자신의 손을 그렇게 극진히 핥는 게 그녀는 이해가 안 된다. 그녀는 개를 한 번도 제대로 쓰다듬어준 적이 없다. 번번이 꼬리를 흔들면서 그녀를 반기지만 사람 표정을 짓는 개가 부담스러워서다.

여자가 가게 안으로 들어서는 것을 보고도 그녀는 개에게 마냥 손을 내맡기고 있다.

"예뻐요?"

여자가 시큰둥이 묻는다.

"하는 짓이 예쁘네……."

그녀는 멋쩍어 손을 끌어당긴다.

"예쁘면 할머니가 데려다 키우실래요?"

"내가?"

"먹는 것도 쥐꼬리만큼 먹고, 똥오줌도 잘 가려요."

"왜…… 남 주려고?"

"키우겠다는 사람 있으면 줘버리려고요."

여자가 입이 거칠어 남의 말이고 자신의 말이고 함부로 하지만

51

마음에 없는 소리를 하지 않는다는 걸 그녀는 알고 있다.

"새끼 때부터 키워서 정이 들 대로 들었을 텐데 남을 어떻게 주려고……."

"자식새끼도 때가 되면 정을 떼는데, 개새끼하고 든 정 못 떼겠어요?"

그녀는 여자의 꿍꿍이속을 알 것 같다. 개가 너무 늙어 새끼를 더는 낳지 못하니까 남에게 주려는 것이다.

여자의 개를 대하는 태도는 그녀를 혼란스럽게 한다. 인공수정이라는 억지스러운 방법으로 번번이 임신을 시켜 새끼를 낼 만큼 모질면서도, 어떨 때 보면 제 속으로 낳은 자식처럼 끔찍하게 위한다. 며칠 전만 해도 여자는 개에게 먹인다고 북어 대가리를 고고 있었다. 그녀는 어느 쪽이 여자의 개를 향한 본래의 마음인지 모르겠다. 둘 다라면, 자석의 양극과 음극처럼 상반되는 두 마음이 어떻게 다투지 않고 한 인간 안에 있을 수 있는지 의문이 든다.

15번지에서 40년을 살았다던가. 여자는 소방 공무원이던 남편이 마흔을 못 넘기고 간경화로 세상을 떠나는 바람에 아들 셋을 혼자 키웠다고 했다. 아들들이 한창 자랄 때 자정 넘도록 재봉틀을 돌리고 새벽 다섯 시면 일어나 도시락을 여섯 개나 싸야 했다고. 다시 살라고 하면 못 살 것 같은 그 시절이 그런데 여자에게는 사는 것처럼 살았던 시절이었단다.

그녀의 눈길이 재봉틀 아래를 더듬는다. 개는 그새 재봉틀 아래

방석 위에 웅크리고 있다.

여자가 냉장고로 가더니 우유를 두 잔 따라 온다. 우유가 반 넘게 든 유리잔을 그녀 앞에 내려놓는다.

그녀가 바라보기만 하자 여자가 유리잔을 들어 그녀에게 내민다.

"우유를 먹으면 소화가 안 돼서……."

남자 정액이 생각나서[77]라고 차마 말할 수 없어 그녀는 그렇게 둘러댄다.

정액을 삼키라고 했다.[78]

그녀가 싫다고 하자 군인은 군복 허리춤에서 주머니칼을 뽑아 들더니 다다미에 꽂았다.

소녀들은 군인들이 시키는 대로 해야 했다. 시키는 대로 하지 않으면 권총으로 아래를 쏘기도 했다.

총구멍이 겨누는 곳이, 세상 모든 인간이 빚어지는 곳이라는 걸 까맣게 잊고는.

어느 날 일본 장교 하나가 총으로 명숙 언니의 아래를 쐈다. 명숙 언니가 매를 맞으면서도 반항을 하니까. 실신했다가 깨어나서도 반항을 하니까. 총알은 명숙 언니의 자궁을 뚫고 나갔다. 죽지는 않았지만 명숙 언니의 아래는 호박처럼 썩어들었다.[79]

정액을 삼킬 때 그녀는 똥을 먹는 게 낫다 생각했다.[80]

그녀는 오징어도 못 먹는다. 오징어 다리에 붙은 빨판이, 매독에 걸렸을 때 불두덩에 똥글똥글 번지던 물집과 흡사해서. 물집이 한 번 번지기 시작하면 눈까지 가려웠다. 눈동자를 바늘로 찌르고 싶을 정도였다.[81]

옷수선가게를 나와 골목을 걸어가던 그녀는 중얼거린다.
왜 하필 나인가?

옷수선가게 여자의 개를 대하는 태도가 혼란스럽다 못해 고통을 불러일으키는 이유를 그녀는 알겠다. 하하를 생각나게 하기 때문이다.

하하는 소녀들에게 일본 이름을 지어주고 옷과 먹을 것을 주었다. '지미가미'라고 하는 갱지처럼 거무스름한 휴지[82]와 쑥색이 도는 비누, 칫솔, 가루 치약, 가제로 만든 생리대, 수건도 나누어 주었다. 하하가 소녀들에게 나누어 주는 쌀자루 같은 옷은 간탄후쿠라고 하는 곤색 원피스였다.

하하는 소녀들이 말을 듣지 않으면 남편에게 일렀다. 하얼빈역에서 위안소까지 화물트럭으로 소녀들을 실어 나른 운전수가 하하의 남편이었다. 소녀들은 육군 출신인 그를 오토상이라고 불렀다. 그녀는 오토상이 일본말로 아버지를 뜻한다는 것을 금복 언니가 알려주어서 알았다. 위안소 부엌에 딸린, 소녀들이 모여서 밥을 먹는 방 벽에는 그가 별이 두 개 달린 군복을 입고 찍은 사진이 걸려 있었다.[83] 소녀들이 베니어합판을 여러 장 붙여서 만든 상에 둘러앉아 식사를 하는 동안, 하하의 가족들은 자기들끼리 식사를 했다. 소녀들은 탁자 위에 없는 음식 냄새를 맡고는 했다. 탁자 위에는 묽은 죽과 단무지뿐인데 꽁치 냄새나 소고깃국 냄새를.

하하 가족은 위안소 한쪽에 오두막 같은 집을 지어놓고 따로 살았다. 오토상은 주로 위안소 입구 쪽 방에서 지냈다. 그는 칼과 권총을 숨겨둔 그 방에 주로 머무르면서 소녀들을 감시했다. 그는 소녀들이 도망가지 못하게 철사 울타리에 전기가 흐르게 했다.

하하의 두 딸을 생각하면 그녀는 기분이 이상하다. 그 애들도 그녀를 하하라고 불렀다.

그러고 보니 옷수선가게 여자는 서울미용실 여자에게도 개를 떠넘기려 했다. 서울미용실 여자는 자신이 범띠라서 개가 기를 못 편다고 딱 잘라 거절했다. 그 여자는 자신의 남편이 한창때 건설현장을 떠돈 것을 사주에 역마살이 낀 데다, 부부간에 충살衝殺이 들어 떨어져 살아야 잘 사는 궁합 때문으로 이해했다. 해치는 사주를 타고난 남녀가 어떻게 서로에게 강하게 이끌려 결혼을 하고 자식을 둘이나 낳았는지, 그녀는 의아하다. 서로를 해치는 사주라면 강렬하게 끌리다가도 부부의 인연으로 묶이기 전에 질색하면서 헤어져야 하는 게 아닌가.

그녀는 한 인간의 운명을 결정짓는 게 타고난 사주팔자인지, 기질인지, 신의 의지인지 모르겠다. 그 모든 것들이 합심해서 한 인간의 운명을 좌지우지하는 게 아닐까 싶기도 하다.

신이 있는지 없는지 모르겠으면서, 그녀는 신을 느낄 때가 있다. 간유리에 새벽빛이 번질 때, 풀숲에서 참새들이 떼 지어 날아오를 때, 다디단 복숭아를 베어 물 때…… 신을 느낄 때를 헤아려보던 그녀는 자신이 신을 느낄 때가 많다는 걸 깨닫고 놀란다. 생전 처음 도라지꽃을 보았을 때도 그녀는 신을 느꼈다.

심지어 그녀는 신이 두렵기까지 하다.

신이 있는지 없는지 모르겠으면서, 혹여나 신이 볼까봐 남의 집 마당에 떨어진 모과 한 알 몰래 줍지 않는다. 신이 들을까봐 속말로라도 다른 이에게 저주를 퍼붓지 않는다.

신이 있다고 말하는 이들보다 자신이 어쩌면 더 신을 두려워하는지도 모르겠다는 생각마저 든다.

그녀가 옷수선가게 여자의 개를 거절한 데는 정작 다른 이유가 있다. 개를 끝까지 거두지 못하고, 자신의 목숨이 다하면 어쩌나 싶어서다.

남편도, 자식도 없는 그녀에게 사람들은 종종 개나 고양이라도 한 마리 키우라고 권하고는 했다. 그녀가 6년을 식모로 있었던 집 주인할머니는 심지어 그녀에게 활인공덕이 있다는 말까지 했다. 활

인공덕이 '살리는 덕'으로, 며느리 손에서는 말라 죽어가던 화초들이 그녀 손에서 기적처럼 살아나 꽃을 피우는 것은 그 때문이라 했다. 죽어가던 사람도 그 덕을 가진 이가 돌보면 살아난다고 했다. 활인공덕이 있어서가 아니라 그녀는 자신이 부지런히 손발을 놀리기 때문이라고 생각했다. 쌀뜨물을 받아두었다가 화초들에게 주거나, 햇볕이 가장 잘 드는 곳을 찾아 화초들을 놓아두거나, 시든 잎이 없나 아침저녁으로 들여다보기 때문이라고.

설사 아흔세 살인 자신이 개보다 오래 살 거라는 보장이 있다고 해도 그녀는 개를 거절했을 것이다. 그녀는 자신이 거두어 키우는 것이 병들고 죽어가는 걸 지켜볼 자신이 없다.

그녀는 나비가 사냥한 전리품들을 가져다 놓지 않기를 바라는 마음만큼이나 나비가 돌아오지 않기를 바라는 마음이 크다. 그러면서도 나비가 나흘 넘게 다녀가지 않으면 불안하다. 나비는 몇 살일까? 한때 주인이 있었을까? 주인이 있었다면 버려졌을까?

그녀는 그 어느 날 나비가 살아 있는 까치를 가져다 놓을까봐 불안하다.

그리고 그 어느 날 죽은 소녀를 가져다 놓을까봐.

그런데 신도 더럽다 하려나?

만주 위안소는 목을 매달아 죽고 싶어도, 목을 매달 나무 한 그루 없는 지옥이었다. 벌판에 나가도 갈나무나 쭉정이 같은 것들만 삐죽삐죽 서 있었다. 나무 같은 나무는 높은 산에 가야만 있었다. 한 나흘을 꼬박 걸어가야 있는 높은 산을 넘어가면 소련 땅이라고 했다.

그래서 소녀들은 자기 피와 아편을 먹고 죽었다. 손가락을 잘라 자기 피를 빨아 먹고 아편을 먹으면 자면서 죽는다는 걸 어떻게 알고는.[84]

그렇게 죽은 기숙 언니의 벌어진 입속 이빨들은 피가 엉겨 붙어서 석류알 같았다.

고향인 밀양에 살 때 기숙 언니는 일본인이 경영하는 조면공장에 다녔다. 목화를 넣으면 씨와 솜이 분리되어 나오는 조면기에 사람 머리가 딸려 들어가는 걸, 기숙 언니는 보았다고 했다.[85]

"십촌뻘 되는 아저씨였는데, 그 딸도 봤어. 어쩔 도리가 없으니까 펄쩍펄쩍 뛰더라구…… 나랑 동갑인데, 변변한 이름도 없어서 그냥 못난이라고 불렀어. 못난이는 나보다 먼저 돈 벌러 갔어. 아버지가 그렇게 돼서, 집에 돈 벌 사람이 못난이뿐이라서…… 일본 군수공장으로 간다고 했는데…… 내 눈에도 이렇게 선한데 그 애 눈에는 얼마나 선할까. 처음에는 머리카락이 딸려 들어갔어…… 머리카락 몇 올이…… 어어 하는 순간에 머리가 딸려 들어가더라구……."

죽던 날 아침 기숙 언니는 오토상이 놓아주는 아편을 맞고 마당으로 나가 춤을 추었다. 위안소 마당을 지키는 허수아비도 기모노 소맷자락을 흔들면서 덩달아 춤을 추는 듯했다. 하하는 허수아비를 하루카라고 불렀다. 하루카의 얼굴은 소녀들이 위안소에 도착한 날보다 붉었다. 소녀들 사이에는 하하가 밤마다 하루카의 얼굴에 피를 바른다는 소문이 돌았다. 하하가 피를 바르는 걸 본 소녀는 없지만, 하루카의 얼굴은 나날이 붉어졌다. 소녀들의 얼굴이 누렇게 뜨거나 시커멓게 타들어가는 것과 다르게.

기숙 언니가 그렇게 된 뒤, 그녀는 종종 만주 위안소 복도를 걸어가는 꿈을 꾸고는 했다. 아침을 먹으러 오지 않는 기숙 언니를 부르러. 하하가 하루에 두 끼밖에 주지 않아서 아침을 못 먹으면 하루 종일 굶거나, 군인들이 어쩌다 가져다주는 건빵으로 때워야 했다. 밤 늦게 찾아와 자고 가는 장교들이 있어서 소녀들은 종종 아침을 거르고는 했다.[86] 꿈에 그녀는 번번이 기숙 언니의 방을 찾지 못한다. 방문마다 걸어놓은 이름패들에 적힌 이름들이 전부 지워지고 없어서다.

하하는 방문마다 소녀들의 이름을 적은 이름패를 걸었다. 우메코, 기요코, 후미코, 에이코, 기누에, 아사코……. 소녀가 임질이나 매독 같은 성병에 걸리면 이름패를 뒤집어 걸었다. 그러면 군인들은 그 방에는 줄을 서지 않았다.

수저통 크기의 나무로 짠 이름패는 위패 같았다. 이름패에 적힌 이름들은, 살아 있는 소녀들이 아니라 죽은 소녀들의 이름 같았다.

새 고무신도 주고, 흰 쌀밥도 배불리 먹여준다고 해서[87] 따라간 데가 지옥일 줄 소녀들은 까맣게 몰랐다.

지옥에서는 쇠꾸대[88]라고 부르던 쇠 손잡이가 달린 채찍으로, 시뻘겋게 달구어진 불쏘시개[89]로, 쇠꼬챙이[90]로, 칼로, 막 발[91]로 소녀들을 때렸다.

벌겋게 달군 쇠막대를 소녀들의 질에 넣기도 했다. 질을 후빈 쇠막대에는 검게 탄 살점이 달라붙어 있었다.[92]

*

그녀는 사람이 한 명도 살지 않는 골목에 들어와 있다. 골목을 걸어가다 말고 그녀는 빈집들을 둘러본다. 빈집들은 천태만상이다. 창문들이 굳게 닫힌 집이 있는가 하면, 골목을 향해 대문이 활짝 열려져 있는 집도 있다. 창문 유리가 무참히 깨져 그 조각들이 골목까지 널려 있는 집도, 버리고 간 세간들과 쓰레기들로 넘쳐나는 집도 있다.

그녀는 자신이라면 집을 떠나기 전에 모든 문과 창문을 꼭 닫아걸 것 같다.

간혹 빈집인지, 사람이 살고 있는 집인지 모르겠는 집들이 있다.

그녀는 어쩐지 자신이 살고 있는 양옥집도 그럴 것 같다.

그녀는 15번지의 빈집들이 새였으면 싶다. 그 어느 날 철거가 시작되어 굴삭기들과 인부들이 들이닥치기 전에 멀리 날려 보내고 싶다.

만주 벌판에도 집들이 있었다. 하얼빈역에서 내려 화물트럭을 타고 달리는 동안 멀리 보이던 집들이 아련히 떠오른다. 판때기로 지은 것 같은 집도, 싸리나무 같은 것으로 울타리를 친 집도, 아궁이처럼 시커먼 집도 있었다. 집들은 하염없이 날다가 지쳐 나락이나 벌레를 먹으려고 땅으로 내려온 철새들 같았다.

집 한 채, 나무 한 그루 없이 벌판만 끝없이 이어지자 해금이 불안해하는 목소리로 중얼거렸다.

"비단공장이 멀었나?"

화물트럭이 심하게 흔들려 해금의 얼굴과 눈동자는 따로 흔들렸다. 소녀들은 한 화물트럭에 실려 가면서도, 저마다 가는 공장이 어째서 다른지 의심을 못할 만큼 어리고, 아무것도 몰랐다.[93] 그녀는 실공장이든, 비단공장이든, 좋은 공장이든, 바늘공장이든 어서 공장이 나왔으면 했다.

정말로 공장에 돈을 벌러 간 소녀들도 있었다. 미옥 언니는 6학년 때 교장의 권유로 근로정신대가 되었다. 전차를 타고 경성역까지 가 열차를 타고 다른 소녀들과 함께 부산까지 갔다. 미옥 언니는 너무 어려서 어디 먼 곳으로 여행을 떠나는 것으로만 생각했다.[94]

부산에서 가모메라고 부르던 갈매기 연락선을 타고 일본 시모노세키로, 그곳에서 다시 트럭을 타고 도마야겡의 총알을 만드는 군수공장으로 갔다. 작업대가 높아서 미옥 언니는 궤짝 위에 올라가서 작업을 했다. 군수공장 한쪽에는 녹여 무기를 만들기 위해 조선에서 공출해온 놋그릇이 수북하게 쌓여 있었다. 군수공장에서 일하는 동안 미옥 언니는 월급을 받은 적이 없다.[95]

미옥 언니가 일본 군수공장에 있었다는 소리를 듣고 기숙 언니가 물었다.

"못난이를 알겠네."

"못난이요?"

"못난이도 군수공장에 간다고 했거든."

"못난이라는 애는 없었는데요."

"이상하네……."

기숙 언니가 고개를 갸웃거리자 미옥 언니가 물었다.

"못난이는 고향이 어딘데요?"

"밀양."

"진주하고 마산에서 왔다는 애들은 많았는데, 밀양에서 왔다는 애는 없었어요."

"내가 있던 공장에는 전라도에서 온 애들이 많았는데."

춘희 언니가 말했다. 춘희 언니는 옷 만드는 공장에 있었다. 아침 여덟 시부터 저녁 일곱 시까지 빨래와 청소를 하고, 옷을 만들었다.

그 공장에는 서른 살이 넘은, 자식을 떼놓고 돈을 벌러 온 여자들도 있었다.

"밥을 쥐꼬리만큼 줘서 한 알씩 세면서 먹었잖아. 저녁때까지 콩떡 세 덩어리 말고는 아무것도 안 줘서, 밥을 천에 싸 허리춤에 감추어두었다가 몰래 먹었어. 이도 엄청 먹었을 거야. 여기 오기 전에 고향집에 전보를 부쳤어. 소금하고 콩 좀 보내달라고……."

그렇게 몇 달 일하니까 열대여섯 명을 따로 부르더니 트럭에 싣고 어딘가로 데리고 갔다. 큰 방에 모여 있는데, 일본 군인들이 오더니 소녀들을 한 명씩 골라 작은 방으로 데리고 들어갔다. 그 뒤로는 화요일이면 화요일, 수요일이면 수요일, 날짜를 정해서 어린 소녀들만 골라 데리고 갔다.

군부대에 가지 않아도 되는 날은 소녀들에게 해방되는 날이었다.[96]

"헌병 하나가 나보고 몇 살이냐고 묻더라. 내 얼굴이 애기 얼굴처럼 동글동글하니까…… 열세 살이라고 하니까 헌병이 웃더라."

만주 위안소에 왔을 때 춘희 언니는 열다섯 살이었다. 애기 얼굴처럼 동글동글했다는 얼굴은 살이 내려 모종삽처럼 뾰족했다. 춘희 언니는 위안소에 온 첫날부터 도망갈 궁리만 했다. 군인을 한 명이라도 덜 받기 위해 꾀병을 부리고, 하하에게 뻗댔다. 다른 소녀들이 기미가요를 부르고 황국신민의 서사를 외울 때도 금붕어처럼 입만 벙긋벙긋했다.

아침을 먹기 전 소녀들은 마당에 모였다. 일장기를 향해 부동자세로 서서, 일본 국가인 기미가요를 부르고 황국신민의 서사를 큰 소리로 외웠다.

여름이라 아침부터 변소 구린내가 진동했다. 밤새 악몽에 시달린 듯 얼이 나간 소녀들이 비치적비치적 마당으로 나와 일장기를 바라보고 섰다. 머리를 푹 수그리고 서서 졸고 있는 해금의 목덜미로 납조각 같은 햇빛이 박히듯 쏟아졌다. 변소에서 부화한 쇠파리들이 소녀들 사이를 날아다녔다. 여름 내내 변소는 구더기와 모기, 쇠파리가 들끓었다. 춘희 언니는 영양실조로 버짐이 만개한 얼굴을 손으로 긁으면서 욕설 섞인 혼잣말을 중얼거리고 있었다. 한옥 언니는 겨드랑이를 쥐어뜯었다. 이는 소녀들의 겨드랑이에서도 살았다.

그녀는 연순의 옆으로 가서 섰다.

"무슨 일 있었어?"

새벽에 그녀는 연순의 비명 소리를 들었다. 방문을 부수는 소리, 복도를 뛰어가는 소리, 오토상이 군인과 실랑이를 벌이는 소리가 한참 들려왔다.

"기미가요와 지요니야치요니 사자레이시노 이와오토나리테 고케노무스마데…….*"

---

* 君が代は千代に八千代に さざれ石の巌となりて こけのむすまで. 천황의 시대는 천 년이고 8천 년이고 조약돌이 암석이 되어 이끼가 낄 때까지…….

소녀들이 기미가요를 부르기 시작해 그녀와 연순은 따라 불렀다. 연순이 갑자기 풀썩 주저앉았다. 누런 고름이 연순의 종아리를 타고 흘렀다. 연순의 검게 벌어진 입으로 쇠파리가 날아들었다.

이는 소녀들이 일왕을 찬양하고, 황국의 신민으로서 충성을 다짐하는 동안에도 피를 빨아 먹었다.

오늘따라 그녀는 만주 위안소가 눈에 선하다. 벽돌로 벽을 쌓고 베니어합판으로 사방을 두른 위안소 건물은 죽순처럼 뻗은 복도 양쪽으로 방들이 연달아 들어차 있었다. 복도 바닥에 깐 마루판은 엉성해 시도 때도 없이 삐거덕삐거덕 소리를 질렀다. 복도 끝에 자리한 부엌 바닥은 맨땅이었고, 중국식 아궁이가 설치되어 있었다. 베니어합판으로 짠 선반 위에는 소녀들의 밥그릇인 둥근 양철 그릇이 탑처럼 포개져 있었다. 쥐가 들끓자 하하는 부엌 곳곳에 끈적이라고 하는, 본드 같은 것이 도포된 도화지를 놓았다. 부엌에 드나드는 것을 하하가 싫어해서, 소녀들은 물을 가지러 갈 때만 부엌에 들었다. 부엌에 물을 가지러 갔다가 끈적이에 발바닥과 꼬리가 달라붙어 옴짝달싹 못하는 쥐를 볼 때마다 그녀는 그 쥐가 자신만 같았다. 한번은 끈적이에 붙어 울고 있는 새끼 쥐 두 마리를 어미 쥐가 눈에 불을 밝히고 지키고 있는 것을 보기도 했다.

위안소 앞마당은 맨땅으로, 거칠게 진 매듭 같은 풀들이 듬성듬성 자라 있었다. 뒷마당으로는 개울이 돌아나갔다. 땅을 파서 개울이 뒷마당으로 돌아나가게 한 것인데, 개울물이 고이는 곳에 국방색 가빠를 둘러 세면실을 만들었다. 개불처럼 생긴 호스를 대여섯 개 박고, 호스에 국자처럼 생긴 샤워기를 달아놓았다.[97]

베니어합판으로 네모나게 만든 변소는 모두 세 개였다. 하하는 변소 문에 누런 자물통을 달고, 소녀들에게 열쇠를 나누어 주었다. 군인들이 못 쓰게 하기 위해서였다. 군인들까지 쓰면 분뇨를 감당 못하는 데다 냄새가 심하게 나서였다. 주로 밤에 찾아오는 장교들은 예외여서 소녀들은 그들에게는 변소 열쇠를 내어 주었다.[98]

방마다 내놓은 창문들은 별쭝맞게 높이 달려 있었다. 게다가 검은 광목 커튼이 아래까지 길게 드리워져 있어서 방들은 대낮에도 굴속처럼 어두컴컴했다.

방들은 대개 한 평 반 남짓이었다. 한 평 반이 조금 못 되는 방도 있고, 한 평 반이 조금 넘는 방도 있었다. 나중에 소녀들이 늘어나자 하하는 조금 큰 방들을 담요로 나누어 방을 늘렸다.

골목을 돌아다니다 높이 달린 창문을 볼 때마다 그녀는 어쩔 수 없이 만주 위안소 방 창을 떠올린다. 키가 아무리 자라도 소녀들의 머리는 겨우 창문틀에 닿았다.

*

그 여자아이다.

처음 골목에서 여자아이와 마주쳤을 때가 생각난다. 저만치서 걸어오는 여자아이를 보고는, 분선이 살아서 돌아온 줄로만 알고 소스라치게 놀랐다. 깡똥하게 자른 단발머리에, 눈이 새알심처럼 똥그란 게 여자아이는 분선을 닮았다.

목화 따다가 끌려온 분선은 아프다. 아프다[99] 소리를 입에 달고 살았다.

아래에 고름이 심하게 차 분선이 걷지도 못하자 하하는 주머니칼로 고름 찬 곳을 쭉 찢었다. 손가락으로 꾹 눌러 고름을 쭉 짜더니 하얀 가루 묻힌 솜을 붙였다.

한번은 일본 장교 하나가 분선에게 달려들었다. 놀아보자며. 놀아보자는 게 무슨 말인지 몰라 멀뚱히 서 있자, 장교는 분선을 끌어다 땅바닥에 메쳤다.

여자아이는 등에 가방을 둘러메고, 난도질을 한 듯 금이 간 담벼락 밑에 쪼그리고 있다. 한 서너 달 골목 어디서도 보이지 않아 이사를 간 줄 알았다.

여자아이가 여전히 15번지에 살고 있다는 사실이 그녀는 기적 같다. 15번지는 아이들이 귀하다. 그녀가 이사를 들어올 때만 해도 골목에서 간간이 아이들 소리가 들려왔지만, 아이가 있는 집들은 거의 다 이사를 나갔다. 15번지는 아이들이 자라기에는 스산하고 흉흉하다. 그래서인지 어쩌다 골목에서 마주칠 때마다 여자아이가

15번지뿐 아니라 세상에 남은 유일한 여자아이 같다.

여자아이는 늘 그렇듯 오늘도 혼자다. 여자아이가 친구들과 함께 있는 걸 그녀는 보지 못했다.

작아서 가슴팍이 꽉 끼는 노란 원피스 아래로, 맨 허벅지가 드러나 있다. 원피스 밑단이 골반 부분까지 말려 올라가 속옷이 보일 듯 말 듯하다. 엄마가 없나? 아니면 일을 다니느라 딸에게 신경을 못 쓰는 걸까? 그녀는 자신이 여자아이의 엄마라면 혼자 15번지 골목을 헤매고 다니도록 내버려두지 않을 것 같다. 여자아이는 아직 엄마 품에서 한창 어리광을 부릴 나이로밖에 보이지 않지만 은근히 소녀티가 난다.

원피스 밑단을 내려주고 싶은 마음에 그녀는 여자아이 곁으로 다가간다. 그녀가 조심스레 다가가는데도, 여자아이의 눈빛에 경계심이 어린다. 경계심은 이내 적의로 돌변한다.

더는 다가가지 못하고 여자아이의 눈치를 살피는 그녀의 눈에 무엇인가가 들어온다. 바닥으로 축 늘어뜨린 여자아이의 손에 무엇인가가 들려 있다. 저게 뭔가 싶어 바라보던 그녀의 입이 벌어진다.

"탈이구나, 학교에서 탈을 만들었나 보구나······."

그냥 탈이 아니라 종이로 죽을 쑤어서 만든 탈이다. 호기심을 가지고 탈을 살피던 그녀는 고개를 갸웃한다. 눈과 코는 있는데 입이 없다.

여자아이가 몸을 일으키더니 그녀에게 불쑥 탈을 내민다.

"써봐요."

여자아이의 목소리가 당돌하게 들릴 정도로 높아 그녀는 움찔한다.

"써봐요."

보채듯 재촉해, 그녀는 여자아이가 자신에게 주려고 그 탈을 만든 게 아닐까 하는 생각마저 든다.

어려운 부탁이 아닌데도 그녀는 내키지 않는다. 입이 없는 데다, 얼굴 전체를 보라색으로 칠한 탈이 영 꺼림칙하다.

종이죽으로 만든 탈에 지나지 않지만, 그것을 쓰면 얼굴에 들러붙어 떨어지지 않을 것 같다. 자신에게 남은 날이 얼마나 되는지 모르지만 탈을 쓴 채로 남은 날들을 살아가야 할 것 같은 생각마저 든다. 죽어 자신의 얼굴이 썩어 사라진 뒤에도, 종이죽 탈은 썩지 않고 땅속을 떠돌 것 같다.

"써보라니까요!"

여자아이는 숫제 명령이다.

그녀는 못 이기는 척 탈을 받아든다. 여자아이의 얼굴에 짓궂다 못해 교묘한 표정이 번진다. 여자아이의 얼굴이 기묘하게 일그러지면서 순간적으로 산전수전 다 겪은 얼굴처럼 늙고 지쳐 보인다.

그녀는 여자아이의 얼굴을 애써 외면하고 자신의 손에 들린 탈을 내려다본다. 물감을 칠하고 그 위에 니스를 칠해 심하게 번들거린다. 번들거림으로 인해 인간인 그녀가 흉내 낼 수 없는 야릇한 표정이 탈 위에서 만들어진다.

그녀는 여자아이와 자신을 지켜보는 이가 혹시나 없는지 골목을 살핀 뒤에야 탈을 자신의 얼굴로 가져간다. 탈에 뚫은 눈구멍에 자신의 눈동자를 맞추기 위해 탈을 이리저리 움직이던 그녀는 뭔가 잘못되었다는 것을 깨닫는다. 눈구멍들이 그녀의 눈동자들과 들어맞지 않고 어긋난다. 한쪽 눈구멍이 맞으면 다른 한쪽 눈구멍이 어긋나는 식으로.

눈구멍에 눈동자를 맞추려고 애를 쓰는 그녀의 귀에 여자아이의 높고 가느다란 웃음소리가 들린다. 여자아이의 웃음소리가 멀어지는가 싶더니 한순간 사라진다. 그녀가 그제야 탈을 얼굴에서 거두고 황급히 골목을 둘러보지만 어디에도 여자아이가 없다.

"애야, 탈을 가져가야지······."

겁에 질린 그녀 목소리가 골목에 공허하게 울린다.

탈도 선물일까? 여자아이를 통해 신이 보내오는? 죽은 까치는 고양이를 시켜서, 탈은 여자아이를 시켜서.

그녀는 죽은 까치보다 탈이 더 끔찍하다. 죽은 까치들은 되돌려보내지 못했지만, 탈은 되돌려 보내고 싶다.

여자아이에게 탈을 되돌려주고 싶지만 그녀는 여자아이의 집이 어딘지 모른다. 그렇지 않아도 그녀는 여자아이의 집이 어딘가 궁금해 몰래 뒤를 쫓은 적이 있다. 숨바꼭질을 하듯 그녀를 끌고 골목들을 헤매고 다니던 여자아이는 한순간 증발하듯 사라졌다.

몇 살일까? 열 살? 열한 살? 열두 살? 열세 살? 그녀는 양옥집 대문을 나설 때마다 혹시나 골목에서 여자아이를 만나면 나이를 물어보리라 마음먹지만 번번이 잊는다.

아무리 많이 먹었어도 열세 살은 안 되었으리라. 그녀는 자신이 그때 고작 열세 살이었다는 게 믿기지 않는다.

만주 위안소에서 한번은 술 취한 장교가 주머니칼을 꺼내 들더니 그녀의 아래를 쭉 찢었다. 겨우 열세 살이라 자신의 성기가 잘 안 들어가니까.[100]

그녀는 한 명이 혹시나 애순이 아닌가 싶다. 얼굴이 까무잡잡하고 외까풀이던 애순은 물에 타 쓰라고 준 과망간산칼리를 삼켰다. 다행히 금복 언니가 토하게 해 죽지 않고 살았지만 목구멍이 쪼그라들었다.[101] 목이 쪼그라들 때 목소리도 함께 쪼그라들어 말을 할 때면 앵무새가 말을 하는 것 같았다.

과망간산칼리는 조금만 타도 물이 금세 불그스름한 빛을 띠었다. 조금 많이 타면 검은빛을 띠었다. 먹으면 죽기도 하는 과망간산칼리를 탄 물로 소녀들은 아래를 씻었다.[102]

소녀를 찾아 헤매던 그녀는 미니슈퍼 앞에 와 있다. 미니슈퍼 남
자는 아내의 머리카락을 빗기고 있다. 뒤에서 자신을 끌어안듯 떠
받치고 있는 남편에게 머리카락을 맡긴 채 여자는 두 눈을 감고 있
다. 도끼 모양의 주황색 빗을 잡은 남자의 손이 떨리는 것이 가게
밖 그녀에게 고스란히 전달된다. 풍이 와 달달 떨리는 손으로 아내
의 머리카락을 빗기는 남자가 그녀는 기특하다. 남자는 그 일 말고
는 지상에서 해야 할 다른 일이 남아 있지 않은 듯 아내의 머리카락
을 빗긴다.

하반신이 마비되어 못 쓰는 여자는 온종일 머리를 가게에 딸린
방 문지방으로 향하고 누워 있다. 가게에 오는 손님도 누워서 받고,
거스름돈도 누워서 건넨다. 옷수선가게 여자는 그 꼴이 보기 싫어
서 미니슈퍼에서는 껌 한 통 사지 않는다. 여자가 스스로 일어나 앉
는 것조차 여의치 않다는 걸 잘 알면서도.

그녀는 그들이 부부로 맺어진 뒤로 가장 황홀한 한때를 보내고
있는 게 아닌가 싶다. 축복처럼 주어진 한때를 가능한 오래 누리기
위해 저리도 느리게 머리카락을 빗기고 있는 게 아닌가.

그녀가 알기로 남자는 한때 잘나가던 시청공무원이었지만, 도박
에 빠져 패가망신을 했다. 도박을 하느라 진 빚을 갚겠다고 섬에 딸
린 가두리 양식장에서 일을 하다가 풍이 왔다. 옷수선가게 여자의

말에 따르면, 미니슈퍼 여자가 반신불구가 된 것도 따지고 보면 남편 때문이다. 풍으로 쓰러진 남편을 대신해 별의별 장사를 다 해 빚을 겨우 갚고 나자 야속하게도 빙판길에 미끄러져 척추를 다쳤다. 척추 수술을 세 번이나 받았는데도 아내가 일어나지 못하자 남자는 먹고살기 위해 가게를 냈다.

남자가 그만 빗을 떨어뜨린다. 남자가 빗을 다시 집어 들 때까지 그녀는 말뚝처럼 버티고 서서 기다린다.

*

그녀는 평소 잘 다니지 않는 골목으로 발을 들여놓는다. 15번지는 온갖 골목들이 규칙 없이 얽히고설켜 있다. 어떤 골목은 지나치게 길고, 어떤 골목은 뭉툭하다. 두 갈래, 세 갈래로 갈라지는 골목이 있는가 하면, 막다른 골목도 있다. 굴곡과 경사가 심하게 진 골목도 있다.

골목에서 그녀는 하필이면 늙은이와 맞닥뜨린다. 늙은이는 혼자가 아니다. 늘 그렇듯 아들과 함께이다. 나무옹이 같은 뭉툭한 턱과 곱슬머리가 인상적인 늙은이는 어디를 가든 아들을 데리고 다닌다. 늙은이의 아들은 쉰 살이 훌쩍 넘었지만 뇌 기형으로 지능이 대여섯 살 수준이다. 부자지간이라는 게 믿기지 않을 만큼 늙은이와 생김이 도무지 딴판이다. 세상을 굽어보듯 등허리가 굽고 왜소한 늙은이와 다르게 아들은 씨름 선수처럼 거구에다 눈썹 짙고 이목구비가 큼직큼직하다.

골목에 버티고 서서 꿈쩍도 하지 않으려는 아들을 늙은이가 어르고 달래는 모습을 그녀는 종종 보았다. 그러나 늙은이가 아들을 윽박지르거나, 아들에게 분노를 터트리는 모습은 못 봤다.

서울미용실 여자의 말에 따르면 늙은이는 아들을 끔찍이 위한다. 십수 년 전 복지관 사람들이 늙은이를 찾아와 아들을 장애인시설에 보내는 것이 어떻겠느냐는 상의를 해온 적이 있었다. 광분한 늙은이가 눈이 뒤집혀서는 식칼을 들고 난리를 친 뒤로 누구도 늙은이에게 아들 이야기를 함부로 꺼내지 않는다.

그렇잖아도 그녀는 혹시나 늙은이 부자와 마주칠까봐 가슴을 졸였다. 15번지 골목들에서 그녀가 가장 자주 마주치는 이들은 그들이다. 그들이 그녀에게 해코지는커녕 알은체조차 해오지 않는데도 그녀는 그들 부자와 마주칠 때마다 심장 박동이 빨라진다.

코가 얼얼하도록 짙은 지린내가 늙은이 부자에게서 나는 것인지, 골목에서 나는 것인지 그녀는 분간이 안 된다.

늙은이는 15번지 일대 빈집들을 돌아다니면서 전선을 수거한다. 전선 속 구리를 고물상에 내다 팔기 위해서다.

늙은이가 사는 집은 그녀가 사는 양옥집과 골목 두 개를 사이에 두고 있다. 붕괴된 담 너머로 마당이 훤히 들여다보이는 집이 늙은이가 사는 집이다. 마당은 늙은이가 수거한 전선 뭉치와 구리 뭉치

천지다.

그녀는 늙은이가 빈집에서 어떻게 전선을 수거하는지 모른다. 죽은 짐승의 몸뚱이에서 핏줄을 뽑듯, 뽑지 않을까.

그녀의 두 눈이 늙은이의 손에 들린 붉은 양파망을 기어이 보고야 만다. 양파망 속에는 새끼 고양이가 들어 있다.

늙은이는 빈집들에 들어 전선을 수거하는 일 말고 다른 일도 한다. 바로 새끼 고양이 포획이다. 늙은이는 15번지 일대 새끼 고양이를 닥치는 대로 잡아다 시장에 내다 판다. 집 없이 떠도는 고양이들이 서로 교미해 낳은 새끼 고양이들이라, 늙은이에게 시비를 거는 사람은 없다. 서울미용실 여자는 늙은이가 새끼 고양이 한 마리당 아무리 못 받아도 5천 원은 받을 거란다.

넉 달 전쯤 그녀는 오늘처럼 정처 없이 골목들을 돌아다니다 늙은이가 새끼 고양이를 어떻게 잡아들이는지 똑똑히 지켜보았다. 늙은이의 손이 새의 발처럼 오므라들더니 새끼 고양이의 목덜미를 약빠르게 움켜잡는 것을, 공포에 질려 날 세운 발톱으로 허공을 할퀴어대는 새끼 고양이를 붉은 양파망에 우격다짐으로 집어넣는 것을, 새끼 고양이의 무게 때문에 길게 늘어진 양파망을 빈집 대문 기둥에 거는 것을. 양파망은 새끼 고양이를 포획하기에 더없이 훌륭한 올가미였다.

아버지인 늙은이가 그 모든 과정을 끝마칠 때까지 사내는 벌을 받는 초등학생처럼 얌전히 지켜보았다. 그녀는 어쩐지 그 모든 과정이 사내의 머릿속에 한 장면 한 장면 고스란히 새겨졌을 것 같았다.

늙은이는 새끼 고양이가 든 양파망을 전봇대에 매달아놓고 휘적휘적 골목을 나간다.

양파망 속 새끼 고양이는 지친 것인지, 지레 포기한 것인지 죽은 듯 조용하다. 버둥거리지도, 울부짖지도 않는다. 그녀는 새끼 고양이가 일찌감치 자신의 운명을 받아들여서 다행이다 싶으면서도 한편으로는 안타깝다. 어미젖을 거의 못 먹었는지 늑골이 살갗을 찢고 튀어나올 듯 말랐다.

15번지가 빈집과 고양이 천지인 재개발 예정 구역이 아니라 두메산골이었다면, 늙은이는 새끼 고양이가 아니라 산토끼나 꿩이나 멧돼지를 잡는 사람이 되었을까?

새끼 고양이를 시장에 내다 팔아 번 돈 5천 원으로 늙은이는 무엇을 살까? 쌀을? 달걀을? 소금을? 라면을? 우유를? 감자를? 밀가루를?

5천 원이면 미니슈퍼에서 파는 달걀을 한 판 살 수 있다. 한 달 전쯤 그녀는 늙은이가 미니슈퍼에서 계란을 한 판 사들고 걸어가는 모습을 보았다.

아니면 5천 원으로 전기세나 수도세나 도시가스비를 내는 데 쓸까?

그녀의 존재를 알아차린 새끼 고양이가 가늘고 질긴 신음을 토한다.

그녀는 긴장한 얼굴로 골목을 둘러본다. 골목에는 그녀 자신과 새끼 고양이뿐이다.

양파망은 그녀가 깨금발을 하면 손이 충분히 닿는 높이에 걸려 있다. 그러나 그녀는 양파망을 전봇대에서 내려 새끼 고양이를 꺼낼 엄두가 도무지 나지 않는다. 새끼 고양이를 양파망에서 꺼내 풀어줄 여력이 없다.

자비심이 없어서가 아니라, 자비를 베풀기에는 자신이 너무 늙어서라고 스스로를 다독이지만, 그녀는 어쩔 수 없이 새끼 고양이 때문에 죄책감에 사로잡힌다. 새끼 고양이에게 눈곱만 한 해도 끼치지 않았는데, 몹쓸 해코지를 한 것 같다.

양파망에 넣어지는 순간 새끼 고양이는 늙은이의 것이 되었다.

밭 매다가[103], 목화 따다가[104], 물동이 이고 동네 우물가에 물 길러 갔다가[105], 냇가에서 빨래해 오다가[106] 학교에 가다가[107] 집에서 아버지 병간호하다가[108] 억지로 끌려온 소녀들이 하나하나 옥상이나 오바상이나 오토상이라고 부르던 일본인 업주의 것이 되었듯.

맨 처음에 인간은 땅도 그런 식으로 차지했을까? 밤나무나 감나무 같은 나무들도? 샘도? 개나 염소나 돼지 같은 가축도?

만주 위안소에서 소녀들은 닭이나 염소 같은 가축이나 마찬가지였다. 오토상은 소녀들이 말을 듣지 않거나 도망치다 잡히면 누런 가죽 끈으로 목을 옭아매서 끌고 다녔다.[109]

4

*

양옥집 대문을 그녀는 한참 응시하고 서 있다. 한 백 년 집을 떠났다가 돌아온 심정이다. 애기 때 나갔다[110] 더는 늙을 수 없을 만큼 늙어서야.

대문을 열고 마당으로 들어서기가 겁난다. 대문에서 돌아서서 골목을 되돌아나가고 싶지만 그녀는 갈 곳이 없다.[111]

*

그녀는 여자아이에게게서 받은 종이죽 탈을 마루 한쪽에 놓아두고 수도로 간다. 수도꼭지를 돌리자 하늘색 호스가 쿨럭 물을 토한다.

하수구로 흘러들기 전 바닥에 소용돌이치듯 고이는 물을 바라보고 있으려니, 그 물에 실려 떠내려가는 것 같은 착각이 든다.

물에 어른어른 번진 자신의 얼굴을 물끄러미 들여다보던 그녀는 세숫대야를 기울인다. 물과 함께, 그 물에 번진 자신의 얼굴을 바닥으로 흘려버린다. 세숫대야 속 물이 뒷물을 하던 민물을 떠오르게 해서.

하하는 소녀들에게 과망간산칼리를 탄 물로 뒷물을 하라고 했지만, 그녀는 그냥 민물로 하고는 했다. 과망간산칼리를 탄 물이 불그스름해, 그 물로 뒷물을 하면 염소나 돼지 같은 짐승의 피로 아래를 씻는 기분이 들어서였다.

한 명이 다녀가면 한 번을, 열 명이 다녀가면 열 번을, 스무 명이 다녀가면 스무 번을 씻었다. 하여간 내 몸뚱이에 붙은 살이 아니라 남의 몸뚱이에 붙은 살같이 느껴질 만큼 씻고 씻었다. 겨울에도 찬물로 하도 씻어대니까 아래에 냉기가 들었다.

평양 권번 출신으로, 얼굴이 갸름하니 인물이 좋아 별을 단 장교들이 서로 찾던 향숙은 월경 배앓이를 심하게 했다. 월경 때마다 군인을 받지 못하자 하하는 향숙을 중국인 마을에 있는 산부인과의원에 데리고 가 얼음찜질을 시켰다. 얼음찜질을 하도 해서 아래가 떨어져 나가는 것 같았다고 울먹이던 향숙은 시커먼 피를 쏟았다.[112]

"죽은 피야."

금복 언니가 말했다.

소녀들 사이에는 얼음찜질을 하도 해 향숙의 자궁이 닭 모래주머니만큼 오그라들었다는 소문이 돌았다.[113]

가축이나 마찬가지여서, 그들은 소녀들의 자궁을 마음대로 들어내기도 했다. 소녀들이 임신하면 다시는 임신을 못하게, 태아와 함께.

소녀의 몸에 애가 들어서면 갯값도 못 받았다.[114]

만주 위안소에 끌려갈 때 겨우 열세 살이라 아직 월경이 없던 그녀는, 월경이 있는 소녀들이 임신을 할까봐 전전긍긍하는 것을 보았다. 소녀들 중 하나가 입덧을 하거나 배가 불러오면 오토상은 화물트럭에 태워 어딘가로 데리고 갔다. 반나절쯤 지나 소녀는 몸에 피가 한 방울도 남아 있지 않은 사람처럼 창백하게 질린 얼굴로 돌아왔다.

자궁을 몸에서 도려낼 수도 있다는 걸 소녀들은 몰랐다.

애가 들어서기 무섭게 긁어내는데도, 숫제 임신을 못하게 자궁을 들어내는데도, 아기를 낳은 소녀들이 더러 있었다. 삿쿠를 안 끼려는 일본 군인들이 있는 데다 삿쿠가 찢어지고는 해서.

춘희 언니는 생리가 없자 애가 들어선 게 틀림없다며 무쇠 다리미로 배를 다렸다. 무쇠 다리미는 거푸집처럼 속이 비어 있어서, 그

속에 조개탄을 넣어 사용했다. 한옥 언니는 벌겋게 달아오른 조개 탄을 젓가락으로 집어 다리미 속으로 가져갔다. 조개탄 한 덩어리 가 더해질수록 무쇠 다리미는 그만큼 더 뜨겁게 달아올랐다.

"아이고, 뜨거워 죽겠다! 이러면 정말 애가 떨어지나?"

춘희 언니가 낯을 잔뜩 찡그렸다.

"가만 좀 있어라!"

한옥 언니는 조개탄을 한 덩어리 더 다리미 속으로 가져갔다.

한옥 언니는 할미꽃 뿌랭이를 먹으면 애가 떨어진다는 것도 알고 있었다. 그녀의 고향 마을 무덤가에 흔히 피어 있던 할미꽃은 그러 나 만주에서는 눈을 씻고 찾아도 없었다.[115]

월경을 시작한 뒤로 그녀는 세상에서 삿쿠 터지는 소리가 가장 무서웠다. 병이 옮거나, 애가 들어설까봐. 그녀는 삿쿠 터지는 소리 가 들리면 벌떡 일어났다. 신경질을 내는 군인에게 삿쿠를 다시 끼 라고 사정했다.[116]

그녀가 벼락 맞은 사람처럼 벌떡 일어날 때, 놀란 벼룩들이 깨처 럼 튀었다.

하하는 소녀들에게 검붉은 색의 콩알만 한 알약을 나누어 주기도 했다. 먹으면 병에 안 걸린다는 그 약을 그녀는 몰래 변소에 버렸다 가 하하에게 두드려 맞았다. 그냥 먹었다고 하면 되는데 버렸다고 사실대로 말해서, 거짓말을 할 줄 몰라서.[117]

냄새를 맡는 것만으로도 코가 허는 것처럼 독하던 알약이 수은 약이라는 걸 소녀들은 까맣게 몰랐다.[118]

생리 때도 소녀들은 군인을 받았다. 메추리알처럼 둥글게 만 솜 뭉치를 질 속 깊이 밀어 넣어 피가 흐르지 않았다. 군인들을 받는 동안 솜뭉치는 점점 더 깊숙이 들어갔다.[119] 두 다리를 벌리고 앉아 솜뭉치를 질 속으로 밀어 넣을 때마다 그녀는 자신이 오리라도 된 것 같았다.

소녀들은 아주 간혹 죽은 아기를 낳기도 했다. 과망간산칼리를 탄 물로 너무 씻고, 독한 606호 주사를 맞고 해서 아기가 제대로 살 지 못했다.[120]

수옥 언니가 밥을 먹다 말고 방 안을 뒹굴었다. 금복 언니가 수옥 언니의 배를 만져보더니 말했다.

"아기가 든 것 같아."

수옥 언니의 얼굴이 새파랗게 질렸다.

며칠 뒤 오토상이 수옥 언니를 화물트럭에 태워 중국인 마을에 데리고 갔다. 군인들을 받느라 수옥 언니가 돌아오는 것을 보지 못 한 소녀들은 아침이 되어서야 수옥 언니의 방을 들여다보았다. 수 옥 언니는 오한이 나 이빨이 딸각딸각 맞부딪치도록 떨었다. 수옥 언니가 덮은 담요에서 생리 피와 지린 오줌 냄새가 진동했다. 해금이 자신의 담요를 가져와 수옥 언니에게 덮어주었다. 연순도 담요를 가져와 덮어주었다. 그녀는 담요 밖으로 비쭉 나온 수옥 언니의 손을 잡아주었다. 뼈만 남은 손은 얼음장이었다.

"7개월은 되었을 거래."

수옥 언니가 내뱉는 숨에서 푹 찐 가지 냄새가 났다.

"사내애였대. 꺼냈더니 얼굴부터 몸 반쪽이 썩어 죽어 있었대……."[121]

금복 언니가 물 적신 수건으로 수옥 언니의 얼굴과 목덜미를 훔쳤다.

"7개월이면 손가락도 다 달렸겠지?"

수옥 언니가 금복 언니를 바라보았다.

"우리 막내가 칠삭둥이잖아. 엄마가 일곱 달 만에 낳아서. 눈코입이 제대로 달렸던걸. 엄마가 나보고 아기 손가락을 세보라고 해서 세봤잖아. 열 개 다 달렸다고 했더니, 발가락을 세보래. 일곱 달 만에 나와 손가락이나 발가락을 덜 달고 나왔을까봐. 열 개 다 달렸다고 했더니 그제야 아기를 품에 안더라고. 아기가 뭘 덜 달고 나왔을까봐 겁이 났나봐. 눈코입도 제대로 달리고, 머리카락도 제법 났던걸."

중얼거리는 해금의 옆구리를 한옥 언니가 손가락으로 찔렀다.

죽은 아기를 유산한 뒤로 수옥 언니의 검은자위는 가운데 있지 않고 점점 위로 치붙듯 올라갔다. 그렇게 점점 위로 올라가 어느 순간 눈구멍 밖으로 영원히 사라질 것처럼.

불그스름한 빛깔이 돌고 한없이 뜨겁던 606호 주사를 맞으면 팔이 떨어져 나가는 것처럼 아팠다.[122] 그걸 맞으면 한 사나흘은 하늘과 땅이 뒤집히는 것같이 어지럽고, 속이 매스꺼웠다. 독하고 역겨운 냄새가 코로 올랐다. 월경을 한 달씩 걸러 했다. 비소로 만든 그 주사를 맞으면 불임이 될 수도 있다는 걸, 아무도 소녀들에게 알려주지 않았다. 소녀들의 팔뚝에 606호 주사를 놓아주던 간호사조차 알려주지 않았다. 하하는 심지어 그 주사를 맞으면 피가 맑아진다고 소녀들에게 거짓말을 했다.[123]

그녀는 606호 주사를 맞는 것 만큼이나 삿쿠를 씻는 게 싫었다. 하하가 아껴 쓰라고 잔소리를 하는 데다 넉넉하게 나누어 주지 않아서 소녀들은 한 번 쓴 삿쿠를 빨아 썼다. 소녀들의 몸에 다녀갈 때 군인들은 자신들이 쓴 삿쿠를 양철통에 버리고 갔다. 삿쿠가 수북하게 쌓인 양철통에서 진동하는 냄새는 구역질이 날 정도로 비렸다.[124] 소녀들은 아침을 먹고 나면 양철통을 들고 세면실로 갔다. 정액이 묻은 삿쿠를 앞뒤로 뒤집어가면서 씻었다. 베니어합판에 널어 말린 뒤, 하얀 가루로 된 소독약을 뿌렸다. 삿쿠를 씻을 때마다, 소녀들은 간밤 그렇게나 많은 군인이 자신의 몸에 다녀갔나 싶어 넌더리를 쳤다. 그만큼 또 군인을 받아야 한다는 생각에 한 차례 더

넌더리가 쳐졌다.[125]

샷쿠를 빨아 널고 시간이 나면 소녀들은 앞마당에 나와 볕을 쬐었다. 오전 아홉 시부터 군인들이 몰려왔기 때문에 볕을 쬘 시간이 넉넉하지 않았다. 오전 아홉 시부터 오후 다섯 시까지는 졸병들이 몰려왔다. 오후 다섯 시부터는 하사관들이, 밤 열 시부터 열두 시 사이에는 장교들이 왔다.[126] 장교들은 새벽 두세 시에도 왔다.[127]

그날도 소녀들은 저마다 샷쿠를 씻어 널고 마당으로 모였다. 겨우내 얼어 죽지 않으려 다른 소녀들의 방을 전전하던 분선은 햇볕에 두 발을 내놓고 있었다. 냉증에 걸려 군인을 받지 못하자 하하가 분선에게 유단포도, 조개탄도 주지 않아서였다. 분선은 그녀의 방에도 잠깐씩 들어와 유단포에 발을 녹이고 가고는 했다.[128]

만주의 겨울은 오줌을 누면 누자마자 얼어버릴 정도로 추웠다. 자고 일어나면 창문 안쪽과 천장까지 얼음이 얼어 있었다. 입김마저 허공에서 어는 겨울을, 소녀들은 담요 한두 장과 유단포와 조개탄으로 났다. 하하가 나누어 주는 조개탄으로는 얼어 죽지 않을 정도로만 불을 땔 수 있었다.

"우리 엄마가 나 시집보내려고 했는데."

빨간 완장을 찬 헌병에게 잡히지 않으려고 쌀뒤주 안에도 숨었던 기숙 언니가 말했다. 기숙 언니는 화장막에도 숨었지만 헌병에게 잡혀 그곳까지 왔다.[129]

딸을 둔 부모들이 딸들을 서둘러 시집보내려고 안달했다는 걸 그녀는 만주 위안소에 와서야 알았다. 자식 딸린 홀아비든, 늙은 영감이든, 다리 하나 없는 총각이든 가리지 않고. 시집을 가면 안 잡아가는 줄 알고서. 그래서 시집을 갔지만, 남편이 보는 앞에서 강제로 끌려간 소녀도 있었다.[130] 일본 군인들과 헌병들은 소녀들이 시집을 간 것처럼 머리를 쪽 짓고 수건으로 둘러도 용케 알고서 잡아갔다.

　"우리 아버지는 가짜로 혼인 신고까지 냈잖아. 나보다 열여섯 살이나 많은 최 씨라는 남자하고……. 나는 그 남자 얼굴도 본 적 없어. 내가 정말로 시집가게 되면 혼인 신고를 취소시켜주기로 최 씨하고 아버지하고 단단히 약속했대. 정말로 시집간 것처럼 머리도 올리고 다녔는데, 동네 반장 부인이 내가 가짜로 시집간 걸 알고서 공장에 돈 벌러 가지 않겠냐고 꼬드기잖아. 바늘공장에서 3년만 일하면 큰 돈을 벌 수 있다고. 반장이 일본인이었거든.'

　밤새 한숨도 못 잔 한옥 언니의 눈은 반쯤 감겨 있었다.

　"총각이 있어야지 시집을 가지…… 다 징용 가버려서. 우리 친구는 얼굴이 박꽃처럼 허여니 좋은데 영감이 쪼글쪼글하니 얄궂어.'[131]

　동숙 언니가 소리도 없이 희미하게 웃었다.

　"얄궂어도 차라리 영감한테 시집가는 게 나을 뻔했어.'[132]

　애순의 쪼그라든 목소리가 높낮이도 없이 실처럼 쭉 뽑혀 나왔다.

　소녀들이 정신대로, 위안소로 보내지는 동안 소년들은 탄광으로,

제철소로, 광산으로, 군수공장으로, 비행장으로, 철도 공사장으로 징집되어 갔다. 충남 논산이 고향인 동숙 언니의 오빠도 일본으로 돈을 벌러 갔다고 했다.

"일본 제철소에서 직원을 모집한다는 광고가 신문에 났잖아. 백 명을 모집하는데 살 집도 주고, 월급도 일본 사람과 똑같이 주고, 2년 동안 기술을 배우면 자격증도 준다고 해서. 오빠가 기술을 배우고 싶어 했거든."

따뜻해지는 볕을 두고 소녀들은 슬금슬금 일어나 흩어졌다. 겨우내 기다리던 봄볕을 떨쳐내기가 못내 아쉬워 소녀들은 하늘을 향해 얼굴을 한 번 쳐들고 나서야 방으로 들었다.

군인들은 금방 버글버글 몰려와 위안소 마당에 노랗게 깔렸다. 마당에서부터 발목에 감는 각반을 풀고 자신들의 차례를 기다렸다.

소녀들의 몸에는 보통 하루에 15명 정도가 다녀갔다. 일요일에는 50명도 넘게 다녀갔다.[133]

졸병들은 대개 바지를 벗으려면 시간이 걸리니까, 지퍼를 내리고 훈도시만 풀고서 다녀갔다.[134] 그럴 때면, 군복 바지 허리에 매달린 주머니칼집이 그녀의 배를 쿡쿡 찔렀다.[135]

소녀들의 아래가 부어서 그게 잘 들어가지 않으면 군인들은 삿쿠에 연고를 발라서 들어가게 했다.[136]

군인들이 다녀갈 때마다 그녀는 식칼로 아래를 포 뜨는 것 같았다. 군인이 열 명쯤 다녀가고 나면 포를 하도 떠 아래가 하나도 남아 있지 않은 것 같았다.

아래는 무시로 바늘 들어갈 구멍도 없이 훌떡 뒤집어졌다.[137]

소녀들은 자신들 몸에 다녀가는 군인들 명수로 일요일인지 알았다. 그곳에는 달력도 없어서 소녀들은 날짜도, 요일도 몰랐다.[138] 모든 날들은, 모르는 날들이었다. 모르는 날들이 흘러가는 동안 소녀들은 폭삭 늙었다.

일본 군인들이 몰려오기 시작하자 춘희 언니가 투덜거렸다.

"저 씨팔놈의 새끼들이 왜 끄대 오냐."[139]

춘희 언니는 군인들에게 밉보이려고 낯도 안 씻고, 머리도 안 빗었다.

군인들은 금세 불개미 꾫듯 꿇었다.[140]

소녀들은 전투가 매일 있었으면 했다. 전투가 있는 날에는 군인들이 오지 않았다. 전투가 매일 있었으면 하는 바람만큼이나 전투를 나간 군인들이 돌아오지 않기를 바랐다. 전투에서 살아 돌아온 군인들은 광기에 휩싸인 듯 들떠 있고 난폭했다. 머리부터 발끝까지 먼지투성이에다 씻지를 않아 악취를 풍겼다. 전투에서 돌아온 군인들이 몰려오는 날이면 위안소에서는 아귀다툼이 벌어졌다.

군인과 소녀 사이에 한바탕 싸움이 벌어진 방, 소녀가 도망치다가 붙잡혀 와 두드려 맞고 있는 방, 술 취한 군인이 난동을 부리는 방, 소녀가 서럽게 흐느껴 우는 방, 삿쿠를 끼지 않으려는 군인과 소녀가 실랑이를 벌이는 방…….

삿쿠를 절대 끼지 않으려는 군인들이 종종 있었다. 자신이 몹쓸 병에 걸려서 삿쿠를 꼭 끼고 해야 한다고 아무리 사정을 해도 들으려 하지 않았다. 오늘 죽을지 내일 죽을지 모르는 전쟁터에서 그깟 병에 걸리는 게 무슨 대수냐고 막무가내로 덤벼들었다. 그런 군인을 만나면 그녀는 임질이나 매독에 걸릴까봐 미쳐버릴 것 같았다.

전투를 앞두고 울던 군인도 있었다. 아버지의 군복을 훔쳐 입은 듯 몸집이 왜소하던 군인은 그녀가 누이 같았는지 그녀를 붙들고 울었다. 일본 군복만 봐도 넌더리가 났지만 그녀는 군인을 달랬다. 울지 말라고, 꼭 살아서 돌아오라고……. 전투를 나간 일본 군인들이 한 명도 살아서 돌아오지 않기를 바라면서도, 겁에 질려 아이처럼 우는 군인이 안쓰러웠다. 그 군인이 살았는지 죽었는지 그녀는 모른다. 그 뒤로 그녀는 그 군인을 다시는 만나지 못했다.

군인들은 전투가 없는 동안에는 그나마 온순한 편이었다.

소녀들은 일본이 전쟁에서 이기기를 바라기도 했다. 소녀들은 일본이 지면 자신들도 모두 죽는 줄 알았다.[141]

"일본이 이겨야 고향에 갈 수 있다."

하하는 소녀들에게 일본이 전쟁에서 이기면 팔자를 고치게 해주겠다는 말을 입버릇처럼 했다.

"일본이 이기기만 하면 논 서너 마지기는 장만할 돈을 손에 들려

고향에 보내주겠다."

그녀는 논 서너 마지기 살 돈은 아니더라도 옷 지을 광목 서너 필이라도 사들고 고향집에 돌아갈 수 있었으면 했다. 장 담글 콩이라도 서너 말이라도.[142]

이제 여기서 죽는가 보다[143] 하면서도, 이런 데 있다가 집에 가면 무슨 소용이 있느냐고 차라리 죽는 게 낫다고 한탄하면서도.[144] 고향집에 돌아가면 뭐라고 말해야 하나 막막할 때가 있었다. 실공장에 있었다고 해야 하나? 비단공장에 있었다고? 아니면 그냥 좋은 공장에.

하하는 소녀들을 대여섯 명 뽑아 오지에 있는 군부대로 출장 보내기도 했다. 군부대에서 군용트럭을 보내 소녀들을 태우고 갔다.

군부대에서는 천막을 쳐 임시 위안소를 만들고 합판으로 칸칸을 나누고는, 소녀들을 들여보내 군인들을 받게 했다. 소녀들은 개구리처럼 다리를 오그린 어정쩡한 자세로 하루 종일 군인을 받았다. 저녁이 되면 소녀들은 오그린 다리를 펼 수 없는 지경이 되었다. 장교들은 천막까지 오지 않고 자신들의 막사로 소녀를 불렀다. 밥은 군인들이 항고[145]에 가져다주는 대로 먹었다. 대개 납작한 보리쌀로 지은 밥 두어 숟가락과 단무지 서너 점이 전부였다. 아주 간혹 희멀건 시금칫국이나 칸즈메라고 부르던 생선통조림을 주기도 했다.[146] 소녀들은 일주일쯤 군인들을 받다가 다시 위안소로 돌아왔다.[147]

한번은 군부대를 찾아가는 길에 중국인 마을을 지나간 적이 있었다. 소녀들은 여기저기 널려 있는 시체를 보았다. 여자들과 아이들이 시체들을 헤집고 돌아다니면서 울부짖고 있었다. 소녀들을 태운 군용트럭은 길에 널린 시체들의 팔을, 다리를, 머리를 그대로 밟고 지나갔다. 군용트럭 바퀴가 뒤룩뒤룩 살찐 사내의 배를 밟고 지나갈 때 그 안에 든 내장이 짓뭉개지는 것이 소녀들의 심장까지 고스란히 전해졌다.

　흙벽에 등을 기대고 늘어져 있는 사내가 죽었는지 살았는지 모르겠어서 쳐다보고 있는데, 분선이 그녀의 어깨를 툭 쳐왔다. 송아지처럼 누런 개가 소년의 시체를 물고 가는 것을 보라고.

　"개가 시체를 왜 물고 갈까?"

　분선이 고개를 갸웃거렸다.

　"뜯어 먹으려구…… 배가 고프니까."

　춘희 언니가 입을 삐죽거렸다.

　잠에서 막 깨어난 봉애가 피식 웃었다. 무너진 집 위에서 담요만 한 일장기가 펄럭이고 있었다. 불에 탄 집 앞에 맨발로 망연자실 서 있던 여자가 고개를 들어 군용트럭을 타고 가는 소녀들을 텅 빈 눈으로 바라보았다.

　군용트럭이 중국인 마을을 지나 한참을 더 달려가자 강이 나타났다. 그녀의 고향 마을에 흐르는 강보다 폭이 두 배는 더 되는 강이었다. 강 한쪽에는 뿌리와 가지를 절단한 나무들이 무더기무더기

부려져 있었다. 총을 찬 군인들이 강나루를 지키고 있었다.

시체들이 강물을 붉게 물들이면서 떠내려가다가 소녀들을 태운 배가 지나가자 양옆으로 갈라졌다.[148]

*

둥근 접시 위 감자는 아이 주먹만 하다. 실오라기 같은 김이 오르는 감자를 그녀는 지상에서 주어진 마지막 음식인 듯 바라본다.

마침내 감자를 집어 드는 그녀의 눈동자가 잠깐 초점을 잃고 흔들린다.

그녀가 감자 들린 손을 앞으로 내민다.

먹어…….

자신 앞에 아무도 없다는 걸 깨닫고도 감자 들린 손을 거두어들이지 못한다.

연순이 앞에 앉아 있는 것만 같다.

연순은 잘 먹지 못해 마르면서도, 군인들이 어쩌다 가져다주는 건빵이나 캐러멜, 통조림을 먹지 않고 나무궤짝 속에 모아두었다. 먹을 게 없어 찔레꽃이나 뻐꾹나물 잎이나 따먹고 있을 동생들이 생각나서였다. 뻐꾸기가 울 즈음에 피는 뻐꾹나물 어린잎은 삶지 않고 생으로 먹었는데, 쓴 맛이 났다. 연순은 먹지 못하고 모은 것들을, 자신을 자주 찾아오는 소위에게 부탁해 고향집으로 부칠 것이라고 했다. 연순과 동갑인 딸이 있는 소위는 어느 날 전투에 나가 돌아오지 않았다.[149] 그리고 얼마 뒤 연순은 다른 곳으로 보내졌다. 광목 보따리를 끌어안고 화물트럭 짐칸에 오르는 연순의 얼굴은 볼살이 쏙 빠져 뾰족했다.

떠나는 연순을 배웅하러 마당으로 나온 소녀들이 수군거렸다.

"여기 올 때만 해도 얼굴이 참 예뻤는데 살이 빠져 못쓰게 되었네."

"배를 가르고 애기를 빼냈다지."[150]

단골처럼 낯이 익은 일본 군인들이 한참 오지 않으면 소녀들은 그들이 전투에 나가 죽었나 보다 생각했다.

그녀는 감자를 아주 조금 떼어 자신의 입으로 가져간다.

굶주림이 어떤 것인지 소녀들은 잘 알았다.

소녀들은 굶주림을 어머니의 자궁에 있을 때부터 알았다.

입이라는 게 빚어지기 전부터.

굶주림은 만주 위안소에도 있었다. 하하는 소녀들에게 아침으로 죽을 주었다. 양철 그릇에 얼굴이 다 비치도록 멀겋게 쑨 죽[151]에 딸려 나오는 반찬은 군내 나는 희멀건 김치뿐이었다. 멀건 죽에는 종종 바구미나 구더기가 고기 건더기 대신 떠다녔다. 소녀들은 죽이 바닥나면 양철 그릇 밑바닥에 비친 자신들의 얼굴을 떠먹었다. 얼굴은 아무리 떠먹어도 줄지 않았다. 그리고 아무리 떠먹어도 배가 부르지 않았다.

주먹밥은 여름에는 주로 쉬어 있었고, 겨울에는 꽁꽁 얼어 있었다. 임질이나 매독에 걸려 군인을 받지 못하는 소녀들에게는 그것마저도 없었다. 주먹밥을 배급받지 못한 소녀들은 군인들이 놓고 간 건빵을 물에 불려서 떠먹었다. 물을 머금어 서너 배로 불어난 건빵은 삶은 돼지고기 살점처럼 보였다.

저녁은 거의 밀죽이었다. 소금과 물로 반죽한 밀가루를 손으로 뚝 뚝 떠 넣어 끓인 밀죽은 한 그릇 먹고 나면 푸새를 하려고 쑨 풀 냄새가 났다.[152] 군인들을 받아가면서 짬짬이 먹어야 했기 때문에 소녀들은 그마저도 서너 숟가락 떠먹다 말고는 했다. 그녀는 국수는 종종 해 먹지만 수제비는 밀죽이 생각나서 해 먹지 않는다.

긴로호시[153]를 나가는 날은 그래도 된장국을 먹을 수 있었다. 된장을 풀다 만 듯 밍밍했지만. 보름에 한 번 오토상은 소녀들을 데리고 긴로호시를 나갔다. 그런 날은 밤에만 군인들이 왔다. 화물트럭을 타고 2, 30분 정도 달려 도착한 곳에는 부도난 공장 창고처럼 을씨년스러운 막사 건물이 덩그러니 있었다. 소녀들은 그 안에서 나무판대기 같은 것을 방석 삼아 둘이 마주보고 앉아서는 일본 군인들 군복을 지었다. 해진 군복 모자나 바지를 기우고, 구멍 난 양말을 꿰맸다. 그녀는 짓고 있는 옷이 아버지 저고리였으면 했다. 오라버니 저고리였으면. 깁고 있는 양말이 어머니 버선이었으면……. 그녀는 자신들이 어째서 일본 군인들의 군복까지 지어야 하는지 이해할 수 없었다. 그들의 어머니나 누이들이 짓지 않고 자신들에게 짓게 하는지. 억울한 마음도 들었지만, 그녀는 허투루 바느질을 하지 않았다. 만주는 겨울이 찾아오면 죄다 얼어, 얼어 죽은 배추로 김치를 담그는 곳이었다.

나중에 그녀는 싱가포르로 끌려간 소녀들이 핏물로 지은 밥을 먹기도 했다는 이야기를 들었다. 태평양전쟁이 한창일 때, 소녀들은 경운기같이 생긴 오토바이를 타고 폭격을 피해 다니면서 군인들을 받았다. 밤에 소녀 여섯 명이 모여 쌀 몇 줌을 항고에 담고, 주위를 더듬거려 찾은 물을 붓고, 불빛이 새나가지 않게 조심하면서 밥을 짓다가 그만 폭격을 당했다. 기겁을 한 소녀들이 항고를 들고 정신없이 도망 다니는 사이에 날이 하얗게 샜다. 그제야 밥을 먹으려고 보니 설익게 지어진 밥이 돼지 피로 버무린 듯 시뻘겠다. 폭탄을 맞고 죽은 소녀의 몸에서 흘러나와 고여 있던 피가 물인 줄 알고 그것을 손으로 떠 붓고 밥을 지은 것이었다. 소녀들은 밥을 어떻게 할까 상의하다가, 그거라도 먹지 않으면 굶어 죽을지 모른다는 생각에 눈을 감고 먹었다. 굶어 죽지 않으려고 죽은 사람의 피로 지은 밥을

먹었지만 여섯 명 중 한 명만 겨우 살아남았다.[154]

*

티브이 앞에 앉아 종이죽 탈을 들여다보던 그녀가 고개를 갸웃거린다. 탈이 자신의 얼굴과 닮아 의심마저 든다. 여자아이가 바가지 같은 틀에 종이죽을 붙여 눈, 코, 입 모양을 잡아나갈 때 자신의 얼굴을 떠올린 게 아닌가.

그녀는 울고 싶은데 울음이 안 나온다. 아귀처럼 입을 한껏 벌리고 목을 늘어뜨려도 눈물 한 방울 안 난다. 자매들이 죽었을 때도, 오빠가 죽었을 때도 그녀가 눈물 한 방울 흘리지 않으니까, 친인척들은 흉을 보았다. 독해서 시집도 안 가고 평생 혼자 살더니만 울지도 않는다고. 그녀는 너무 지독하게 살아서 눈꺼풀을 쥐어뜯어도 눈물이 안 나는가 보다 했다. 평생에 걸쳐서 두고두고 울 걸 소싯적에 다 울어버려서 그런가 보다고.[155]

큰오빠가 죽었는데도 눈물 한 방울 나지 않는 자기 자신이 야속해서, 그녀는 자신이 짐승만도 못하게 되어버렸다고 자책했다. 짐승도 우는데 인간인 자신이 못 울게 되었으니.

짐승만도 못하게 되었는데 살아서 뭐하나 싶었다.

군자를 만나면 울음이 나려나? 금복 언니를 만나면, 탄실을 만나면, 순덕을 만나면…….

경남 합천이 고향이던 순덕은 인천에 식모 살러 가는 줄 알고 온 곳이 만주 위안소라고 했다.

"열두 살 먹어서부터 집 떠나 일본 장교 집에서 식모를 살았어. 집에 땟거리도 없으니 어떡해. 청소하고, 빨래하고, 심부름하고, 시장도 보고…… 장교 이름이 다케시였어. 3년 살고 나니까 다케시가 나보고 인천에 식모 살러 가지 않겠냐구 묻지 뭐야. 인천에 가면 한 달에 8원을 준다잖아. 그러겠다고 하니까, 석 달치를 미리 주는 거라면서 24원을 쥐어주지 뭐야. 20원은 엄마 주고, 4원은 내가 가졌어. 4원으로 원피스도 사 입고, 흰 고무신도 사 신고 얼마나 좋던지…… 떠날 때 어매가 역까지 따라와 능금을 사주더라. 이럴 줄 알았으면 4원도 엄마한테 줄걸 그랬어. 내가 안 갖고 엄마한테 줘버릴걸."[156]

하하가 틀어놓은 라디오에서 뻐꾹새가 울었다.

"저놈의 뻐꾹새가 왜 자꾸 운대냐."[157]

순덕이 그녀를 끌어안고 울었다. 그녀도 라디오에서 뻐꾹새가 울어대니까 엄마 생각이, 고향 생각이 그렇게나 났다. 뻐꾹뻐꾹 그 소리 들으니까 눈물이 절로 났다.

키가 크고 얼굴이 너부죽하던 동숙 언니도 찔끔찔끔 눈물을 짰다.

"형제간도 못 보고 죽으면 어쩔까, 어쩔까."[158]

한옥 언니가 복도 바닥에 두 다리를 뻗고 앉아 한탄했다. 동생 하나 있는 거 못 보고 죽을까봐. 바늘공장에서 돈 벌어 돌아와 송아지를 두 마리 사주겠다고 약속했는데 못 보고 죽을까봐.

십수 년 전 꿈에 순덕이 그녀를 찾아온 적이 있었다. 그녀가 부엌에서 쌀을 씻고 있는데 순덕이 불쑥 들어왔다. 그녀는 나이를 먹어 늙어 있었는데, 순덕은 소녀 때 모습 그대로였다. 옷도 간탄후쿠 같은 칙칙한 원피스를 입고 있었다. 그녀가 따라 들어갔더니, 순덕이 창가에 다소곳이 앉아 있었다.

순덕의 이름이 생각나지 않아 그녀가 물었다.

"네 이름이 뭐더라?"

"그러게, 내 이름이 뭐더라…… 사람으로 태어나 고양이, 개만도 못하게 살아서 이름도 기억을 제대로 못하나 보네……."[159]

순덕이 말했다.

"나도 어쩔 때는 아버지, 어머니 이름도 기억 안 나."

"나는 내가 올해 몇 살인지도 모르겠어."

"그건 나도 그래. 몇 살인지는 모르겠는데, 열세 살에 끌려간 것은 또렷이 기억나."

"어떻게 나이를 하나도 안 먹었대?"

그녀는 부럽기는커녕 순덕이 딱했다. 순덕이 그만 일어서려고 해서 그녀는 밥이라도 먹고 가라고 붙잡았다.

"가장 먹고 싶은 게 뭐야?"

"그냥 된장에 풋고추 찍어 먹고 싶어."

순덕이 말했다.

"고기는 안 먹고 싶어?"

"내가 고기를 못 먹잖아. 시체 태우는 걸 하도 봐서."

그녀가 밥상을 들고 방으로 들어갔을 때 순덕은 가버리고 없었다.

꿈에서 깨어 그녀는 한참을 흐느껴 울었다. 순덕이 세상을 떠났구나 싶어서.

해방 후 고향으로 돌아가는 길을 몰라 끝끝내 돌아오지 못한 이가 티브이에 나온 적이 있었다. 만주 흑룡강성 위안소에 있었다던 그이는 자신의 이름 석 자만 겨우 기억하고 있다 했다.

그이는 아직 살아 있으려나. 살아 있으면 몇 살일까. 그녀는 그이가 자신과 함께 열차에 타고 있던 소녀만 같았다. 너는 무슨 공장에 가니? 하고 물었던 해금만.

5

*

누가 신발을 훔쳐 갔을까? 그녀의 얼굴이 울상으로 일그러진다. 마당을 살피던 그녀의 눈길이 쓰레기통으로 향한다. 잠자리에 들기 전 신발을 쓰레기통 뒤에 숨기듯 놓아두었다는 걸 깜박했다.

그녀는 신발을 들어 마루 밑에 가지런히 내려놓는다. 어쩐지 남의 신발인 듯 낯설어 신지 못하고 물끄러미 내려다보기만 한다.

그이가 벗어두고 간 신발 같은 생각마저 든다. 둘이었는데 한 명이 세상을 떠나 홀로 남겨진 한 명의 신발만. 그이가 간밤에 자신의 집에 다니러 왔다가 신발을 벗어두고 간 것 같다.

그녀는 한 명이 혹시나 탄실이 아닐까 싶다. 과망간산칼리를 삼키는 바람에 목구멍이 쪼그라든 애순일지도 모른다. 아니면 매독 때문에 눈이 먼 탄실을 그림자처럼 데리고 다니던 장실 언니가. 언니는 군인을 받을 때는 어쩔 수 없이 동생인 탄실을 자신으로부터 멀찍이 떨어뜨려놓았다. 하루 종일 달고 다니던 의수나 의족을 풀어 저만치 밀어놓듯.

살아오는 동안 그녀는 만주 위안소에서 함께 있었던 소녀들 중 단 한 명도 만나지 못했다. 그래서 소녀들의 소식은커녕 살았는지 죽었는지조차 모른다.

해방이 되고 소녀들은 뿔뿔이 흩어졌다. 더러는 일본 군인들을 따라가고, 더러는 중국에 남고, 더러는 국경을 넘다가 죽고. 하여간 죽는 게 여사였다.

누구누구가 살아서 돌아왔는지 궁금하면서도, 보고 싶어 죽겠어서 군자의 고향집까지 찾아갔으면서, 그녀는 혹시나 우연히 소녀들을 만날까봐 겁이 났다. 그래서 자신이 위안부였다는 사실을 사람들이 알게 될까봐 전전긍긍했다. 길을 가다가도 누가 자신을 유심히 쳐다보는 것 같으면 얼른 골목으로 숨어버렸다.

*

만주 위안소 같은 곳이 또 있다는 걸, 그녀는 다른 위안소에 있다가 온 소녀들이 들려주는 이야기를 듣고서 알았다. 그때까지 그녀는 그런 곳이 세상에 더는 없는 줄 알았다.

그녀가 만주 위안소에 온 지 3년쯤 지났을 때 소녀들은 스물다섯 명에서 서른두 명으로 늘어나 있었다. 위안소를 떠나간 소녀들이 제법 있는데도 그랬다. 제 발로 위안소를 떠난 소녀는 한 명도 없었다. 다들 병이 들어 쫓겨나다시피 위안소를 떠났다. 하하는 매독 같은 심한 병이 나면 화장실을 따로 쓰도록 하다가 나아지면 다시 군인을 받게 했다. 두 번까지는 그렇게 하다가 세 번째 재발하면 방에서 끌어내 화물트럭 짐칸에 태우고 어디론가 데리고 갔다. 군인들이 와서 데리고 가기도 했다. 그렇게 떠난 소녀들 중 다시 돌아온 소녀는 없었다. 고향으로 돌아갔는지, 아니면 다른 위안소로 갔는지, 하하는 소녀들에게 절대로 말해주지 않았다.[160]

자기 피와 아편을 먹고 죽은 기숙 언니처럼, 죽어서 위안소를 떠나는 소녀들도 있었다.

소녀들이 떠나거나 죽으면 어김없이 새로 소녀들이 왔다. 그녀처럼 위안소가 뭐 하는 곳인지 모르고 오는 소녀들도 있었고, 다른 위안소를 떠돌다가 오는 소녀들도 있었다.

위안소에 새로 소녀들이 오면 일본 군인들 사이에 금세 소문이 퍼졌다. "아타라시이노 키타*" 하고.

자신과 고향이 같은 소녀가 들어오면, 소녀들은 그 소녀를 붙들고 물었다.

대구는 어떠냐? 부산은 어떠냐?[161]

자매인 탄실과 장실도 다른 위안소에서 온 소녀들이었다. 석순 언니가 죽고 얼마 안 지나, 오토상은 탄실과 장실 자매를 데리고 왔다. 둘을 하나 값에 데리고 왔다고, 오토상이 하하에게 하는 소리를 춘희 언니가 듣고서 소녀들에게 알려주었다.

* 新しいのきた. 새것 왔다.

새로 온 소녀가 아무것도 모른다 싶으면 하하는 소녀들에게 말했다.

"저거 모른다, 가르쳐줘라."

그러면 소녀들은 그 소녀를 붙들고 샷쿠 끼우는 방법을 알려주었다. 하하가 그랬던 것처럼 샷쿠를 엄지손가락에 끼워 보여주었다.

"군인이 안 끼려고 하면 병이 있어서 꼭 끼고 해야 한다고 말해라."[162]

금복 언니는 몇 번을 당부했다.

새로 온 소녀들 중에는 열두 살 소녀도 있었다. 소녀가 입고 있던 먹물치마에서는 고향 들판에서 나던 나물들 냄새가 났다. 냉이 냄새가, 달래 냄새가, 쑥 냄새가……

"애기가 어쩌다 잡혀 왔을까?"

606호 주사를 맞고 늘어져 있던 금복 언니가 물었다.

"샘에 물 길러 갔다가 붙잡혀 왔는데요. 한 동이를 만들어 가지고 머리에 이려고 딱 폼을 잡는데, 누가 내 어깨를 딱 잡데요. 뒤돌아보니까 군인이 노려보고 있데요. 여기 어깨에 별 달고, 칼 차고……"

소녀가 잠꼬대를 하듯 어눌한 목소리로 말했다.

"애기 이름은 뭐니?"

얽은 얼굴이 누렇게 떠 비지덩어리 같은 얼굴을 손으로 긁으면서 봉애가 물었다.

"영순인데요. 근데 여기가 뭐 하는 데에요?"[163]

얼이 나간 얼굴이던 소녀가 그제야 정신이 드는 듯 눈을 동그랗게 떴다.

"삐야다."

아편에 찌든 후남 언니의 얼굴은 서늘하고 어두운 납빛이었다.

위안소를 소녀들은 삐야라고 불렀다. 하하와 오토상도, 일본 군인들도, 중국인들도 그렇게 불렀다. 그들은 소녀들을 조센삐라고 불렀다. 삐가 중국어로 여성의 성기를 뜻한다는 걸 안 뒤로 그녀는 조센삐라는 말이 세상에서 가장 듣기 싫었다. 조센삐는 그녀가 알고 있던 욕들 중에 가장 더럽고 역겨운 욕이었다.

"삐야가 뭐 하는 덴데요?"

"군인들 오면 데리고 누워 자는 데다."

연순은 일본 군인에게서 얻은 담배를 뻐끔뻐끔 피웠다. 쥐가 잡혔는지 부엌 쪽에서 찍찍 소리가 들려왔다.

"군인을요? 총으로 탕 쏴 죽이면 어쩌라고 군인을 데리고 자요?"[164]

영순의 말에 동숙 언니가 웃었다.

"너는 너무 어려서 안 죽일 거야."

해금의 말에 겨우 안심하는 눈치이던 영순은 집에 가고 싶다고 울었다.

"울어도 소용없다."

탄실의 눈길은 영순이 아니라 쥐들이 우르르 몰려다니는 천장을 향해 뻗었다.

"여기 들어오면 못 나간다."[165]

장실 언니의 입술은 가지 물을 들인 듯 퍼렜다. 장실 언니는 전날 군인에게 맞아 앞니가 세 개 부러졌다. 하사관이 질 속에 손가락을 넣고 후비려고 해서 장실 언니가 대들었다. "너희 엄마한테나 가서 그래라!" 그 말에 화가 난 하사관이 장실 언니를 두드려 팼다. 위안소를 떠날 때쯤 장실 언니의 입속에는 남아 있는 이가 거의 없었다.[166]

하하는 영순에게 작은 꽃이라는 뜻을 가진 고하나라는 일본 이름을 지어주고, 비어 있던 방을 쓰게 했다. 얼마 전에 그 방에서 기숙 언니가 자기 피와 아편을 먹고 죽었다는 말을 소녀들은 영순에게 하지 않았다. 영순은 기숙 언니가 군인들을 받던 다다미 위에서 군인을 받았다. 기숙 언니가 입던 간탄후쿠를 입고, 쓰다 남긴 휴지를 쓰고, 기숙 언니가 씻어 말려둔 삿쿠를 썼다.

다음 날 아침, 영순은 소녀들의 방마다 돌아다니면서 울었다.

동숙 언니는 어느 날 피를 토했다. 뱀딸기처럼 짙붉은 피였다. 낯빛이 잿빛을 띠어가더니 걷는 것도 힘들어했다. 동숙 언니가 결핵에 걸렸다는 소문이 소녀들 사이에 퍼졌다.

"군인을 하도 받아서 병이 든 거야."

샷쿠를 행구는 해금의 손가락들이 바들바들 떨렸다.

"우리도 병이 들겠지."

분선은 샷쿠를 열다섯 개째 씻고 있었다.

"아래가 병신이 되겠지."

춘희 언니가 씻으려고 집어 든 샷쿠를 찢었다.

동숙 언니가 기침을 심하게 하는데도 하하는 동숙 언니에게 계속 군인을 받게 했다. 동숙 언니가 군인을 받다가 피를 토하자, 하하는 동숙 언니의 방문에 걸린 이름패를 뒤집어놓았다. 결핵이 옮을까봐 소녀들이 동숙 언니의 방에 드나들지 못하게 했다. 폐를 통째로 토하는 듯한 기침 소리가 간헐적으로 들리는 동숙 언니의 방은, 차갑고 어두운 기운과 함께 피 비린내가 온종일 감돌았다. 소녀들은 하하 몰래 동숙 언니의 방을 들여다보고는 했다.

서리가 내리기 시작하면서 동숙 언니의 상태는 급격히 악화되었다.

금복 언니가 세면실로 가다 말고 하하에게 다가갔다. 동숙 언니의 방에서 나온 금복 언니의 손에는 피 묻은 수건이 담긴 양은대야가 들려 있었다.

"동숙이를 고향에 보내주면 안 돼요?"

"빚을 갚기 전에는 아무 데도 못 간다."

피를 토하며 죽어가는 동안에도 동숙 언니의 빚은 누에가 고치를 불리듯 불어났다.

"그 빚, 내가 갚으면 안 돼요?"

"네 빚이 얼만 줄 아냐? 네 빚이나 갚고 나서 그런 소리를 해라."

하하는 차갑게 돌아서서 가버렸다. 죽음도 하하를 너그럽게 할
수 없었다.

새벽에 말을 타고 온 장교는 그녀가 눈물을 흘리고 누워 있자 말
했다.

"와타구시가 아나타니 지히오 호도쿠스다로우.*"

장교는 곰팡이 핀 일본 돈을 한 장 그녀에게 주었다. 그래도 그녀
의 눈물이 멈추지 않자 장교는 말했다.

"지히오 고토와루난테.**"

화가 난 장교는 그녀를 일으켜 앉히더니 양 볼을 때렸다.

"조센징니 지히오 호도쿠스요리 이누니 호도쿠시타 호우가 이이.***"

장교는 그녀를 홀딱 벗기더니 자신의 몸을 주무르라고 시켰다.[167]
그녀는 장교의 등 위에 병든 새끼 고양이처럼 올라앉아 어깨를 주
물렀다.

장교가 잠든 뒤 그녀는 변소에 가려고 방에서 나왔다. 오들오들

---

* 私があなたに慈悲を施すだろう. 내가 너에게 자비를 베풀겠다.
** 慈悲を断るなんて. 자비를 거절하다니.
*** 朝鮮人に慈悲を施すより犬に施したほうがいい. 조선인에게 자비를 베푸느니
　　개에게 베푸는 게 낫지.

떨면서 복도를 걸어가던 그녀는 동숙 언니의 방을 들여다보았다. 금복 언니가 동숙 언니의 머리맡을 지키고 있었다. 덩어리진 얼음이 들러붙은 창으로 달빛이 교교히 비쳐 들었다. 위안소는 다들 떠나고 금복 언니와 동숙 언니, 그녀 그렇게 세 소녀만 남아 있는 것처럼 고요했다. 동숙 언니의 방 맞은편 춘희 언니의 방에서는 숨소리조차 들리지 않았다. 자정 즈음 그 방에서는 춘희 언니가 도살장으로 끌려가는 짐승처럼 통곡하는 소리가 들렸다.

그녀는 시린 발등을 종아리에 대고 문지르면서, 동숙 언니의 머리맡 화로를 들여다보았다. 하얗게 타버린 조개탄들 속에서 조개탄 하나가 간신히 열기를 발하고 있었다. 누군가 죽어가는 토끼의 심장을 가져다, 다 타버린 조개탄들 속에 몰래 넣어둔 것 같았다. 그녀는 자신의 조개탄이라도 동숙 언니의 화로 속에 넣어주고 싶었지만, 그녀에게는 남은 조개탄이 하나도 없었다. 조개탄이 발산하는 열기의 강도에 따라 동숙 언니의 방 공기 빛깔이 미묘하게 달라졌다.

"자요?"

"방금 겨우 잠들었어…… 예쁘지 않니?"

동숙 언니의 입에서 입김이 한지 꽃처럼 피어났다.

"……?"

"동숙이 얼굴 말이야."

그녀는 금복 언니의 어깨 너머로 동숙 언니의 얼굴을 바라보았다. 동숙 언니의 얼굴은 텅 비어 보였다. 금복 언니가 손을 뻗어 텅 빈 얼굴을 어루만졌다. 동숙 언니의 방 안에 찌든 피 냄새는 숨을 쉬는 게 고통스러울 만큼 역겨웠다.

"언니는 안 자요?"

"자야지……."

금복 언니는 그러면서도 손가락으로 동숙 언니의 머리카락을 빗겼다. 날이 밝으면 먼 곳으로 시집보낼 딸의 머리카락을 빗기듯.

겨우 잠든 동숙 언니는 다시는 깨어나지 않았다.

"언니, 언니……."

애순이 앵무새 같은 소리로 아무리 불러도 동숙 언니는 눈을 뜨지 않았다. 탄실이 무슨 일인가 싶어 방문 밖으로 얼굴을 내밀고 복도를 두리번거렸다. 영문을 모르던 표정이던 탄실이 반가운 누군가를 본 듯 반색을 했다. 탄실의 먼눈은 다른 소녀들이 보지 못하는 것을 보고는 했다. 탄실은 자신이 만주 위안소에 오기 전에 죽은 석순 언니가 철조망 너머에 벌거벗고 서 있는 것을 보기도 했다. 아래가 훌렁 뒤집혀 나흘 동안 대소변을 못 본 영순이 엉엉 울면서 복도를 지나갔다. 매독에 걸린 장실 언니의 방문 이름패는 뒤집혀 걸려 있었다.

머리를 긁적이면서 방에서 나오는 춘희 언니는, 씻지를 않아 영락없이 염병을 앓은 사람 몰골이었다.

연순과 해금은 서로를 향해 가랑이를 벌리고 앉아 서로의 음모에 붙은 사면발니를 잡아주고 있었다.

"우리 살아서 고향에 돌아가자." 연순이 말했다.

"우리 언제까지나 잊지 말자." 해금이 말했다.

사면발니는 음모에 기생하는 이로, 군인에게서 옮았다. 물리면 가렵고 빨갛게 부어올랐다. 소녀들은 시간이 날 때면 가랑이를 벌리고 앉아 서로의 음부에 붙은 이를 핀셋으로 떼어주었다.[168]

연순과 해금은 서로 결의형제를 맺고, 그 증표로 왼쪽 손목 바로 위쪽에 똑같은 문양의 수를 놓았다. 파란색 물감을 묻힌 실과 바늘로 수를 놓듯이.[169]

"동숙 언니가 죽었어!"

애순이 울면서 동숙 언니의 방에서 나왔다.

금복 언니는 동숙 언니가 가지고 있던 옷들 중 가장 성한 옷을 찾아 동숙 언니에게 입혔다. 동숙 언니의 가지런하고 기다란 속눈썹들이 시계 초침처럼 떨리고 있어서 그녀는 동숙 언니가 살아 있는 게 아닌가 싶었다.

꽃이 없어서 소녀들은 저마다 입김으로 크고 작은 꽃을 피워 동숙 언니를 장식했다. 수옥 언니의 입이 벌어질 때마다 뻐드렁니가 쑥 튀어나오면서 고추꽃 같은 꽃이 서너 송이 피어났다. 연순과 해금이 입김이 어우러져 목단화를 피웠다.

금복 언니는 동숙 언니의 얼굴 바로 위에서 불두화처럼 커다란 꽃을 힘겹게 피우고 있었다.

오토상은 죽은 동숙 언니를 불에 태웠다. 위안소에서 소녀가 죽으면 오토상은 소녀의 시체를 가마니에 둘둘 싸 벌판에 내다버리거나 불에 태웠다.

소녀들은 군인들을 받으면서 동숙 언니의 시신이 타는 소리를 듣고, 냄새를 맡았다.

배가 부풀어 터지는 소리, 뼈가 타는 소리가 하늘과 땅 사이를 떠돌다가 소녀들의 귀에까지 들려왔다.[170]

시체 타는 냄새는 생선 썩는 냄새와 비슷했다.[171]

그날따라 군인들이 한도 없이 밀려들었다. 소녀들은 저녁도 못 먹고 군인을 받았다. 전투에서 돌아온 군인들의 몸에서는 쇠똥 냄새가 났다. 분화구 같은 눈에는 붉은 살기가 서려 있고, 사냥 중인 개처럼 흥분을 가라앉히지 못했다. 한쪽 발에만 군화를 신은 군인은 그녀의 몸에 들어오자마자 아귀처럼 입을 벌리고 그녀의 얼굴에 대고 토했다. 곱슬머리 소위는 그녀의 몸에 들어오면서, 똥파리가 제자리에서 빙빙 돌 때 내는 것 같은 소리를 냈다. 그녀는 자신의 몸 위로 올라오자마자 귀를 물어뜯는 군인이 미친개로 변하는 상상을 했다. 군인의 얼굴이 일그러질 때 알전구가 깜박깜박했다.

새벽이 되어서야 그녀는 동숙 언니를 태운 곳에 가보았다. 금복 언니와 분선이 먼저 그곳에 와 있었다. 금복 언니가 잿더미 속으로 걸어 들어갔다. 금복 언니가 발을 내디딜 때마다 은빛이 도는 재가 아련하게 일었다. 새벽빛을 받은 금복 언니의 허벅지는 핏줄이 휜히 들여다보일 정도로 창백했다. 금복 언니가 허리를 구부리더니 뭔가를 주워들었다. 희끄무레하고 둥근 그것은 동숙 언니의 머리뼈로, 새벽빛을 받아 기묘한 흰빛을 발했다. 금복 언니가 손으로 머리뼈에 묻은 재를 털었다. 금복 언니는 머리뼈를 광목천으로 감싸 가슴에 꼭 끌어안고 중얼거렸다.

"따뜻해…… 심장 같아."

금복 언니는 동숙 언니의 머리뼈를 자신의 방으로 가져가 옷가지들을 넣어두는 궤짝 속에 넣었다. 1년쯤 뒤 위안소를 떠날 때 금복 언니는 광목 보따리를 싸면서 머리뼈를 가장 먼저 챙겼다. 살아서 돌아가면 동숙 언니의 고향땅에 머리뼈를 묻어주겠다 했다.[172]

장교가 주고 간, 곰팡이 핀 일본 돈을 그녀는 군표와 함께 하하에게 주었다. 소녀들에게는 일본 돈도 못 쓰는 종이쪼가리나 마찬가지였다. 소녀들은 일본 돈을 쓸 일이 없었다.

봉애의 방에서 금복 언니의 타이르는 말소리가 들려왔다.

"너, 왜 이러냐? 우리가 왜 이곳에서 죽어야 하냐?"

"버린 몸인걸……."

봉애는 마약을 했다.

"어떻게든 살아서 고향에 가야 하지 않겠냐?"

"언니, 나는 고향에 돌아가도 엄마 얼굴을 못 볼 것 같아……."

"정신 차려라, 우리가 하늘도 낯선 데서 개처럼 죽어서야 되겠냐?"

봉애는 아편을 끊는 대신에 담배를 피우고 독한 술을 마셨다.

소녀들은 중국인 마을에 갔다가 위안소 건물을 보기도 했다. 하하는 소녀들을 군부대에 출장 보내기 전에 중국인 마을에 있는 목욕탕에 데리고 가 목욕을 시키고는 했다. 소녀들이 각자 때를 미는 동안 하하는 목욕탕에서 일하는 중국 여자아이를 불러 때를 밀게했다.

복자 언니가 중국인 마을 번화가에 있는 3층 벽돌집을 손가락으로 가리켜 보이더니 말했다. 복자 언니는 동숙 언니가 죽고 새로 데려온 소녀였다. '아타라시이'인 복자 언니는 그런데 하하만큼 나이가 들어 보였다. 복자 언니는 여기가 뭐 하는 데인지 묻지 않았고, 이튿날 울면서 이 방 저 방 돌아다니지도 않았다.

"저곳에도 조선에서 온 여자들이 살아."

벽돌집은 층마다 길쭉한 창이 일정한 간격으로 나 있었는데, 하나같이 쇠창살이 설치되어 있었다.[173] 대문은 쇠로 된 접문이었고, 대문 기둥에는 나무 간판이 걸려 있었다. 한자를 전혀 읽을 줄 몰랐기 때문에 그녀는 나무 간판에 세로로 쓴 글자들이 무슨 글자들인지 몰랐다. 벽돌집 접문이 열리더니 나이가 제법 들어 보이는 소녀가 뛰어나왔다. 기모노를 입고 있었지만 그 소녀가 조선에서 온 소녀라는 걸, 그녀는 알 수 있었다. 기모노를 입고 있어도, 치파오를 입고 있어도 그녀는 고향에서 온 소녀들을 알아보았다. 소녀는 거리를 가로질러 곧장 점방 같은 곳으로 향했다. 뭔가를 사는 것 같더니 접문을 향해 뛰었다. 소녀가 뛰어 들어가자마자 접문은 다시는 열리지 않을 것처럼 쇳소리를 내면서 닫혔다.

"원래는 중국인이 하던 여관인데 일본인이 빼앗았어."

주인이던 중국 사내가 여관 계단에서 목을 매달아 죽은 것도 복자 언니는 알고 있었다.

"일본 군인들이 임신한 중국 여자의 배를 가르고 아기를 꺼냈대." 봉애가 말했다.

"하얼빈역 뒤쪽에서 일본 군인 여섯 명이 중국 여자를 강간하는 걸 봤어. 지나가던 중국 여자를 보더니 미친 개떼처럼 달려들더라. 놀란 중국 여자가 죽어라 도망쳤지만, 전족을 해서 몇 걸음 못 도망가고 붙잡혔어. 근처에 중국 사내들이 있었는데, 나 몰라라 구경만 하고 서 있더라구."

복자 언니가 말했다.

일주일마다 성병 검사를 받으러 가는 초가집에서, 다른 위안소의 소녀들을 만난 적도 있었다.

한번은 갔더니, 못 보던 소녀들이 먼저 와 초가집 앞에 길게 줄을 서 있었다. 군속인 듯 군복을 입은 사내가 얼굴이 탱자처럼 노란 소녀를 다그치고 있었다.

"조선 년은 할 수 없어."[174]

사내는 가만히 서 있는 것도 힘들어 비틀거리는 소녀의 머리를 곤봉으로 때렸다. 소녀는 팽이가 헛돌듯 제자리에서 한 바퀴 빙그르르 돌더니 무릎을 개키듯 접으면서 쓰러졌다. 다른 소녀들이 소녀를 일으켜 세우려고 하자 사내가 소리 질렀다.

"죽게 내버려둬라."[175]

세 소녀의 손은 굴비 엮듯 줄줄이 밧줄로 묶여 있었다.[176] 아무래도 도망가지 못하게 손을 묶어놓은 것 같았다.

그녀는 오토상과 사내가 자기들끼리 하는 소리를 들었다. 그녀는 간단한 일본말은 대충 알아들을 수 있었다. 하하는 소녀들에게 일본말을 쓰게 했다. 일본말을 할 줄 알던 기숙 언니나 순덕을 시켜, 못하는 소녀들에게 가르치게 하기도 했다. 그녀가 가장 처음 배운 일본말은 '이랏샤이마세*'였다. 하하는 소녀들에게 군인들이 오면 그렇게 인사하라고 시켰다.[177]

"그쪽 애들은 말 잘 듣습니까?"

오토상이 군속처럼 보이는 사내에게 물었다.

"개성 애들 셋을 데리고 왔는데, 서로 똘똘 뭉쳐서 부려먹기가 어려워."

"얼마씩 주고 데려왔습니까?"

---

* いらっしゃいませ. 어서 오세요.

"하나는 200원, 하나는 100원, 하나는 150원."[178]

만주 위안소에 끌려온 지 3년쯤 지났을 때, 하하가 소녀들을 모아놓고 말했다.

"너희들, 싱가포르에 가고 싶지 않으냐?"

"싱가포르요?"

"싱가포르에 가고 싶으면 말해라. 보내주겠다."

소녀들이 하하의 눈치를 살피면서 웅성거렸다.

"싱가포르가 어디 있대?"

"남쪽에 있을걸."

"남쪽에 있으면 따뜻하겠네."

수옥 언니는 가만히 있었는데 하하가 싱가포르에 가라고 했다.[179] 이튿날 아침 하하는 싱가포르에 가기로 한 소녀들에게 광목 보따리를 하나씩 안겨주었다.

하하는 금복 언니도 싱가포르로 보냈다. 그녀는 자신보다 네 살 많던 금복 언니를 친언니처럼 따랐다. 다정하고 잔정이 많던 금복 언니는 경주 안강이 고향이었다. 집에 먹을 게 하나도 없자 어머니가 나무뿌리라도 캐 오라고 해서 동생하고 둘이서 나물을 캐러 갔다가 군인들에게 납치를 당했다. 중간에 헤어져 생사를 모르는 동생하고 그녀가 꼭 닮았다면서, 금복 언니는 그녀에게 잘해줬다.

금복 언니가 떠날 때 그녀는 차라리 자신의 팔을 한 짝 떼어 갔으면 했다. 떠나면서 금복 언니는 그녀에게 단단히 일렀다.

"하하가 시키는 대로 해라."[180]

그 말이 어쩐지 비굴하게 들려 그녀는 못 들은 척했다.

만주 위안소에서 임질이나 매독만큼 소녀들을 괴롭히는 게 또 있었다. 복도를 데굴데굴 구를 만큼 치통을 심하게 앓고 난 해금이 손가락으로 땅에 뭔가를 쓰기 시작했다. 손톱에 흙이 박히도록 꾹꾹 눌러가면서. 그녀는 숫자도 읽지 못하는데, 해금은 자기 이름 정도를 쓸 줄 알았다.[181]

그녀는 글자를 몰랐지만, 해금이 땅에 쓴 것이 글자라는 것을 알았다.

"무슨 글자야?"

그녀가 물었다.

"땅."

해금은 그리고 하늘을 올려다보았다. 땅이 하늘 너머에 있는 듯.

해질녘이면 소녀들은 미칠 거 같았다. 고향집에 가고 싶어서. 빨래를 걷어야 하는데, 쇠죽을 쑤어야 하는데, 보리방아를 찧어야 하는데, 군불을 지펴야 하는데…….

부엌에 딸린 방에 갔더니 영순이 밀죽을 먹으면서 울고 있었다.

고향집에 물 한 동이만 길어다 놓고 오고 싶어서. 샘에 물 길러 갔다가 납치되어 끌려온 영순은 물을 길어올 사람이 자신밖에 없다고 했다. 영순은 다섯 살 때 어머니가 병으로 세상을 떠나 할머니 손에서 자랐다고 했다. 열두 살에서 막 열세 살이 된 영순은 아홉 살 때부터 물을 길어 날랐다고 했다.

"무슨 병인지 모르겠어요. 시름시름 앓다가 돌아가셨어요. 어머니가 머리에는 보따리를 이고, 등에는 나를 업고 몇 리를 걸어갔던 게 기억나요. 빗하고 비녀하고 옷감을 팔러…… 어머니가 돌아가신 뒤로 할머니가 나를 길러주셨는데, 이웃에 잔치가 있으면 종일 일을 해주고 떡이나 전 같은 걸 얻어오셨어요. 나 먹이려고요."

영순의 이야기를 듣던 연순은 자신 대신 함지박을 들고 이 집 저 집 구걸을 하고 다닐 동생들이 생각나서 울었다.

구름 한 점 없는 하늘만 보면 그녀는 푸른 보리밭이 보고 싶어 환장할 것 같았다.

소녀들은 날마다 도망치고 싶어 했지만 위안소에서 도망친 소녀는 없었다. 도망을 가려다 붙잡혀 온 소녀들은 있어도.

산부인과 검사를 받으러 초가집에 다녀오는 길에 소녀 하나가 도망쳤다.

소녀는 오토상이 아니라 헌병대에 붙잡혔다. 간탄후쿠가 갈기갈기 찢기고 피투성이인 소녀를 오토상은 질질 끌어다 땅에 내동댕이

쳤다.

"저년이 다시는 도망을 못 가게 발을 잘라버려요."

하하가 오토상에게 말했다.

오토상이 주머니칼을 꺼내 들었다. 그는 도망치면 어떻게 되는지 똑똑히 일깨워주려고 단단히 작심을 한 것 같았다. 소녀들의 눈은 그러나 그 소녀를 향하지 않았다. 소녀들은 누가 더 멀리 보내는지 내기를 하듯 눈동자 초점을 최대한 멀리까지 보냈다.

오토상은 도망친 소녀의 발을 칼로 벴다.[182]

*

그녀는 여전히 신발이 남의 신발만 같아 신지 못하겠다. 두 발이 내딛고 있는 마루 끝이 벼랑 끝처럼 아득해 발가락들에 저절로 힘이 들어간다. 오래 신어 발목 부분이 헐거워진 양말이 복사뼈 아래까지 내려가 있다. 그녀의 손이 오른발에 신긴 양말을 끌어올리다 말고 발목을 더듬는다.

복사뼈 바로 위에 고무줄을 두른 듯 선이 한 줄 가 있다. 칼 같은 날카로운 것에 베인 흉터다.

손으로 흉터를 더듬는 그녀의 입이 벌어지더니 사금파리 같은 탄식을 토한다. 위안소에서 발이 잘린 소녀가 자기 자신이었다는 것을 깨닫고는.

오토상이 내두르는 칼이 발목에 파고들 때, 그녀는 공포와 고통을 감당하지 못해 기절했다. 나중에 소녀들로부터 들으니 다들 그녀가 피를 너무 많이 흘려 죽은 줄 알았다고 했다.

20만 명이라던가? 그러니까 열두 살짜리도, 심지어 열한 살짜리도 있었던 거겠지…….

그녀는 닭도 아니고 어떻게 20만 명을 끌고 갔을까 싶다. 일제시대 때 자신처럼 위안부였던 소녀가 20만 명에 달한다는 걸 티브이 뉴스에서 듣고는 도무지 믿기지 않아, 만주 위안소에서 함께 있었던 소녀들을 한 명 한 명 불러내듯 떠올리면서 숫자를 세어본 적이 있다. 그녀가 만주 위안소에서 있던 7년 동안 그곳을 거쳐 간 소녀들은 50명 남짓이었다. 그 소녀들 중에는 팔려온 소녀들도 있었다.

한옥 언니가 위안소를 떠나고 싶다고 하자 하하가 말했다.

"그렇다면 빚을 갚아야지."

"빚이 얼만데요?"

"2천 원."[183]

소녀들은 자신들에게 빚이 있다는 걸 몰랐다. 하하가 입으라고 나누어 주는 간탄후쿠가, 검은깨를 뿌린 듯 바구미가 떠다니던 죽이, 쇠공처럼 꽝꽝 얼어 있던 보리주먹밥이, 거무스름한 휴지가, 생리대가, 유단포가, 조개탄이, 오토상이 구해다 주는 아편이 실은 다 빚이었다는 걸.

그녀는 자신의 빚은 얼마나 되는지 궁금했지만 물어보지 못했다.

하하가 소녀들에게 빚을 매기는 방식은 돼지나 소 같은 가축의 출하가격을 매기는 것보다 수월했다. 시세도, 저울도, 주판도 필요 없었다. 하하가 소녀에게 네 빚이 얼마다 하면 그게 고스란히 빚이 되었다.[184]

그녀는 자신이 있었던 곳이 위안소라는 것을 몰랐다. 일본 군인을 받는 곳으로만 알았다. 중국인 마을에 갔다가 보았던 3층 벽돌집도 군인을 받는 곳으로만 알았다. 위안소니, 위안부니 하는 말을 그녀는 나이가 들어서야 알았다. 그전까지 그녀는 자신이 있었던 곳을 그저 창녀굴[185] 같은 곳으로 알았다. 그곳이 위안소였다는 걸, 그리고 자신이 위안부 피해자라는 걸 아무도 그녀에게 일러주지 않았다.

군인을 하하는 손님이라고도 했다.

군인들이 몰려오면 소녀들에게 손님 받아라 하고 말하고는 했다.

만주 위안소에 도착하기 전까지 소녀들은 그런 곳이 이 세상에 있다는 것을 알지 못했다.[186]

소녀들에게 다녀갈 때 군인들이 가져오는 게 있었다. 누르스름하고 딱딱한, 화투짝의 4분지 1 크기의 종이[187]로, 군표였다.

군인들은 군표를 하하에게 돈을 내고 샀다. 소녀들은 군인들이 돈 대신 두고 가는 군표를 모아서 하하에게 가져다주었다. 군인들이 자신들의 몸에 다녀가는 대가로 내는 군표를 소녀들은 한 장도 갖지 못했다. 가질 수 있었다 하더라도, 군표는 소녀들에게 종이쪼가리나 마찬가지였다. 군표는 군인들이 쓰는 돈 같은 것이었다. 돈 같은 것이지 돈이 아니어서 그것으로는 옷을 사 입을 수도, 떡 같은 것을 사 먹을 수도 없었다.

군표 개수로 하하는 전날 소녀들이 군인을 몇 명이나 받았는지 알았다. 하하는 소녀들 각자가 군인을 몇 명이나 받았는지 막대그래프로 그려서 벽에 붙여놓았다.[188] 군표를 가장 적게 가져다주는 소녀에게는 밥을 주지 않았고 변소 청소를 시켰다. 군표를 많이 가져다주는 소녀에게는 가장 좋은 옷을 주고 따로 통조림 같은 음식을 챙겨주었다.[189] 군표가 하하에게는 돈이나 마찬가지였다. 그것들을 도로 군인들에게 돈을 받고 팔았으니까.

한번은 장교 하나가 그녀에게 만주 돈을 한 장 주고 갔다. 그녀는 그 돈도 하하에게 가져다주었다. 위안소의 소녀들에게는 돈도 군표처럼 종이쪼가리나 마찬가지였다. 그녀와 소녀들은 돈은 통 몰랐다.[190]

군인들 중에는 샷쿠 통 속에 군표를 던지고 가는 이들이 더러 있었다. 역겨운 냄새를 풍기는 샷쿠들 속에서 군표를 꺼내 그것에 묻은 분비물을 훔치는 것이 싫어서, 군표를 몰래 변소에 버린 적도 있었다.

하하는 전날 자신이 군인들에게 판 군표 개수와 이튿날 소녀들이 가져다준 군표 개수가 차이 나자 소녀들을 전부 마당으로 불러 무릎을 꿇고 앉게 했다. 몽둥이를 들고 기다리고 있던 오토상이 소녀들의 허벅지를 나무 몽둥이로 때렸다. 소녀들의 허벅지마다 타이어 자국 같은 까만 줄이 생겼다.

군표를 적게 가져다주는 편인 그녀를 하하는 노골적으로 못마땅해 했다. 변소에 다녀오다 달이 하도 밝아 올려다보고 있는데 하하가 주먹으로 그녀의 머리를 때렸다.

"무슨 나쁜 생각을 하는 거냐."

며칠 뒤 세면실에서 머리를 감으면서 혼잣말을 중얼중얼했더니 하하가 빨래방망이로 그녀의 등을 때렸다.

"누구 욕을 하는 거냐."

그녀는 하하가 군인보다 더 무서웠다.[191]

그녀가 군인을 받을 수 없을 만큼 나팔관이 부어 군표를 한 장도 가져다주지 못하는 날이 나흘 이상 계속되자 화가 난 하하가 그녀에게 소리쳤다.

"너, 자꾸 아프다고 하면 다른 데로 보내버린다."

위안소에서 도망치고 싶어 하면서도 그녀는 그 소리가 가장 무서웠다. 그 말이 그녀에게는 죽여버리겠다는 말로 들렸다.

군인들에게 돈을 받은 적이 없는데 돈을 받았다고 말하는 이들이 있다고 들었다.[192] 쌀로도, 옷으로도, 고무신으로도 바꿀 수도 없는 군표가 화대였다고 말하는 이들이.

위안소에서 그녀는 단 한 번도 그녀 자신이 원해서 군인을 받은 적이 없었다. 돈을 벌 목적으로 군인을 받은 적도. 그녀가 송장처럼 누워 있으면 군인들은 알아서 다녀갔다. 그녀의 몸에 들어오자마자 싸는 놈, 기다리다 싸는 놈, 방문을 덜컥 열고는 그녀의 몸 위에 있는 놈을 끌어내고 들어오는 놈…… 별별 놈이 다 있었다.[193]

군인들은 춘희 언니가 애기를 지워서, 아래가 벌게서 누워 있는 데도 달려들었다.[194]

위안부였던 소녀들 중에 돈을 받은 소녀들도 있다는 걸 그녀는 알고 있다. 싱가포르의 위안소에서 있었다던 이는 돈을 받았다고 했다. 그곳에서는 군인이 내는 돈의 6할이 위안부 몫으로 떨어졌다. 그이는 한 푼이라도 돈을 더 벌기 위해 몸이 허락하는 한 군인들을 받았다. 공장인 줄 알고 간 광동 위안소에서 3년을 지낸 뒤라, 이미 버린 몸이라는 생각에. 일본이 전쟁 자금을 충당하기 위해 저축을 강요할 때라 위안소 주인으로부터 돈을 받는 대로 우편저금은행에 유키코라는 이름으로 저축했다. 전쟁이 끝날 무렵 꽤 많은 돈이 모였지만, 전쟁이 끝나자 통장은 폐지가 되어버렸다. 혹시나 싶어 한국으로 나올 때 통장을 가지고 나왔지만 한 푼도 찾을 수 없다는 것을 알고 찢어버렸다.[195]

2만 명이었다고 들었다. 20만 명이 갔다가 해방 후 돌아온 숫자가 고작 2만 명에 불과하다고.

그녀는 자신이 20만 명 중 한 명이었다는 사실을 알았을 때보다 2만 명 중 한 명이라는 사실을 알고는 더 놀랐다. 20만 명 중 2만 명이면 10분의 1이었다. 말하자면 열 명 중 한 명⋯⋯. 그녀는 자신의 셈이 틀렸지 싶다. 아무리 그래도 어떻게 열 명 중 한 명만 살아서 돌아왔을까 싶다.

후남 언니는 살아서 돌아왔을까.

그녀보다 다섯 살이나 더 먹은 후남 언니는 하루에 다섯 대까지 아편을 맞았다. 나중에는 군인이 자신의 몸에 다녀가든 말든 하루 종일 울고 드러누워 있자 오토상은 후남 언니를 방에서 끌어냈다. 후남 언니의 머리채를 잡고 거적때기 끌듯 끌면서 벌판으로 걸어 나갔다. 풀 한 포기 안 난 벌판에 후남 언니를 버리는 것을, 소녀들은 철사 울타리 너머로 지켜보았다. 그날따라 날이 흐리고 바람이 사납게 불었다. 만주에 부는 바람에서는 말 냄새가 났다. 후남 언니가 울부짖는 소리가 자신들을 부르는 소리인 줄 알고 숯처럼 까만 새들이 몰려왔다.[196]

"거봐라, 우리는 살아서 못 나간다."[197]

춘희 언니가 주저앉으면서 탄식했다.

이튿날 아침 소녀들이 아침을 먹으려고 방에서 나왔을 때, 벌판에 버려진 후남 언니는 사라지고 없었다. 말을 탄 마적 떼가 몰려와 소녀를 데려가는 것을 보았다고, 하하의 딸들이 말했다.

순덕도 아편에 중독되어 얼굴이 까맣게 타들어갔다. 오토상은 살려달라고 매달리는 순덕에게 살려주겠다고 하면서 아편 주사를 놓았다.[198]

그녀도 견디다, 견디다 못해 아편을 맞았다.[199] 아편을 맞으면 아래서 피가 아무리 나도 아프지 않았다. 자신의 몸에 군인이 몇 명이나 다녀가는지도 몰랐다. 기분이 좋아지는 게 살맛이 나다가도 아편 기운이 사라지면 온몸의 뼈가 으스러지는 것같이 쑤시고, 정신을 차릴 수 없었다. 처음에는 하루에 한 대 맞고, 나중에는 한 대 가지고는 안 되니까 두 대 맞고, 군인들이 불개미처럼 몰려오는 토요일과 일요일에는 다섯 대 맞고……. 그녀는 후남 언니가 벌판에 버려지는 것을 보고 정신이 번쩍 들어 아편을 끊었다. 아편을 맞고 싶을 때마다 담배를 피우거나 술을 마셨다.[200]

*

군인들이 몰려올 즈음이 되면 복자 언니가 복도를 향해 소리 질렀다.

"남쪽에서 군인이 많이 온다." [201]

그 소리가 그녀는 죽이겠다는 소리보다 무서웠다.

오토상은 미옥 언니가 임신한 줄 모르고 데리고 왔다가, 수술을 해서 떼어내기에는 배 속 아기가 너무 크니까 임신한 몸으로 군인을 받게 했다. 배 속 아기가 벌써 죽었을 거라는 미옥 언니의 말과 다르게, 그녀의 배는 하루가 다르게 불러왔다.

"미옥 언니가 정말 아기를 낳을까?"

군자가 삿쿠를 헹구며 그녀에게 물었다. 군자는 미옥 언니가 올 때 함께 왔다. 동갑이어서 그녀는 군자와 금세 친해졌다.

그녀의 얼굴에는 몽고반점 같은 멍이 들어 있었다. 군인들 각반 떨어진 것을 주워 생리대로 사용하다 군인에게 얻어맞아서였다. 재수 없다고. [202]

하하는 물건을 늘 모자라게 주었다. 소녀들은 치약이 떨어지면 소금으로 이를 닦았다.

"낳아도 옳은 아기가 나오지 않을 거야."

한옥 언니가 말했다.

만주 위안소로 오기 전 미옥 언니는 흑룡강성이라는 곳에 있었다고 했다. 돼지우리 같은 방에 꼼짝없이 갇혀 군인을 받았다고 했다. 소, 돼지처럼 방 안으로 밀어 넣어주는 수수밥을 먹고 살았다고 했다. 대소변이 마려우면 밖에서 보초를 서는 군인에게 깡통을 가져다 달라고 소리를 질러 그것에 일을 봤다고 했다.[203] 그곳에서는 대소변을 참는 게 군인을 받는 것만큼이나 힘들었다고 했다.

복자 언니가 다리를 절룩이면서 삿쿠가 든 통을 들고 세면실로 걸어왔다. 복자 언니는 술 취한 군인이 휘두르는 주머니칼에 허벅지를 찔려 다리를 절었다.

*

해금이 아침을 먹으면서 꿈에 아버지가 다녀갔다고 말했다.

꿈에 아버지가 물었다.

'해금아, 너 이 추운 데서 뭐 하고 있니?'

'어머니는요?'

'외할머니가 다 죽어가서 외갓집에 다니러 갔다.'

해소병을 앓던 아버지가 돌아가신 게 틀림없다고 해금은 울었다.[204]

*

분선은 자신에게 자주 오던 야전 우체국 국장에게 부탁해 고향으로 전보를 부쳤다. 그는 일본 동경이 고향으로 와세다 대학교를 나왔다고 했다. 군대를 제대하고 우체국에 취직을 했는데 야전 우체국으로 발령이 나서 만주까지 왔다. 그는 분선의 고향집으로 전보

를 부쳐주었다.[205]

분선은 글자를 쓸 줄 몰라 금복 언니가 대신 써주었다.

저는 비단공장에 와 있어요. 돈 벌어 돌아갈 때까지 몸 건강히 계세요.
답장은 하지 마세요.[206]

얼마 뒤 분선은 고향에서 부쳐온 두 통의 전보를 받았다. 우체국
국장이 그 전보들을 챙겨서 가져다주었다. 두 통의 전보는 한 달 정
도 시간차를 두고서 도착했다.

어머니가 아파 죽어간다.[207]

어머니가 죽었다.[208]

6

*

그녀는 두 발을 가지런히 앞으로 모으고, 두 손을 허벅지 위에서
그러쥔다.

그녀의 두 눈동자는 구멍을 파듯 허공의 한 지점을 집요하게 응시하고 있다.

살아 있는 한, 한 명이 살아 있는 한…….[209]

중얼거림은 너무 낮아서 그녀 자신에게조차 들리지 않는다.

그렇게, 미동도 없이 앉아 있던 그녀는 담 위로 불쑥 떠오르는 얼굴이 있어서 화들짝 놀란다.

평택 조카인가 했는데 전기검침원이다.

담 위로 목을 쭉 빼고 전기계량기를 살피던 전기검침원이, 네모나고 시커먼 뭔가를 얼굴에 가져다 댄다. 전기검침원의 고개가 슬그머니 그녀를 향한다. 순간 그녀는 네모나고 시커먼 것이 망원경이라는 걸 깨닫고 움찔한다.

"잘 보이네요."

전기검침원의 입이 잇몸이 드러나도록 활짝 벌어진다.

"……?"

"할머니 얼굴이 바로 앞에 있는 것처럼 잘 보여요. 처녀 때 미인이라는 소리를 꽤나 들으셨겠는걸요. 마을 사내들이 할머니 얼굴 한번 보려고 집 대문 앞에 줄을 섰겠어요."

전기검침원의 능글맞은 농이 께름칙해서 그녀는 손을 내젓는다. ……나라비로 섰다. 방마다 일본 군인들이 나라비로 서서 죽 밀었다. 하나가 나가면 또 하나가 들어오고.[210]

"구식이라 버리려다가 혹시나 싶어 들고 나왔는데 꽤 쓸모가 있네요. 집에 있으면서 없는 척 아무리 불러도 대꾸를 안 하는 인간들이 있어서요. 대문을 열어주든 해야 전기검침을 할 거 아니에요. 오죽하면 제가 망원경을 다 들고 다니겠어요?"

"……."

"문이라는 문은 전부 걸어 잠그고 안에서 도대체 뭘 하는지."

전기검침원의 그 말이 자신을 두고 하는 말 같아서 그녀는 민망하다. 서너 달 전 안방에 누워 있는데 골목에서 누군가 애타게 부르는 소리가 들렸다. 그녀는 비몽사몽 중에 티브이에서 흘러나오는 소리인가 했다. 전기검침원이 자신을 부르는 소리라는 것을 깨달았지만 가위에 눌린 듯 꼼짝을 할 수 없어서 마냥 천장을 바라보고 누워 있었다. 전기검침원이 대문을 세차게 흔들다 가버린 뒤에도 그녀는 그렇게 한참을 누워 있었다.

"분명히 사람이 사는 집인데, 사람이 안 사는 것 같은 집이 더러 있어요. 그런 집은 남자인 저도 들어가기가 겁이 난다니까요."

그녀는 전기검침원의 말이 무슨 말인지 알 것 같다. 15번지에는 사람이 사는지 안 사는지 분간이 안 가는 집들이 있다. 빈집 앞을 지나갈 때보다 그런 집 앞을 지나갈 때 그녀도 더 긴장된다.

"지난달보다 전기를 배로 쓰셨네요?"

"전기를요?"

전기세와 수도세 같은 공과금은 평택 조카의 통장에서 자동으로 이체된다. 전기를 배로 썼으면 전기세도 배로 나올 것이다. 평택 조카는 이상하게 생각할 것이다. 더구나 그녀는 다른 달보다 전기를 특별히 많이 쓰지 않았다. 혹시나 한 명이 세상을 떠났다는 소식을 전할까 싶어, 티브이 뉴스를 전보다 조금 더 챙겨 보는 정도다. 전에도 그녀는 아침저녁으로는 티브이를 틀어놓고 지냈다. 그녀가 사용하는 가전제품이라고 해야 뻔하다. 티브이, 전기밥솥, 냉장고, 소형 세탁기. 아직 8월 중순이지만 선풍기는 아예 틀지 않는다.

"그럴 리가 없는데……."

"할머니도 참 설마 전기계량기가 거짓말을 하겠어요?"

"저기, 젊은 양반…… 20만 명 중에 2만 명이면…… 10분의 1이 맞지요?"

"20만 명 중에 2만 명이요?"

"20만 명 중에 2만 명이면……."

"20만 명은 뭐고, 2만 명은 뭐래요?"

전기검침원이 대답은 않고 도리어 그렇게 물어서 그녀는 당황한다. 그녀는 뭐라고 설명해야 할지 모르겠어서 입을 다물어버린다.

"2만 명 뽑는데 20만 명이 몰리기라도 했대요? 20만 명이면 웬만한 중소도시 인구하고 맞먹는 숫잔데……."

그녀는 괜히 물었다 싶어 입을 다문다.

"주먹은 왜 그렇게 꼭 쥐고 계세요?"

"다슬기들이 달아날까봐……."

생각지도 않았던 말이 튀어나와 그녀는 말끝을 흐린다.

"다슬기요?"

전기검침원이 능글능글한 웃음이 싹 걷힌 얼굴로 그녀를 살피듯 쳐다본다.

"아무것도 아니에요……."

"다슬기라고 하지 않으셨어요?"

"아니에요……."

"저기요, 할머니. 아드님이나 따님하고 상의해서 치매 검사 한번 받아보세요. 기분 나쁘게 생각하지 마시고요. 장모님이 치매라서 제가 치매에 대해 조금 알거든요. 치매라는 게 일찍 발견하는 것 말고는 뾰족한 방법이 없더라고요."

그녀가 아무 말이 없자 전기검침원이 멋쩍어하더니 가버린다.

그녀는 전기검침원의 발소리가 골목 밖으로 사라질 때까지 기다렸다가 천천히 왼손을 편다. 숨은 그림을 찾는 심정으로 손바닥을 들여다본다.

높은 산속 오지에 있는 군부대로 출장을 갔을 때였다. 밤이 되자 군인들이 천막 밖에 장작을 피우고 불을 쐬라고 소녀들을 불렀다. 소녀들은 활활 타오르는 장작불을 가운데 두고 둥글게 둘러앉았다. 파리하던 소녀들의 얼굴에 화색이 돌았다. 군인 하나가 소녀들에게 고량주가 든 수통을 돌렸다. 수통이 두 차례 돌고 났을 때 향숙이 노래를 부르기 시작했다. 향숙은 대만 위안소에 있을 때 독고다이가 가르쳐주었다는 노래를 곧잘 부르고는 했다.

'용감하게 이륙한다. 신죽新竹을 떠나서, 금파金波, 은파의 구름을 넘어. 배웅해주는 사람도 없고, 울어주는 사람은 유리코뿐이구나.'[211] 유리코는 향숙의 일본 이름이었다.

소녀들이 자기들끼리 이야기하다가 까르르 소리 내어 웃자 일본 군인들도 따라 웃었다.

그녀는 좀처럼 흥이 나지 않았다. 시무룩한 얼굴로 소녀들과 군인들을 바라보던 그녀는 죽은 소녀를 보았다. 자기 피와 아편을 먹고 죽은 기숙 언니가 군인들 틈에 끼어 웃고 있었다.

기숙 언니를 향해 웃어주려고 안간힘을 다하고 있는데, 군인이 그녀의 어깨를 툭 쳐왔다. 그녀가 고개를 돌리자 군인이 수통을 내밀었다. 수통을 받아 들면서 그녀는 중얼거렸다.

"염병하네."[212]

군인이 얼굴을 구기더니 그녀의 뺨을 갈겼다. 그 바람에 그녀의 손에 들린 수통이 땅바닥으로 떨어졌다. 일본 군인들은 조선말을 모르면서 욕은 용케 알아들었다.

*

그녀의 입에 경련이 인다. 이름 하나가 떠오를 듯 떠오르지 않는다. 탄식에 가까운 신음 소리만 간헐적으로 새나온다. 그 소녀도 어느 날 온다간다 말도 없이 사라졌다. 그녀는 소녀들이 삿쿠를 씻으며 그 소녀가 임신을 해서 한 여섯 달 되었다고 쑤군거리는 소리를 들었다.[213]

키가 조그맣고, 성긴 칫솔모 같은 콧수염을 기른 장교였다. 그녀가 아래가 너무 심하게 부어 힘들어하자 장교가 자신의 성기를 그녀의 입에 넣었다. 놀란 그녀는 얼떨결에 이빨자국이 날 정도로 세게 성기를 깨물었다. 장교가 석탄가루가 묻은 것 같은 목소리로 욕설을 내뱉으며 그녀를 벽으로 밀쳤다. 방문을 부수듯 열고 오토상을 불렀다. 오토상이 달려와 그녀를 마당으로 끌어냈다. 기절할 때까지 그녀를 각목으로 팼다.

정신을 차렸을 때 그녀의 왼팔은 무섭게 부어 있었다. 왼팔 팔꿈치에서 어깨 사이의 뼈가 부러져 어긋나 있었다.

"죽었다가 이틀 만에 살아났다."

한옥 언니가 그녀에게 알려주었다.

"우리는 다 너 죽이는 줄 알았다. 죽이지 않은 게 얼마나 다행이냐."[214]

미옥 언니가 손으로 가슴을 쓸어내렸다. 하하는 부러진 뼈가 미처 붙기 전에 그녀에게 군인을 받게 했다.[215]

*

날이 더워지기 시작하면서 아래가 붓고 고름이 나 고생하는 소녀들이 늘어났다. 걷기도 힘들 정도로 아래가 부은 소녀들은 살살 기어서 복도를 돌아다녔다. 변소까지 가는 것도 힘들면 방에 깡통을 가져다 놓고 볼일을 보았다. 영순은 매독이 심해 배꼽까지 검붉게 썩어 들어갔다.

군인을 더는 받을 수 없을 만큼 배가 불러오자 미옥 언니는 변소에 갈 때마다 울었다. 아기가 벌써 죽었을 거라고 하면서도, 혹시나 오줌을 누다가 아기가 나와 변소에 빠질까봐 겁이 나서였다. 위안소 변소는 한도 없이 깊었다. 미옥 언니가 군인을 받지 못하자 하하는 부엌일을 시켰다. 다른 소녀들이 군인을 받을 때 미옥 언니는 부엌 바닥에 밀가루 포대를 깔고 그 위에서 아기를 낳았다.[216] 아기를 낳은 지 열흘도 지나지 않아 미옥 언니는 군인을 받았다. 미옥 언니가 군인을 받는 동안, 매독에 걸려 군인을 받지 못하는 소녀들이 아기를 돌보았다. 아기가 목을 가눌 수 있을 정도가 되자 하하는 광목에 싸 중국인 마을에 데리고 갔다. 얼마 뒤 소녀들 사이에는 하하가 야메로 이빨을 해주는 중국인에게 돈을 받고 아기를 팔았다는 소문이 나돌았다.

춘희 언니는 미쳐서 자신의 방에서 잠든 하사관의 군복을 입고 복도를 돌아다녔다.[217] 하하는 춘희 언니에게 계속 군인을 받게 했다.

"저거 얼굴 좀 씻겨라."

춘희 언니의 얼굴은 씻지 않아 땅콩껍질 같은 더께가 덕지덕지 붙어 있었다. 그녀는 춘희 언니의 손을 잡고 세면실로 갔다. 호스 앞에 춘희 언니를 앉히고 수도꼭지를 틀었다.

"엄마가 어디 갔지? 자고 일어났더니 엄마가 없네……."

땟물이 춘희 언니의 벌어진 입으로 흘러들었다.

"엄마는 밭에 갔어."

"밭에?"

"감자 캐러……."

춘희 언니가 정색을 하더니 그녀를 쳐다보았다.

"엄마, 어디 갔었어?"

춘희 언니가 두 손으로 그녀의 팔을 잡고 매달렸다.

"아무 데도 안 갔었어."

그녀가 말했다.

"엄마, 나 떼놓고 어디 가지 마."

"안 가, 아무 데도 안 가."

아침을 먹고 마당에 나왔더니 오토상이 주먹으로 춘희 언니의 머리를 때리고 있었다.

"방에 얌전히 처박혀 있을 것이지 왜 쓸데없이 돌아다닌 거야?"

오토상은 계속, 더 세게 춘희 언니의 머리를 때렸다.

자정 즈음 찾아온 장교가 그녀에게 이름을 물었다. 군인을 서른 명도 넘게 받아 눈만 겨우 뜨고 있자 장교가 말했다.

"내가 이름을 지어주지. 네 이름은 다케코다."

그래서 그녀는 이름 하나를 더 갖게 되었다.

고향에 돌아가는 것은 틀렸다 하면서도, 그녀는 고향집 주소를 외우고 있는 소녀들이 가장 부러웠다.

군자는 그녀에게 자신의 고향집 주소를 알려주었다.

"경상북도 칠곡군 지천면…… 낫처럼 휘어진 소릿길을 걸어가면 우리 집이 나와……. 네가 좀 외워두었다가, 내가 까먹으면 알려줘."

그래서 그녀는 군자의 고향집 주소를 외우고 또 외웠다. 그녀는 한 번도 가본 적 없는 군자의 고향집이 눈에 선했다. 그녀의 고향집도 소릿길 끝에 있었다.

열세 살이던 그녀는 어느새 스무 살이 되어 있었다. 7년 동안 그녀의 키는 손가락 두 마디밖에 자라지 않았다. 7년 전 함께 만주 위안소에 왔던 소녀들 중 그곳을 떠나지 않은 소녀는 그녀와 애순, 둘뿐이었다. 분선도 어느 날 오토상을 따라 그곳을 떠났다. 언제까지나 잊지 말자며 실과 바늘과 물감으로 왼손 손목 위에 문신을 새겼던 연순과 해금도 뿔뿔이 흩어졌다.

7년 전 북쪽으로, 북쪽으로 달리던 열차에 타고 있던 소녀들 중 가장 어리던 그녀는 제법 나이가 든 축에 속했다.

오토상은 소녀 둘을 더 데리고 왔다. 그중 하나는 열세 살이었다. 열세 살 먹은 소녀는, 7년 전 대구역에서 열차에 오르던 그녀의 환영도 함께 데리고 왔다. 검정 광목 저고리에 깡뚱하고 얄궂은 바지를 입고, 아무것도 모르는 표정을 짓고 있던.

"애기가 어쩌다 이런 델 다 왔을까?"

영순이 소녀에게 말했다. 열여섯 살이 된 영순의 손에서는 담배가 타들고 있었다.

"왔으니 할 수 없지. 팔자려니 하고 사는 수밖에……."

영순은 담배를 입으로 가져갔다. 매운 담배연기가 영순의 얼굴을 지우면서 허공으로 흩어졌다.

하하는 소녀들에게 일본 이름을 지어주었다.

"오늘부터 네 이름은 사다코다."

사다코가 한옥 언니의 이름이라는 걸 깜박하고는. 606호 주사를 맞고 늘어져 있던 한옥 언니가 트림을 하다 말고 경기하듯 떨었다.

*

1945년 여름이었다. 하하가 질질 짜고 다녔다. 하하의 딸들도 덩달아 질질 짜면서 돌아다녔다. 일본이 지고 있다는 소문이 소녀들 사이에 돌았다. 소녀들은 불안하기만 했다. 소녀들은 일본이 전쟁에서 지면 모두 죽는 줄 알았다.[218]

변소에 가는 그녀를 보고 오토상이 어금니를 갈면서 말했다.

"이년 죽여버릴까 보다."[219]

군인들은 갈수록 거칠고 난폭해지는 데다 염소 노린내가 났다. 술에 취해 자기들끼리 주먹다툼을 벌이기도 했다.

아침을 먹은 지 한참이 지났는데도 군인들이 한 명도 오지 않았다. 소녀들은 좋으면서도, 전투가 있다는 소리를 못 들은 까닭에 불안했다. 하하의 라디오도 벙어리가 되었는지 조용했다. 오토상은 아침을 먹자마자 화물트럭을 몰고 나갔다. 소녀들은 오토상이 또 소녀들을 데리러 간 모양이라고 생각했다. 한창일 때 서른아홉 명까지 늘어났던 소녀들은 그즈음 서른두 명으로 줄어 있었다.

해가 중천에 뜨도록 군인들은 오지 않았다. 그녀와 향숙은 서로를 향해 가랑이를 벌리고 앉아 음부에 붙은 사면발니를 잡아주었다.

향숙의 양 볼은 간밤 장교에게 맞아 눈깔사탕을 문 것처럼 부어 있었다. 군인을 스무 명도 넘게 받아 해삼처럼 턱 풀어져 있자, 장교가 자신을 반기지 않는다고 그녀를 일으켜 앉히더니 손바닥으로 뺨을 갈겼다고 했다.[220]

향숙은 군용열차를 타고 가다 윤간을 당한 이야기를 그녀에게 들려주었다.

평양역을 떠나 이삼 일을 내리 달리던 군용열차가 갑자기 섰다. 군인들과 군수품을 실어 나르던 군용열차 화물칸에는 서른 명쯤 되는 소녀들이 타고 있었다. 도망갈 데도 없는 소녀들을 군인 하나가 지키고 있었다. 화물칸은 사방이 막혀 낮과 밤의 구분도 없이 깜깜 절벽이었다. 확성기에서 흘러나오는 것 같은 소리가 들렸지만 소녀들은 무슨 말인지 알아들을 수 없었다. 화물칸 문이 열리더니 군인 둘이 나타났다. 군인들은 양쪽에서 총부리를 세우고 소녀들을 열차에서 내리게 했다. 어리둥절한 얼굴로 서로의 눈치만 살피던 소녀들은 맨바닥에 웅크리고 있던 몸을 일으켰다. 백 명은 넘는 군인들이 기다리고 있다가 소녀들을 들판 여기저기로 끌고 갔다. 보리순처럼 올라온 풀들 위로 까만 유똥치마가 날았다.[221]

"하늘이 내려다보고 있는데 그 짓을 어떻게 했대." 그녀가 물었다.

하하가 어쩐 일로 보리밥을 한 솥이나 지어 주먹밥을 만들었다. 소녀들에게 한 덩어리씩밖에 돌아가지 않던 주먹밥이 두 덩어리씩 돌아갔다.

"너희들, 죽을지 살지 모르니까 밥 많이 먹어라."[222]

"우리가 왜 죽을지 살지 몰라요?" 영순이 물었다.

"우리 일본이 지금 미국한테 지게 생겼다. 일본이 지면 우리도 죽고, 너희도 죽는다."[223]

그날 저녁 일본 하사관 하나가 유리병을 깨뜨려 위안소 마당에 거꾸로 꽂더니 그것에 머리를 박았다.[224]

7

*

조금 전까지도 마루턱에 앉아 있던 그녀는 어디로 가버리고, 그녀가 벗어둔 신발만 가지런히 놓여 있다.

신발 왼짝과 오른짝은 한시도 떨어지고 싶지 않은 듯 서로 꼭 붙어 있다.

그녀는 안방 한구석에 쪼그리고 앉아 있다. 신문지 쪼가리가 몇 장 그녀 앞에 놓여 있다. 그녀가 그중 한 장을 골라 자신 앞으로 바짝 끌어다 놓는다.

누렇게 바랜 신문지 쪼가리 한 귀퉁이에는 강인한 인상의 여자 얼굴이 증명사진보다 조금 크게, 흑백으로 인쇄되어 있다.

그녀의 두 눈 초점이 여자의 얼굴에 모아진다. 김학순, 그 여자다. 수십 년 전 티브이 속에서 울던 여자.

김학순…… 그 여자가 어느 날 저녁에 티브이에 나와 막 울었다. 밥을 먹던 그녀도 밥알을 입에 문 채 울었다. 그 여자가 우는 것을 보니까 덩달아 그렇게 눈물이 났다.[225]

그녀는 날짜도 잊히지 않는다. 1991년 8월 14일이었다. 늘 그렇듯 혼자 티브이를 보다가 자신과 똑같은 일을 당한 사람[226]이 살아 있다는 것을 알고 얼마나 놀랐는지 모른다.

살아 있는 증인이 있는데, 세상에 그런 일이 없었다고 하니까, 눈물이 나고 기가 막히고 갑갑해서…….[227]

김학순 그 여자는 그래서 자신이 당한 일을 세상에 알리기로 결심했다고 했다.

신문기사 군데군데 붉은색 펜으로 밑줄이 쳐져 있다. 그녀는 신문지 쪼가리를 집어 들고 붉은색 펜으로 밑줄 친 부분들을 소리 내읽기 시작한다. 한 문장을 연달아 읽지 못하고, 언 동태를 토막 내듯 끊어가면서 읽는다.

오직 나 홀몸이니

거칠 것도 없고

그 모진 삶 속에서

하느님이 오늘까지 살려둔 것은

이를 위해 살려둔 것.

죽어버리면 그만일 나 같은 여자의 비참한 일생에 무슨 관심이 있으
랴⋯⋯.

왜 나는 남과 같이 떳떳하게 세상을 못 살아왔는지.

내가 피해자요.[228]

그 여자를 따라 위안부였던 여자들이 하나둘 고백을 하기 시작했
다. 나도 피해자요, 나도 피해자요, 나도 피해자요, 나도 피해자요,
나도 피해자요, 나도 피해자요⋯⋯.

한때 국가에서 위안부 피해자 신고를 받고 있다는 소문이 그녀에
게 심심치 않게 들려왔다. 위안부였다는 걸 증명할 사진이나 물건
을 들고 동사무소나 구청, 도청을 찾아가 신고를 하면 위안부 피해
자로 등록이 된다고 했다. 등록이 되면 정부에서 생활 보조금이 나

온다고 했다.

그녀는 16절지 크기의 신문지 쪼가리를 집어 들고 소리 내 읽기 시작한다. 신문지 쪼가리 한쪽에는 늙은 여자 사진이 흑백으로 실려 있다.

'……먹고살기가 너무 힘들었어. 그래서 신고를 한 거야. 93년에 내 발로 도청을 찾아가 신고를 했어. 정부에서 보조금을 준다는 소리를 듣고서. 도청에서 사람이 나와서 이것저것 묻더라구. 위안소에 정말로 다녀왔는지 확인하려구. 하기 싫은 얘기를 하려니까 영 짜증이 나고 머리가 쑤시대. 사람을 붙들어 앉혀놓고 서너 시간을 내리 취조하듯 질문을 해대지 뭐야.

군인을 하루에 몇 명이나 받았냐? 군인이 들어와서 군복바지는 어떻게 내렸냐? 매독에는 안 걸렸냐?

하고 싶지 않은 얘기를 하려니까 아주 환장을 하겠더라구. 취조도 그런 취조가 없지 뭐야. 내가 위안소에 안 갔다 왔으면서, 갔다 왔다고 거짓말을 하는 줄 알구서 말이야. 정부 보조금을 타려구.

병원비 대주는 자식만 있었어도 내가 신고를 안 했을 거야.

여태 숨기고 살았는데 죽을 때가 다 돼 뭐하러 내 입으로 이야기를 하겠어. 박복한 팔자 탓으로만 돌렸는데, 나라에 화가 나. 내가 잘못한 게 뭐 있어? 못사는 집에서 태어나 돈 벌게 해준다는 말만 믿고 따라간 게 죄라면 죄지.

위안소에서 도망쳐 나올 때 매독 균을 달고 나왔잖아. 그거 고치느라고 내가 얼마나 고생을 했는지 몰라.

내가 아는 이는 시집갔다가 남편에게 매독균을 옮기는 바람에 들통이 나 쫓겨났잖아. 얼마 뒤에 아들을 낳았는데, 그 아들이 멀쩡하게 살다가 마흔 안짝에 정신병이 왔잖아. 그런데 글쎄 정신병원에서 어머니를 데리고 오라고 하더래. 그래서 갔더니 의사가 어머니만 남고 다른 가족들은 다 나가라고 하더니 혹시 매독 앓은 적이 있냐고 묻더라네. 아무 말도 못하고 눈물만 흘리다가 나왔다지 뭐야. 매독이 그렇게 무서운 거더라구. 그이도 참 안됐지. 본의 아니게 아들 인생까지 망쳐놓은 셈이지 뭐야. 아들이 정신병원에서 나오기는 했는데 가끔 발작을 하는가봐. 의사가 얘기했을 리 없는데 아들이 에미를 죽이겠다고 난리를 치고는 하나봐. 더러운 개구녕에서 나와서 자신이 그렇게 되었다구.[229]

그 심정이 어땠을까? …… 내가 날마다 두통약을 한 알 먹는데 그날은 두 알을 먹었어.

신고하고 더 쓸쓸해졌어. 과거가 알려지면 조카들 시집가는 데 지장 있으니 그냥 조용히 지내라고 큰언니가 그렇게 말리는데도 뿌리치고 신고를 했더니, 언니하고 조카들이 발길을 뚝 끊더라구.[230]

94년 정월부터 보조금 탔어.'[231]

그녀는 다들 어떻게 그렇게 숨기고 살았을까 싶다. 정작 그녀 자신은 70년 넘게 혼자 쉬쉬하며 살고 있으면서.

처음으로 티브이에 나와 자신이 위안부였다고 털어놓은 김학순 그 여자도 50년이 지나서야 고백을 했다.

그녀도 따라서 고백하고 싶었다. 나도 피해자요, 하고. 그때마다 그녀는 가제손수건으로 스스로의 입을 틀어막았다.

'나도 피해자다…… 나도 만주 하얼빈까지 끌려가 그 짓을 당했다…… 열세 살에 끌려가 그 짓을…… 애기였을 때 끌려가……'

자매들을 만날 때마다 그 말이 목구멍을 타고 치밀어 올랐지만 꾹 삼켰다.

정부에 등록된 위안부가 238명이라고 들은 게 엊그제 같은데 어떻게 한 명밖에 안 남았을까 싶어, 고개를 흔드는 그녀의 귀에 시계 초침 소리가 들린다.

그녀는 고개를 들어 벽에 덩그러니 걸린 시계를 바라본다. 테두리가 둥글고 검은 바늘시계다.

시간이 없다…….

새가 나뭇가지로 날아들었다 다시 날아가는 데 걸리는 시간. 영원할 것 같은 한 인간의 생애가 고작해야 그 정도일 것 같다.

어느 사이 그녀 앞에는 신문지 쪼가리들 대신 백지가 한 장 놓여 있다. 그녀의 오른손에는 검정 수성 사인펜이 쥐어져 있다.

그녀는 살아오는 동안 일기도, 편지도 써본 적이 없다. 만주 위안소에 있을 때 그녀는 고향집으로 그렇게나 편지를 쓰고 싶었다. 하지만 고향집 주소를 모르는 데다, 자신의 이름조차 쓸 줄 몰랐다. 위안소의 소녀들은 대개 그녀처럼 글자를 읽을 줄도, 쓸 줄도 몰랐다. 고향집으로 편지를 부치지 않은 걸 그녀는 천만다행으로 생각한다. 편지에 어떻게 썼을지 뻔했으니까.

아버지, 어머니 저는 만주에 와 있어요.

이곳에서는 아침부터 군인들이 줄을 서서 들어와요.

저는 곧 죽을 거예요.[232]

까막눈이던 그녀는 대학교 총장 집에 식모를 살러 들어갔다가 보름 만에 쫓겨나기도 했다. 주인여자가 종이쪽지를 들려주더니 거기에 적은 대로 장을 봐 오라고 했다. 그녀가 어쩔 줄 몰라 하자 주인여자는 그녀가 까막눈이라는 걸 눈치채고는 이튿날 바로 그녀를 내쫓았다.

쉰 살이 넘어서야 그녀는 겨우 글자를 깨쳤다. 초등학교 앞에 있는 문구점에서 한글 쓰기 교재를 사다가 기억부터 익혀 나갔다. 그녀가 자신의 이름을 쓰기까지 꼬박 석 달이 걸렸다. 만 번도 넘게 썼지만 어쩌다 자신의 이름을 쓸 일이 있을 때마다 손이 떨리고 주저되었다.

그녀는 읽는 것은 그럭저럭 하겠지만, 쓰는 것은 도무지 자신이 없다.

ㅏ

그녀는 겨우 그렇게 쓰고는 수성 사인펜을 거둔다.

나?

그녀는 자신이 어떤 사람인지 모르겠다. 착한지 나쁜지, 밝은지 어두운지, 고집스러운지 유순한지, 느린지 급한지. 자신의 감정도 모르겠다. 슬픈지, 기쁜지, 행복한지, 화가 나 있는지. 식모를 살았던 집 주인여자들은 하나같이 그녀가 말이 없고 순한 사람이라고 했지만 자매들은 그녀가 무뚝뚝하고 고집스럽다고 불평하고는 했다. 자매들이 수다스러운 편이었던 걸 보면 자신이 타고나기를 말이 없는 사람은 아닐지 모르겠다는 생각마저 든다.

자기 자신에 대해 생각하려 할 때마다 가장 먼저 치미는 감정은 수치심이었다. 자신에 대해 생각하는 것은 그녀에게 모욕적이고 고통스러운 일이었다.

생각을 하지 않다 보니, 그리고 말을 하지 않다 보니, 그녀는 자신이 어떤 사람인지 잊어버렸다.

자기 자신이 누군지 모르겠어서 쩔쩔매던 그녀의 손가락들에 다시 힘이 들어간다.

나도 피해자요.

그리고 또 뭐라고 써야 하나? 막막해하던 그녀는, 자신이 아무것도 잊지 않았다[233]는 걸 절실히 깨닫는다.

한 시간 전에 뭘 했는지는 기억이 나지 않지만, 70년도 더 전 일은 기억이 난다. 위안소 방 천장에 매달린 알전구가 깜박깜박하던 것까지.

신빙성이 없다고, 앞뒤가 맞지 않는다고 비난하는 이들이 있다고 들었다. 위안소에서 있었던 일들을 알리고 다니는 이들을 향해서. 몇 살 때 끌려갔는지, 누구한테 끌려갔는지, 어디로 끌려갔는지 분명히 대지를 못하니까. 고향 지명조차 제대로 모르는 데다, 학교에 다니지를 못해 자기 이름 석 자도 쓸 줄 모르던 소녀들이 대부분이었다는 걸 고려도 않고. 수십 년이 흘러 기억들이 토막 나고 뒤죽박죽 뒤섞여버렸다는 걸 모르고.

그녀는 만주 위안소 이름은 모르지만, 자기 피와 아편을 먹고 죽은 기숙 언니의 이빨이 석류알처럼 반짝이던 것은 또렷이 기억난다. 삿쿠에 엉겨 있던 분비물에서 나던 시큼하고 비릿하던 냄새도. 검은깨를 뿌린 듯 주먹밥에 촘촘 박혀 있던 바구미의 개수까지도.

때로는 아무것도 기억이 안 나고 추웠던 기억만, 그렇게나 추웠던 기억만 난다.[234]

모든 걸 다, 처음부터 끝까지 다 기억했으면 오늘날까지 살지 못했으리라.[235]

만주 위안소에서의 일들은 그녀의 머릿속에 얼음 조각들처럼 흩어져 있다. 그 얼음 조각들 하나하나는 너무나도 차갑고, 선명하다.

말을 하는 게 어디 쉽나? 더구나 50년, 60년, 70년을 넘게 숨기고 있던 이야기를.

오죽하면 죽어 무덤 속에 누워 있는 어머니에게조차 말을 못했을까. 그녀는 죽은 어머니에게라도 털어놓아야 살 것 같아 무덤을 찾아갔지만, 아무 말도 못하고 애기풀만 쥐어뜯다가 돌아왔다.

그녀는 만주 위안소에서의 일이라면 아무것도 기억하고 싶지 않다가도, 정작 치매에 걸려 자신이 아무것도 기억을 못하면 어쩌나 싶다.

나도 피해자요.

백지에 쓴 문장을 소리 내 읽던 그녀는, 모든 걸 다 말하고 싶은
충동에 휩싸인다.

말을 하고,

그리고 죽고 싶다.[236]

8

*

안방 창가에 서서 골목을 하염없이 내다보는 그녀는 얼굴에 종이
죽 탈을 쓰고 있다.

죽어버리면 그만일 나 같은 여자의 비참한 일생에 무슨 관심이
있으랴······. 중얼거림은, 종이죽 탈과 그녀의 얼굴 사이에서 메아
리처럼 맴돌다 소멸한다.

종이죽 탈의 눈구멍과 그녀의 눈동자가 어긋나 아무것도 보이지
않는데도 그녀는 15번지 구석구석이 훤하다.

둘째 여동생이 병원에서 항암치료를 받을 때였다. 자식을 다섯이

나 두었지만 다들 사는 게 바쁘고 빡빡해, 그녀가 며칠 곁에 머물면서 병수발을 했다.

남편도, 자식도 없이 혼자 사는 그녀가 안됐는지 둘째 여동생이 그녀에게 물었다.

언니는 세상에서 뭐가 가장 갖고 싶어요?

그녀가 아무 말도 않자 둘째 여동생은 자신이 가장 갖고 싶은 걸 말했다.

나는 금가락지 하나 갖고 싶어요. 더도 말고, 덜도 말고 순금 두 돈짜리로…… 한 돈은 낀 것 같지 않을 테고, 세 돈은 무거울 테니…….

둘째 여동생이 잠든 뒤에야 그녀는 자신이 가장 갖고 싶은 걸 말했다.

엄마가, 엄마가 가장 갖고 싶어.[237]

*

하사관이 거꾸로 머리를 박고 죽은 깨진 유리병은 여전히 마당에 박혀 있었다. 엉긴 피가 굳어 그것은 마치 녹슬어 버려진 왕관 같았다.

소녀들 사이에는 소련 군인들이 몰려오고 있다는 소문이 돌았다. 오토상이 자신들을 다 죽일 거라는 소문도. 다 데리고 갈 수 없으니까.

복자 언니가 말했다.

"이래 죽으나 저래 죽으나 똑같으니 도망가자."[238]

만주 위안소를 도망칠 때 그녀는 네 명의 소녀와 함께였다. 복자 언니하고, 군자하고, 애순하고, 이름이 기억나지 않는 남해 애 하나하고……. 다들 함께 도망치고 싶어 했지만 그 애들은 밑이 부어 걷기도 힘들었다. 향숙이 울면서 어서 가라는 손짓을 했다.[239]

이가 버글거리는 머리를 검은 광목 조각으로 동여매고 복자 언니가 뛰기 시작했다. 그녀도 다급한 마음에 지카타비를 짝짝이로 주워 신고는 뒤따라 뛰었다.[240]

남해 애는 위안소 철사 울타리를 벗어나자마자 오토상이 쏜 권총 총알을 맞고 쓰러졌다. 꼬꾸라지는 남해 애를 뒤로하고 소녀들은 죽기 살기로 내달렸다.

위안소를 도망쳐 처음으로 숨어든 곳은 끝없이 펼쳐진 야생 수수밭이었다. 높이가 2미터는 되는 야생 수수들이 하염없이 흔들리고 있었다. 절대로 울지 않던 복자 언니가 주저앉아 울음을 터트렸다. 야생 수수밭에서 소녀들은 옹기 항아리들을 보았다. 간장 항아리만 한 옹기 항아리들이 여기저기 웅크리고 있는 것을 보고 혹시나 먹을 게 들었나 싶어서 가까이 다가가 들여다보던 그녀는, 코가 통째로 떨어져 나가는 것 같은 악취에 뒤로 나자빠졌다. 중국인들이 송장을 옹기 항아리에 넣어 야생 수수밭에 묻어둔 것이었다. 흘러든 빗물에 송장이 썩어 그리도 지독한 냄새를 풍기고 있었다.[241]

그녀는 함께 도망친 소녀들과 야생 수수밭에서 하룻밤을 보냈다. 밤새 뒤척거리던 수수잎들 새새로 조각난 달빛이 찌르듯 쏟아졌다.

어쩌다 보니 소녀들은 뿔뿔이 다 흩어졌다.[242]

위안소를 도망친 지 닷새도 안 지나 혼자 된 그녀는 중국인 집으로 숨어들었다. 집 같은 것이라고는 천지사방에 그 한 집뿐이었다.

무너진 흙담에 죽죽 넌 옷들이 전부 사내 옷인 게 이상하더라니, 홀아비 혼자 사는 집이었다. 홀아비가 자기하고 안 살면 일본 군인들에게 이른다고 해서, 이르면 죽으니까, 그래서 할 수 없이 눌러살았다.[243] 일본이 패망하고 광복이 된 걸 까맣게 모르고.

중국인 홀아비는 그녀가 위안소에서 도망친 조선 소녀라는 걸 귀신같이 알았다. 위안소가 뭘 하는 곳인지도.

부엌 바닥에 상을 놓고 밥을 먹으면 쥐가 발밑을 헤집고 돌아다니는 흙집에서, 그녀는 이빨이 서너 개뿐인 홀아비하고 꼬박 아홉 달을 살았다. 양조장에 일을 다니던 홀아비는 제 발로 기어 들어온 그녀가 떠날까 싶어 전전긍긍했다. 그녀는 밤에 자다가 깨어 자신을 지키고 앉아 있는 홀아비를 보고 소스라치게 놀랐던 적이 한두 번이 아니다. 창으로 비쳐 드는 달빛을 받은 홀아비의 몸은 늑골이 앙상히 드러나 빨래판 같았다.

하루는 일을 나갔던 홀아비가 고구마줄기와 달팽이를 한 자루 어깨에 짊어지고 돌아왔다. 그것들을 한꺼번에 솥에 넣고 쪘다. 푹 찐 고구마줄기를 헤집어 찾은 달팽이를 그녀에게 내밀었다.

홀아비의 손보다 더럽고 추한 손을 그녀는 살아오는 동안 못 만났다. 새끼 고양이를 양파망 속에 우악스럽게 집어넣던 늙은이의 손도 홀아비의 손보다는 추하지 않았다.

더럽고 추하지만 인정 많은 손.

옷수선가게 개가 자신의 손을 핥을 때 그녀는 홀아비의 손을 떠올렸다. 개가 핥는 손이 자신의 손이 아니라 홀아비의 손이었으면 싶었다.

그녀는 거짓말을 했다. 절대로 도망 안 가겠다고, 당신이 마음씨가 좋으니 같이 살겠다고 홀아비를 안심시키고는 도망쳤다.

장롱 속에는 홀아비에게 주려고 장만한 내복이 들어 있다. 홀아비가 여태까지 살아 있을 리 없다는 걸 잘 알면서도.

그녀는 꿈에서라도 홀아비를 만나고 싶다. 만나면 꼭 하고 싶은 말이 있다.

당신이 마음씨가 좋고, 나를 딸처럼 위해주어서 당신하고 살까도 했지만 어머니가 너무 보고 싶었어요…… 어머니 얼굴이라도 한 번 보고 죽고 싶었어요…… 미안해요…….

홀아비 집에서 도망쳐 어디가 어딘지도 모르고 걸어가던 그녀는, 감자밭에서 여러 사람이 한 사람을 곡괭이로 찔러 죽이는 걸 보았다.

사람들은 땅을 파던 곡괭이로 사람의 등짝을 내려찍었다. 땔감나무를 토막 내던 도끼로 사람의 목을, 손을, 발목을 토막 냈다. 풀을 베던 낫으로 인간의 심장을 찔렀다.

도끼에 사람의 목이 잘려 떨어질 때 토해진 눈알이 땅을 데굴데굴 굴렀다.[244]

그녀는 숯처럼 까만 돼지들이 죽은 여자의 불에 타 그을린 얼굴을 뜯어 먹는 것도 봤다.

바글바글하던 일본 군인들이 사라지자 소련 군인들이 나타났다. 소련 군인들은 소녀들을 보면 아무 밭이나 끌고 들어갔다. 강냉이밭이든, 수수밭이든, 콩밭이든, 감자밭이든. 간신히 버틴 소녀들은 소련 군인들이 떠난 뒤 밭에서 나왔지만, 나오지 못한 소녀들도 있었다.

그녀는 죽은 머슴애의 옷을 훔쳐 입었다. 소련 군인들에게 잡혀 밭으로 끌려 들어가지 않으려고.[245] 죽은 머슴애는 너무나 멀쩡해서 잠든 것 같았다. 금방이라도 엉덩이를 털면서 일어나 터벅터벅 걸어갈 것 같았다. 그녀는 머슴애의 옷이 아니라 영혼을 훔치는 기분이었다.

입이 돌아간, 죽은 소녀의 옷도 훔쳤다. 죽은 소녀에게서 훔친 흰 무명 저고리를 그녀는 입지 않고 둘둘 말아 보따리처럼 안고 다녔다.

그녀는 걸어가다 조선말을 하는 사람만 보면 붙들고 매달렸다.
"나 좀 조선까지만 데려다줘요."
일가친척처럼 보이는 사람들은 그녀에게 그러마 하고서는 조금 가다가 자기들끼리 가버렸다.
봇짐장수는 조선에 데려다줄 테니 염려 말라고 하고서는 그녀를 강냉이밭으로 데리고 들어갔다. 쪽정이뿐인 강냉이밭에 그녀를 버리고 가버렸다.[246]

그녀는 길도 모르고, 주머니에 돈 한 푼 없던 자신이 어떻게 걸어서 두만강까지 갔나 싶다.
벌 떼처럼 달려드는 폭격 속에서 어떻게 죽지 않고 살았나 싶다.

길을 몰라, 까맣게 탄 산을 향해 무작정 걷기도 했다. 일본군이

마적 떼를 토벌하려고 불을 놓아서 그렇게 된 것이었다.[247]

까맣게 탄 산이 사라진 뒤에는 납빛 돌산을 향해 걸었다.

하루 하고 반나절을 꼬박 걸어서야 도착한 그녀는, 경사가 거의 90도에 달하는 돌산을 개처럼 기어 내려오는 사람들을 보았다. 산 밑 마을에 사는 사람들로, 그들은 집 곳곳에 숨겨둔 양식을 찾아 밥을 해 먹고 날이 밝자 산으로 올라갔다. 낯선 사람들이 마을에 들어와 애먼 사람을 죽이고, 아녀자를 강간해 낮 동안 산으로 피난을 가 있는 것이었다.[248]

그녀는 조선 여자처럼 보이는 사람만 보면 다가가 얼굴을 들여다보았다. 혹시나 복자 언니나 군자가, 애순이 아닐까 싶어서.

허리가 길쭉하니 뒤태가 군자하고 닮아 따라갔다가 다른 위안소에 있었던 소녀를 만나기도 했다. 충남 천안이 고향이라던 그 소녀는 어느 날 일본인 주인 부부가 도망을 가버리고 없어서 해방되었다는 것을 알았다고 했다.

"소련 군인들이 몰려와 위안소에 불을 지를 거라고 했어."

그녀는 그 소녀와는 꼬박 나흘을 함께 걸었다.

사람들이 점점 늘어나더니 인파를 이루었다. 인파에 떠밀려 걸어가다 문득 옆을 돌아다보았을 때 그 소녀는 어디로 가고 없었다.

그녀는 인파 속에서 보자기에 싼 닭을 끌어안고 타박타박 걸어가는 늙은 여자를 보았다. 그녀는 그 여자가 대구역에서 보았던 여자만 같았다. 흰 치마저고리에 명주 실타래 같은 머리를 쪽 짓고, 광목 보자기에 싼 닭을 끌어안고서 열차를 기다리던. 그녀가 다가가자 여자는 닭을 빼앗아 가려는 줄 알고 소리를 지르면서 달아났다.

*

뺑 뺑 뺑 뺑 도는 물이 있었다.[249] 뺑 뺑 뺑 뺑, 뺑 뺑 뺑 뺑, 맷돌이 돌아가듯. 두만강이라고 했다. 중국인 홀아비의 집에서 도망친 지 꼬박 다섯 달 만에 다다른 두만강을 보는 순간, 그녀는 다리가 후들거려 꼬꾸라지듯 주저앉았다. 그 속을 알 수 없도록 흐리고 탁한 두만강이 오지 군부대를 찾아가는 길에 건너던 강만 같았다.

말과 군용차를 타고 두만강을 따라 이동하는 소련 군인들을 바라보던 그녀의 눈에 둥둥 떠가는 시체가 들어왔다. 시체는 강가 풀숲에도 있었다.

소련 군인들은 곳곳에 진을 치고, 사람들이 만주 땅에서 조선 땅으로 넘어가지 못하게 두만강을 지키고 있었다.[250]

그녀는 사람들이 무리무리 모여 자기들끼리 하는 소리를 귀담아들었다. 어디로 가면 물이 깊고, 어디로 가면 물이 얕고, 어디로 가면 물이 푹 꺼지고…….

저녁 무렵이 되자 사람들은 양식 보따리를 머리에 이고, 보따리가 젖지 않게 얼굴을 강물 위로 쑥 내밀고 건너기 시작했다.

강물을 건너는 사람들이 하나둘 늘어나자, 그녀는 오늘 밤 안으로 두만강을 건너지 못하면 영영 못 건널 것 같아 애가 탔다.

갓난아기를 광목으로 둘둘 말아 등에 들쳐 업은 여자가 강물로 걸어 들어갔다. 여자는 눈 깜짝할 새 허리까지 물에 잠겼다. 아기의 얼굴이 물에 삼켜졌다가 토해지는 것을 가슴 졸이면서 지켜보던 그녀의 귀에 사람들이 땅이 꺼져라 탄식하는 소리가 들려왔다.

"아이고야, 빨려 들어간다!"

"에구구!"

뺑뺑뺑뺑 도는 물속으로 사람이 빨려 들어가고 있었다. 먹물치마가 풍선처럼 부풀어 오르다가 꺼졌다.

그새 강을 다 건넜는지 갓난아기를 업은 여자는 보이지 않았다.

그녀는 임신을 해 배가 부른 소녀가 회오리치는 물속으로 삼켜지는 것도 보았다.[251]

남자라면 진저리가 쳐지고 무서웠지만, 그녀는 남자만 보면 붙들고 매달렸다.

"아저씨, 나 좀 건너게 해줘요."

그러나 선뜻 그러마, 하고 손을 내미는 남자는 없었다. 한자리에 서 있는 것조차 힘겨워 보이는 그녀를 데리고 건너다 자기들마저 강물에 휩쓸려 떠내려갈까봐.

발을 동동 구르던 그녀는 소녀들이 서로 손을 잡고 강을 건너는

것을 보았다. 한 명도 물살에 휩쓸려 떠내려가지 않고 일곱 명이 다 건너는 걸.[252]

그녀는 혹시나 위로 올라가면 강폭이 좁아지지 않을까 싶어 강물을 거슬러 올랐다. 얼마 못 가 그녀는 이마에 총을 맞고 죽어 있는 여자를 보았다.[253]

해가 떠오르자 강을 건너는 사람들이 줄어들었다.

머리에 까만 수건을 두른 여자가 대여섯 살 된 여자애의 손을 잡고 강물로 걸어갔다. 강물 앞에 여자애를 앉히더니 시체들이 고요히 떠다니는 물을 손으로 떠 여자애의 얼굴을 씻겼다.

그녀는 마흔 살쯤 되어 보이는 남자를 붙들고 매달렸다.

"아저씨, 나 좀 데리고 건네줘요."

"너, 돈 있냐?"

오토상이 즐겨 입던 당꼬바지를 입은 남자가 물었다.

"아저씨 장가갔어요?"

"장가야 벌써 갔지."

"아저씨, 내가 돈은 없고 여자 저고리 성한 거 한 장 있는데 그거라도 받고 건네주면 안 돼요."

그녀는 보자기에 둘둘 싸고 있던 흰 무명 저고리를 남자에게 내밀었다.

"마누라 가져다주면 좋아하겠다."[254]

남자는 그녀의 손을 잡는 대신에 손목을 잡았다. 다급한 순간에 처하면 놓아버리려고.

9

*

두만강만 건너면 고향집이 지척일 줄 알았다. 두만강을 건너고 5년이나 지나서야 고향집에 갈 줄은 몰랐다.

두만강 건너, 한 달을 넘게 걸어서 도착한 데가 평양역이었다. 평양역은 열차를 타려는 사람들, 일거리를 구하러 나온 사람들, 사주쟁이, 떡장수, 부역꾼처럼 보이는 사내들, 비렁뱅이들, 지게꾼들로 북적거렸다. 열차만 타면 고향에 갈 수 있다는 생각에 그녀는 설레면서도 두려웠다.

그녀는 무턱대고 떡장수를 따라갔다. 일을 해주고 밥을 벌어먹을 수 있는 데가 있으면 소개시켜 달라고 사정했다.

"애기야, 처녀야?"

떡장수가 그녀의 꺼뭇꺼뭇 마른 얼굴을 빤히 들여다보고 물었다.

"스무 살 넘었어요."

떡장수는 그녀를 술국 식당에 소개시켜주었다. 평양역 뒤쪽에서 꼽추인 여자가 혼자 술국을 팔고 있었다. 여자는 학도병으로 끌려간 자신의 아들이 꼭 살아 돌아올 거라며, 아들이 돌아오면 함께 살 집을 장만하기 위해 돈을 악착같이 모았다. 그녀는 세 끼 밥을 얻어먹고 옷을 얻어 입었지만 돈은 받지 못했다. 잠은 식당에 딸린 방에서 여자하고 함께 잤다. 고향으로 가려면 돈이 있어야 했지만, 돈을 달라는 소리를 못했다.

술국 식당에서 일한 지 석 달쯤 됐을 때, 그녀는 저녁마다 술국을 먹으러 오는 늙은 부역꾼에게 사정 이야기를 했다. 만주에 있었다는 말은 하지 않았다. 대구 가는 열차를 타야 하는데 잘못 타는 바람에 평양까지 오게 되었다고, 돈이 든 보따리를 잃어버려 고향집에도 못 돌아가고 있다고 둘러댔다.

"그럼 몸뚱이 파는 데를 가야지."[255]

그 말이 그녀에게는 다시 위안소로 보내겠다는 말로 들렸다. 그래서였다. 그날 밤, 그녀는 꼽추 여자가 변소에 가느라 잠깐 끌러놓은 전대에서 종이돈을 몇 장 꺼내 들고 무작정 평양역으로 갔다.

평양역에서 열차를 타고 경성까지 갔다. 경성역에서 열차를 타면 무조건 대구역에 가는 줄 알았다. 그러나 그녀가 대구역인 줄 알고 내린 곳은 부산역이었다.

초크로 그은 듯 가르마를 똑바르게 탄 할머니가 타박타박 걸어가다 말고 돌아보고, 돌아보고 하더니 그녀에게 다가왔다.

"아가, 갈 데가 없나?"

스무 살이 넘은 그녀를 할머니는 아가라고 불렀다.

"없어요."

"어째 갈 데가 없을까? 어디서 오는 길인가?"

"제가 글자를 몰라서 어디서 오는 길인지도 모르겠어요."

그녀는 만주 군인을 받는 곳에 있었다는 말은 차마 할 수 없어 그렇게 말했다.

"진짜로 갈 데가 없나?"

"진짜로 없어요."

"우리 집에 가서 애기도 보고, 심부름도 하면서 살래?"

그녀가 할머니를 따라간 곳은 목욕탕 집이었다. 일본식으로 지은 목욕탕 집에서 그녀는 7개월 된 애기를 보고, 목욕탕 심부름을 하면서 살았다. 그 집에서도 돈은 주지 않았다.[256]

위안소에서 꼬박 7년, 위안소에서 도망쳐 나와 5년. 다 해서 12년 만에 그녀는 고향집에 돌아갔다. 그녀는 고향집 주소를 몰라 읍내 지명만으로 고향집을 찾아갔다. 읍내 버스 정류장에서 사람들을 붙들고 까막골에 가려면 어떻게 가야 하는지 물었다. 그녀의 고향은 대구에서 한 시간 30분 거리인 읍내에서 버스를 타고 30분이나 들어가야 하는 외진 곳에 있었다. 더구나 버스는 두 시간에 한 대씩 있었다. 버스가 성난 황소처럼 내달리고 있는 신작로가, 12년 전 자신과 소녀들을 태운 트럭이 내달렸던 그 길이라는 걸, 그녀는 발밑에서 전해져 오는 흔들림으로 알 수 있었다.

그녀는 버스가 감자 보따리를 떨어뜨리듯 툭 떨어뜨린 곳에 한참을 우두커니 서 있다가 마을 쪽으로 발을 내디뎠다.

고향집 마당으로 들어서는 그녀를 맞은 이는 새언니였다. 어머니는 죽고 없고, 아버지는 중풍이 들려 구들장 신세였다. 여동생 둘은 시집을 가고, 그녀가 없을 때 태어난 여동생은 고향집을 떠나 어묵공장에 다녔다. 장가를 간 오빠만 고향집에 남아 아버지를 모시고 살고 있었다.

새언니는 구정물이 든 함지박을 들고 부엌에서 나오다 그녀를 보았다.

"누구요?"

그것은 그녀가 묻고 싶은 말이었다. 넷째를 가져 배가 산처럼 부른 여자가 올케언니인 줄은 꿈에도 몰랐다.

그녀는 아무 말도 못하고 고향집을 둘러보았다. 고향집은 12년 전 그녀가 떠나던 그대로였다. 콧구멍만 한 오두막집에[257], 탱자나무가 울타리를 이루고 있었다.

"누구요?"

그 말이 야속해서 그녀는 마당에 퍼질러 앉아 통곡했다.

아버지는 정신은 온전한데도 그녀를 얼른 못 알아보았다.[258] 하도

166

세월이 흐르고 그녀의 얼굴이 못쓰게 되어버려서. 그녀의 얼굴은 노라니 외꽃 같았다.[259]

그녀는 가족들에게 죽은 사람이었다. 12년 동안 아무 소식이 없자 오빠는 그녀가 어디 가 죽은 걸로 알고 사망신고를 했다.[260]

그녀를 기억하고 있던 고향 사람들이 물었다.

"애기 때 나갔는데 어디 갔다 이제 왔대?"[261]

고향 사람들은 대개가 그녀의 사촌이거나 육촌이거나 팔촌이었다. 안골에 사는 당숙모는 믿기지 않는 듯 그녀의 얼굴을 손으로 쥐어뜯었다.

참새들도, 닭들도, 염소들도 그녀에게 물었다. 애기였을 때 나갔는데 어디 갔다 이제 왔대?

그녀는 식모를 살았었다고 둘러댔다. 애기 때 부산으로 잘못 가서 남의 집 식모를 살다가 왔다 했다.[262] 만주까지 끌려갔었다는 말은 차마 할 수 없었다.

그녀는 날이 어둑해지면 새언니 모르게 어머니 무덤가에 가서 훌쩍이다 오고는 했다. 강가에는 절대로 가지 않았다. 강가에 가면 열세 살, 아직 애기인 자신이 다슬기를 잡고 있을 것 같아서였다.

시집간 사촌이 고향에 다니러 왔다가 그녀를 찾아왔다. 그녀와 동갑인 사촌은 애가 셋이었다.

등에 업은 아기를 어르고 달래면서 사촌이 물었다.

"언니, 여태 식모 살았다면서. 돈 많이 벌었겠네?"

"돈 벌어서 옷도 해 입고, 신발도 사 신고 그랬지."[263]

사촌은 등에서 아기를 내리더니 블라우스 단추를 풀고 젖을 물렸다.

죽어 혼이라도 돌아오고 싶던 고향집에서 그녀는 군식구였다. 오빠는 정미소에서 날품을 팔아 식구들을 근근이 먹여 살렸다. 올케 언니는 먹을 게 없어서 보리쌀로 묽은 죽을 쑤어 식구들을 먹였다. 오빠는 그녀의 얼굴을 똑바로 바라보지 못했다. 그녀가 없을 때 태어난 여동생은 고향집에 다니러 왔다가 그녀를 보았다. 감나무 밑에 서 있는 그녀를 여동생은 멀뚱히 바라보기만 했다. 시집간 여동생들은 그녀를 한번 보러 온다 하면서 못 왔다.

그녀는 괜히 장독대를 어슬렁거리고는 했다. 어머니가 물을 떠놓고 빌던 장독들을 어루만지고는 했다.

강 근처에는 얼씬도 하지 않았다.

하루는 마을 사내들이 누런 개를 끌고 강 쪽으로 몰려가는 것을 보았다. 개의 핏발 선 눈동자가 그녀를 붙들고 늘어졌다. 오지 군부대로 출장을 가던 중에 들른 중국인 마을에서 소년의 시체를 물고 가던 개도 누랬다.

개를 태우는 노린내가 강 쪽에서 불어왔다. 노린내에는 동숙 언니를 태울 때 나던 냄새가 실려 있었다.

강 건너 친정에 다녀온 올케가 그녀에게 말했다.

168

"강에 살얼음이 얼었네요."

그녀는 고개를 들어 강 쪽을 바라보았다. 강둑 위에 검은 포장을 친 트럭이 서 있었다. 대여섯 명의 소녀들이 타고 있던 차도 검은 포장을 친 트럭이었다. 12년 전 그녀는 새처럼 날아 소녀들 앞에 떨어졌다.

"트럭이 왜 서 있대요?"

"트럭이요? 소 말고는 아무것도 없는데요."

"소요?"

"안골 덕수 아저씨네 소잖아요."

소가 그녀는 트럭 같았다. 그녀는 부엌으로 들어가 호미와 소쿠리를 챙겨 가지고 나왔다.

"뭐 캐러 가요?" 올케가 물었다.

"냉이요." 그녀가 말했다.

"겨울도 안 났는데 냉이가 벌써 나왔을까봐요?"

그녀는 벼 그루터기들을 밟으면서 논으로 걸어 들어갔다. 호미로 땅이라고 쓴 뒤 하늘을 올려다보았다.

냉이가 올라올 즈음 그녀는 고향집을 떠나왔다. 오빠에게는 입 하나 더는 것이 큰 짐을 더는 것이었다. 마침 진주 부잣집에서 식모살이를 하던 사촌이 고향집에 다니러 왔다가 그녀를 진주 은행원 집에 소개시켜주었다.[264]

읍내에서 만난 숙모가 그녀에게 물었다.

"어디 가냐?"

"식모 살러요."

"평생 식모만 살다 늙어 죽으려고? 여자는 모름지기 시집가 아들 딸 낳고 살아야지."

제 발로 고향을 떠나는 것이면서 그녀는 모르는 곳으로 끌려가는 것 같았다. 서른 살 생일을 앞둔 그녀는 치마 정장에 구두를 신고, 머리는 파마를 해 핀을 꽂았다.

살아서 돌아왔지만 호적을 살리지 못해서 그녀는 여전히 죽은 사람이었다. 그녀의 호적을 살리기 위해 서두르는 형제지간 하나 없고, 그게 얼른 되는 일도 아니어서 차일피일 미루다 보니.[265]

*

자신이 어디를 다녀왔는지 오빠는 알았으리라. 성화이던 자매들과 다르게 오빠는 그녀에게 한 번도 시집가라는 소리를 하지 않았다. 12년 만에 돌아온 고향집에서 가을과 겨울을 나고, 다시 식모를 살러 떠나겠다는 그녀에게 오빠는 말했다.

"네가 살아 돌아온 것만 해도 어디냐."[266]

여든한 살 생일을 쇠고 오빠는 마밭에서 생을 마감했다. 마밭 주인에게 발견되었을 때, 오빠는 밭두렁에 얼굴을 처박고 있었다. 오빠로부터 스무 발짝쯤 떨어진 곳에 농약병이 구르고 있었다. 얼마나 몸부림을 쳤으면 손톱마다 피딱지가 엉겨 있었다.

오빠가 농약을 마시고 고통스럽게 몸부림칠 때 냉이와 달래와 쑥이 쑥쑥 올라왔으리라는 생각을 하면 그녀는 기분이 이상하다.

여든 해를 살고도, 하루를 더 사는 것이 그렇게나 징글징글했나? 하루도 더는 살고 싶지 않을 만큼.

올케에게까지 말하지 않은 걸 보면 오빠가 참으로 지독한 사람이라는 생각도 든다.

아무것도 모르는 올케는 그 어느 해 아버지 제사 때 자신의 육촌 언니뻘 되는 이의 이야기를 그녀에게 아무렇지 않게 했다.

그이도 위안부로 끌려갔다 왔다고 했다.

"겨울에 눈 다 맞고 신발도 안 신고 돌아다니는 걸 동기간들이 청량리 정신병원에 넣었잖아요."[267]

올케는 김학순 그 여자가 티브이에 나와 우는 것도 보았다고 했다.

"정신대에 갔다 온 여자들 보고 일본에서는 장사하러 나온 여자[268]라고 한다면서요?"

올케는 위안부를 정신대라고 했다.

"장사요……?"

"몸 파는 장사지 뭔 장사겠어요."

"그랬으면 티브이에 나와 그리 울지 못했겠지요……."

"듣자니까, 기생들도 돈 벌러 갔다던걸요?"

만주 위안소에는 기생 출신인 소녀들도 어쩌다가 있었다. 향숙처럼 권번 출신인 소녀들도. 향숙은 자신이 가는 곳이 요릿집 같은 곳인 줄 알고 왔다. 하루에 군인을 열 명이고, 스무 명이고 받아야 하는 곳일 줄은 꿈에도 몰랐다.

"아무렴 여자들이 제 발로 생지옥을 갔겠어요?"

"생지옥이요?"

"열두 살짜리가 뭘 알고 따라갔겠어요."

"열두 살짜리도 있었대요?"

동태포에 밀가루 반죽을 입히던 올케가 눈을 동그랗게 떴다.

"그 어린 게 뭘 알고…… 돈 벌게 해준다고 어른이 꼬드기니까, 아무것도 모르고 쫄랑쫄랑 따라갔겠지요."

그녀는 자신이 위안소에 다녀온 것을 올케가 눈치챌까 싶어 더는 말을 못하고 입을 다물었다.

향숙은 살아서 돌아왔을까. 향숙의 일본 이름은 유리코로, 그것은 죽은 기숙 언니의 일본 이름이기도 했다. 기숙 언니가 죽고 얼마 안 있어 오토상이 데리고 온 향숙에게 하하는 말했다.

"오늘부터 네 이름은 유리코다."

하하는 그렇게 죽은 소녀의 이름을, 새로 온 소녀에게 물려주기도 했다. 죽은 소녀의 몸에서 벗긴 옷을, 살아 있는 소녀의 몸에 대물려 입히듯.

전투에 나가 돌아오지 않거나 불구가 된 군인들이 부지기수인데도, 소녀들의 몸에 다녀가는 일본 군인들은 줄어들지 않고 도리어 늘어났다. 복자 언니는 방에 누워서도 일본 군인들이 어디서 몰려오는지 훤히 알았다. "동쪽에서 군인이 많이 온다." 그러고 나면 동쪽에서 정말로 군인들이 몰려왔다.

일본 군인들은 남쪽뿐 아니라 동쪽에서도, 북쪽에서도, 서쪽에서도 몰려왔다. 일본 군인들의 숫자가 수백, 수천 명 무섭게 늘어나는 동안, 소녀들의 숫자는 32명에서 39명으로 겨우 7명 늘어났다.

70명 가까이 군인이 다녀간[269] 다음 날, 그녀가 삿쿠가 든 알루미늄 통을 들고 세면실로 갔을 때 향숙이 혼자 삿쿠를 씻고 있었다. 그녀는 향숙과 멀찍이 떨어져서 자리를 잡고 앉았다. 아래가 칼로 난도질을 당한 듯 욱신거리고 따가웠다. 소변이 마려웠지만 오줌이 한 방울도 나오지 않았다. 자신의 몸에 다녀간 군인들 숫자를 그녀는 68명까지 세다가 말았다.

향숙이 흘끔 쳐다보았지만 그녀는 모르는 척했다. 자신에게 특별히 나쁘게 하지 않는데도 그녀는 향숙을 멀리했다. 향숙을 볼 때마다 유리코라는 일본 이름과 함께 죽은 기숙 언니가 떠올라서였다. 하하나 일본 군인들이 유리코를 부를 때면 죽은 기숙 언니를 부르는 것 같았다.

알루미늄 통을 뒤집어 그 안의 삿쿠들을 쏟는 그녀에게 향숙이 말을 건네왔다.

"아침 먹으러 안 왔던데, 못 일어났어?"

"……."

"다카시가 놓고 간 칸즈메가 있는데 배고프면 줄까?"

다카시는 간혹 향숙을 찾아오는 일본 군인이었다.

자신의 삿쿠를 다 씻은 향숙이 그녀 쪽으로 다가왔다. 그녀의 발 앞에 널린 삿쿠를 씻어 알루미늄 통 속에 담았다.

"다카시가 그러는데, 일본 군인들도 불쌍하대."

삿쿠를 씻으면서 일본 군인들을 동정하는 향숙이 그녀는 이해가 안 되었다.

"일본 군인들도 우리처럼 부모형제하고 생이별하고, 목숨을 버리러 만주까지 왔대. 어제는 내가 엄마가 보고 싶다고 우니까 그러더라. 죽지 말라고…… 어떻게든 살아서 엄마가 있는 조선에 돌아가라고……."

만주 위안소에 있던 7년 동안 그녀의 몸에 다녀간 일본 군인은 어림잡아 3만 명이었다. 3만 명에 달하는 군인 중 그녀에게 그렇게 말해준 군인은 단 한 명도 없었다. 죽지 말라고, 어떻게든 살아서 조선에 돌아가라고.

*

안방 창문을 등지고 앉은 그녀의 손에 들린 것은 검정색 폴더형 핸드폰이다. 용도를 모르는 물건인 듯 한참을 만지작거리다 폴더를 연다. 액정화면은 먹지처럼 검다. 엄지손가락으로 전원 버튼을 누르자 멜로디 소리와 함께 화면이 밝아진다.

오빠 집 전화번호를 까맣게 잊은 줄 알았는데 기억이 난다. 그녀는 엄지손가락으로 꾹꾹 숫자 버튼을 누른다.

딩동 소리가 연속해서 울린다. 메시지가 수신되는 소리다. 한 통, 두 통, 세 통, 네 통. 그녀가 전원을 꺼놓은 동안 수신되지 못하고 떠돌던 메시지들이다.

그녀는 다급히 핸드폰 전원을 끈다. 그녀가 핸드폰 전원을 꺼두는 이유는 모르는 곳에서 걸려오는 전화들 때문이다. 오빠와 여동생들 말고는 아무에게도 알려주지 않았는데 모르는 사람들이 그녀의 핸드폰으로 불쑥 전화를 걸어올 때가 있다. 그런 전화를 받고 나면 숨어 있다가 들킨 것처럼 극심한 공포감이 밀려든다.

호적을 다시 살리느라 애를 먹었던 걸 생각하면 그녀는 진절머리가 난다. 30년 동안 잃어버렸던 호적을 살리고 주민등록증을 발급받던 날 밤, 그녀는 당장 오늘 밤 죽어도 문제될 게 없다는 생각에 가슴을 쓸어내렸다. 호적이 없는 시신은 죽어도 문제였다. 아무 데나 갖다가 파묻지도 못하고, 화장터에 데려가 태우지도 못했다.

주민등록상 태어난 연도와 날짜도 실제와 다르다. 그녀의 아버지는 그녀가 태어난 지 1년이나 지나서야 그녀의 출생신고를 했다. 주민등록상으로 그녀는 11월생이지만, 그녀의 어머니는 그녀가 음력 유월 초하루에 태어났다고 했다. 그녀를 낳고 겨우 정신을 차렸을 때 새벽빛이 문풍지에 번져오고 있었다고.

이전 신고를 하지 않아서, 되찾은 주민등록증이 말소되었을지 모른다는 생각을 하니 그녀는 속이 상한다.

새삼스레 이 세상에 달랑 나 혼자[270]라는 생각이 들면서 그녀는 딸이 하나 있었으면[271] 싶다.

부산에서 식모살이를 할 때 그녀를 쫓아다니던 총각이 있었다. 남자라면 몸서리가 쳐졌지만 자식을 낳을 수 있으면 그 남자와 살림이라는 걸 차려 남들처럼 살아보려고 산부인과에서 진찰을 받아보았다. 산부인과에서는 그녀에게 다른 소리는 하지 않고 자궁이 한쪽으로 돌아가서[272] 애를 낳기 어려울 거라고 했다. 자신이 만주라는 데를 다녀왔다는 말을 차마 할 수 없어서 그녀는 총각 모르게 부산을 떠나왔다.

월경은 마흔 안 되어 끊어졌다.[273]

월경이 끊어질 즈음 아래가 통째로 쏟아지는 것처럼 무겁고 통통 부었다. 서서 설거지를 하는 것도 힘들어 그녀는 식모 살던 집을 나왔다. 아래가 붓기 시작하면 허리를 굽히지도 펴지도 못했다. 호박도 삶아 먹고, 잉어도 고아 먹고, 한약방에서 약도 지어다 먹었지만 낫지 않았다. 기왓장이 좋다는 소리를 듣고 깨진 기왓장 조각을 구해다 그걸로 아랫배를 찜질했지만 그때뿐이었다. 티브이에서 사람들이 싸우거나 총소리만 나도 무서워서 벌벌 떨면서 얼른 채널을 돌렸다. 누가 노래하는 것도 시끄럽고, 노는 것도 싫고, 다 싫었다.[274]

경산 하양에 찜질로 여자들 병을 고치는 집이 있다는 소문을 듣고 무작정 내려가 석 달을 있다 오기도 했다. 온돌방 바닥에 굵은 소금을 뿌린 뒤 솔잎을 푹신푹신하게 깔고 가마니를 덮었다. 그 위에 사람을 눕히고는 목부터 발끝까지 또 가마니를 덮었다. 온돌방이 절절 끓도록 하루 종일 장작을 때어대다가 저녁때가 되어서나 사람을 꺼내주었다. 찜질을 한 지 닷새째 되던 날 그녀의 몸 여기저기서 살점이 저절로 툭툭 떨어지고 고름처럼 누런 진물이 찔끔찔끔 나왔다.

그 집에는 그녀 말고도 다른 여자들이 와 있었다. 그녀는 그중 한 여자도 자신처럼 위안부였을 것 같다. 울산이 고향이라던 그 여자는 정작 경상도 말은 안 쓰고 서울말과 강원도 말과 일본 말을 섞어 썼다. 그 여자는 그녀에게 한탄하듯 자신의 이야기를 들려주고는 했다. 어려서 일본에 돈 벌러 갔다가 병신이 되어서 돌아왔다고. 남들이 볼 때는 멀쩡해 보이지만 안 아픈 데가 없다고.

"죄 지은 것도 없는데 만날 쫓기는 심정이야. 혼자 가만히 있다가도 심장이 벌벌벌 떨려. 그럴 때는 막걸리라도 한 사발 마셔야지 그만 딱 죽을 것 같아. 언제부턴가 막걸리가 저녁이야. 내가 길을 걸어가면서 주먹으로 가슴을 때려대니까 덴뿌라공장에 다니는 여자가 그러데. 그거 울화병이라고."

서울 이촌동에서 대대로 한약방을 하던 집에서 식모살이를 할 때 그 집 영감이 재미로 그녀의 사주를 풀이해준 적이 있었다. 영감은 진맥뿐 아니라 관상과 사주팔자를 두루두루 살펴 한약을 지었다. 그녀에게 한약방 잔심부름을 시키곤 하던 영감이 한번은 그녀에게 태어난 해와 달과 날과 시간을 물어왔다. 그녀는 음력 유월 초하루로, 날이 밝아올 즈음으로 알고 있다고 말했다. 그때 그녀의 나이는 쉰 살을 훌쩍 넘어 있었다. 영감님은 그녀가 묘시卯時생으로, 융통성은 없으나 진실하고 모성애가 깊은 여성상이라고 했다. 남편이 밖에서 낳아 온 의붓자식도 제 속으로 난 자식처럼 애지중지 품어 키울 모성애라고.

그녀는 속으로 그렇다면 자신에게 어째서 자식이 한 명도 없는 것인지 반문했다. 모성애를 타고났으면 그 모성애를 나누어줄 자식이 하나라도 있어야 하는 것이 아닌가. 모성애와 자식 복은 별개인가. 그렇다면 자식 복 없는 모성애는 축복이 아니라 오히려 저주가 아닌가.

그녀도 임신을 한 적이 있었다. 초경을 하고 바로였다. 그녀는 자신이 임신을 한 줄 몰랐다. 일주일마다 있던 검사를 받으러 갔다가, 군의관이 놓아주는 주사를 맞고 핏덩어리를 가랑이로 쏟았다.

핏덩이가 그녀는 눈에 선하다. 인간의 형상을 한 핏덩이였다.

핏덩어리가 자신의 몸에서 빠져나갈 때 자궁도 함께 빠져나가는 것 같았다.

10

*

두부를 사러 미니슈퍼에 다녀오는 길에, 빗물 홈통에 매달려 있는 양파망과 마주친다. 축 늘어진 양파망 속에는 새끼 고양이가 들어 있다. 슬레이트 지붕 아래에 대놓은 홈통은 금 가고 깨져 손으로 건들기만 해도 웨하스처럼 바스러질 것 같다.

불과 보름 새 그녀는 양파망 속에 넣어져 허공에 대롱대롱 매달려 있는 새끼 고양이를 여섯 마리나 보았다. 늙은이는 15번지의 새끼 고양이들을 닥치는 대로 잡아들이고 있다.

한 어미에게서 난 새끼 고양이일까. 양파망 속 새끼 고양이의 털은 갈색이다. 전날 골목에서 만난 새끼 고양이의 털도 갈색이었다.

하필이면 그녀가 사료와 물을 챙겨주는 나비의 털 색깔도.

양파망은 홈통에서 길게 내려와 있다. 그녀가 마음만 먹으면 얼마든지 양파망을 벌리고 새끼 고양이를 꺼내 놓아줄 수 있다.

하지만 그녀는 도무지 엄두가 안 난다.

*

그녀는 밥상 너머 티브이에 시선을 고정하고 뚝배기 속 된장찌개를 숟가락으로 뒤적뒤적한다. 두부를 납작납작 썰어 넣고 끓인 된장찌개와 배추김치가 오늘 그녀의 저녁 반찬이다.

티브이 속에서는 아프리카 여자가 성냥이나 라이터 없이, 돌멩이와 나뭇가지와 마른풀로 불을 피운다. 겨우 열일곱 살인 여자는 세 아이의 엄마다.

여자의 집에는 네 살 터울인 여동생이 와 있다. 눈동자가 알사탕처럼 커다란 소녀는 학교에 다녀오는 길에 수풀로 끌려가 다섯 명의 반군으로부터 집단 성폭행을 당했다. 그때 탈장될 정도로 몸을 심하게 다쳐 네 번이나 수술을 받았지만 제대로 걷지 못한다. 여자의 친정 마을에는 여동생 말고도 성폭행을 당한 여자가 수십 명에 달한다. 임신 중에 성폭행을 당한 여자도 있다. 여자의 친정 마을은 정부군과 반군이 수십 년째 전쟁 중으로, 반군은 자신들의 세력을

과시하기 위해 마을을 습격해 여자들을 성폭행한다.

겁 먹은 얼굴로 문가에 서 있던 아프리카 소녀가 말한다.

"나도 모르겠어요. 그들이 왜 내게 그런 짓을 했는지."

자신이 하고 싶던 말을, 그러나 어떻게 해야 하는지 모르겠어서 못하던 말을 피부 빛깔이 다른 아프리카 소녀가 해서, 그녀는 놀랍고 신기하다.

그새 화면이 바뀌어, 아프리카 소녀는 책을 읽고 있다. 교사가 되는 게 꿈이었다는 소녀가 그녀는 남 같지 않다. 소녀가 학교에 다녀오는 길에 수풀에서 당한 일이, 만주 위안소 소녀들이 당한 일과 다른 일 같지 않다.

전쟁이 얼마나 끔찍한 것인지 그녀는 잘 안다. 부산 목욕탕 집에서 햇수로 4년을 꼬박 식모로 살다가, 마침내 고향집을 찾아가는 길에 육이오전쟁이 터졌다.

육이오전쟁을 생각할 때마다 그녀는 죽은 갓난아기가 떠오른다. 소용돌이치는 피난민들에 휩쓸려 이리저리 부유하던 그녀는, 고부 지간으로 보이는 두 여자가 묵정밭에 들어가 갓난아기를 버리고 나오는 것을 우연히 보았다. 두 여자가 다급히 피란민들 속으로 사라진 뒤 그녀가 밭에 들어갔을 때, 갓난아기는 싸늘하게 죽어 있었다.

그녀는 갓난아기를 끌어안고 묵정밭에 한참을 쭈그리고 앉아 있었다. 갓난아기가 금방이라도 살아나 울음을 터트릴 것 같았다. 갓난아기를 안고 묵정밭에서 나와 피난민들을 따라 걸어가던 그녀는 호박밭을 보고서야 정신이 번쩍 났다. 맷돌만 한 호박들이 굴러다니는 호박밭에는 총알을 맞고 죽은 군인들이 부지기수로 널려 있었다. 총알들이 군인들의 몸을 관통할 때 사방으로 튄 피를 뒤집어써서 호박들은 돼지 간처럼 벌그죽죽했다. 그녀는 갓난아기를 언제까지나 끌어안고 있을 수 없어서 호박밭에 버렸다.[275]

갑자기 티브이 화면이 먹지가 된다. 안방과 마루 형광등, 부엌 전구가 동시에 나가고, 냉장고가 멎는다.

그 모든 게 한순간에 일어난다.

그녀는 자신의 육체도 그럴까 싶다. 한순간에 모든 게 멀고 멎을까?

그녀는 뚝배기로 가져가던 숟가락을 손에서 놓고 차분히 기다린다. 두 귀가 침묵에 익숙해질 때까지, 두 눈이 어둠에 적응할 때까지.

그녀는 세상에 종말이 온 것 같은 기분이 들지만, 호두껍데기처럼 자신을 싸고 있는 어둠이 감당 못할 만큼 두렵지는 않다. 어릴 때 그녀는 인간에게 두려운 게 어둠이나 가뭄, 홍수 같은 천재지변인 줄 알았다. 열세 살 이후로 인간에게 가장 두려운 게 인간임을 알게 되었다.

티브이 받침대 서랍을 뒤적이던 그녀의 손에 흰 초 한 자루와 성냥갑이 들려 있다. 그녀는 더듬더듬 성냥을 그어 초 심지로 가져간다.

심지에 매달려 가늘게 경련하는, 고춧잎만 한 불꽃이 그녀는 자신에게 주어진 마지막 불꽃만 같다.

마지막 불꽃이 꺼질까 조마조마하면서도 초를 들어 밥상과 안방 구석구석을 비추어본다. 깻잎 반찬통을, 뚝배기를, 숟가락을, 투명한 플라스틱 물컵을, 창문을, 장롱을, 거울을, 천장을.

티브이 근처를 비추던 그녀는 흠칫 놀란다. 순간적으로 종이죽 탈이 사람 얼굴로 보였다.

초 심지에 매달린 불꽃이 일렁이면서 실오라기 같은 그을음이 한 가닥 피어오른다. 그녀는 초를 든 오른손을 최대한 앞으로 뻗어 두꺼비집을 비춘다. 차단기와 검은 전선들, 계량기가 불빛에 드러난다.

역시나 두꺼비집 차단기가 내려가 있다. 한두 번 겪는 일은 아니다. 두꺼비집 차단기 스위치가 저절로 내려갈 때가 있다. 언제 내려갈지 모르기 때문에 그녀는 대비를 할 수 없다. 더구나 그녀는 전기가 낯설다. 그녀가 태어났을 때 고향 마을에는 전기가 없었다. 열세 살 되던 해 고향을 떠나올 때까지도 마을에는 전기가 들어오지 않았다. 전기가 전선뿐 아니라 다른 물건들에도 흐른다는 사실을 알고는 전기가 무서워졌다. 전기가 흐르는 물건들을 그녀는 하나하나 떠올려본다. 못, 동전, 금반지, 은반지, 양은냄비, 국자, 무쇠 솥, 철사, 젓가락, 물…… 인간.

그렇잖아도 그녀는 두꺼비집 문제로 전기검침원에게 상의를 했었다. 전기검침원은 오래되어서 그렇다면서 두꺼비집을 통째로 교체해야 할 거라고 했다. 재수가 없으면 합선이 일어나 집이 잿더미가 될 수도 있다고 겁을 주더니, 자신이 잘 아는 전기기술자를 소개시켜주겠다고 했다. 그녀는 전기검침원의 친절이 부담스럽기도 하고, 그러려면 먼저 평택 조카와 상의를 해야 할 것 같아 사양했다. 그녀는 어쩐지 늙은이라면 두꺼비집을 통째로 바꾸지 않더라도 차단기 스위치를 고칠 수 있을 것 같다.

그녀는 두꺼비집 아래에 놓아둔, 목욕탕에서 흔히 쓰는 의자를 두 발로 밟고 올라선다. 깨금발을 하고 두꺼비집으로 팔을 뻗는다. 그녀의 손이 차단기 스위치에 가 닿는다.

*

설거지를 마치고 들통에 물을 받아 데운다. 물이 끓기 직전에 가스레인지를 끄고 들통 속 물을 바가지로 퍼 붉은 고무 대야에 붓는다.

부엌문에 달린 걸쇠식 잠금 고리를 단단히 건다.

상아색 블라우스를 벗어 차곡차곡 개서는 보온밥솥 옆에 놓는다. 쑥색 주름치마도 벗어 반듯하게 개서는 블라우스 위에 놓는다. 흰색 양말을 벗자 속옷 바람이 된다. 그녀는 부엌문이 잠긴 것을 다시금 확인하고 나서야 살구색 내의를 벗는다. 펑퍼짐한 인견 고쟁이를 벗자 팬티와 브래지어 차림이 된다. 그녀는 팔을 뒤로 해 브래지어를 푼다. 누가 보는 것도 아닌데 손으로 가슴을 가리고 팬티를 내린다.

옷을 겹겹 껴입어도 실오라기 하나 걸치지 않은 몸으로 한길에 서 있는 것 같은 기분이 들 때가 있다. 아래를 드러내놓고 차갑고 단단한 땅 위에 누워 있는 것 같을 때가.

그녀는 고무 대야 속으로 들어가, 무릎을 접어 가슴으로 끌어당기고 앉는다. 물이 고무 대야 밖으로 넘칠락 말락 차오른다.

온 감각이 몸과 겉도는 느낌이다.

그녀는 손으로 물을 떠 양어깨에 번갈아가면서 끼얹는다. 만주 물에 비하면 비단이다. 만주 위안소에서 지내는 동안 그녀는 고향 물이 그렇게나 그리웠다. 그녀는 세상 어디나 물은 다 같은 줄 알았다. 그런데 만주 물로 머리를 감으면 머리카락이 장작개비 같아졌다.[276]

그녀는 소금을 탄 물로 아래를 씻는다. 만주에서 돌아와 10년 넘게 그녀는 아래가 너무 간지러워서 미칠 것 같았다. 길을 가다가도 골목으로 뛰어들어가 아래를 긁었다.[277] 부엌에서 쌀을 씻다가도, 마당에서 빨래를 하다가도 황급히 변소에 들어가 팬티에 피가 묻어 나도록 긁어댔다. 긁고 나서 오줌을 누면 벌에 쏘인 듯 따가웠다.[278] 밤에는 인두처럼 뜨거운 물로 아래를 지져야 겨우 잠을 잘 수 있었다.

아래가 손가락이었으면, 그녀는 벌써 잘라버렸을 것이다.

수건으로 아래를 훔치다 말고 흠칫한다. 성긴 음모에 방울방울 자잘하게 맺힌 물방울들이 사면발니인 줄 알았다.

씻었는데도 그녀는 자신이 더럽게 생각된다.

김학순 그 여자의 남편은 자식이 듣는 데서도 자신의 아내에게 '더러운 년'이라고 욕을 했다고 했다.

물기를 마저 훔치고 새 속옷으로 갈아입는다. 속옷은 전부 흰색이다. 그녀는 속옷은 매일, 겉옷은 사나흘마다 갈아입는다. 손발톱을 신경 써서 다듬고, 밥을 먹고 나면 반드시 양치질을 한다. 자신이 언제, 어디서 죽을지 모르는 데다, 누구에게 발견될지 모른다는 강박 때문이다. 그녀는 죽은 자신의 모습이 정결했으면 싶다. 죽은 자신을 처음 발견하는 사람이 누구든 자신을 만질 때 더럽다고 느끼지 않았으면 싶다.

그녀는 그럴 수만 있다면 양옥집에서 죽음을 맞고 싶다. 자신이 쓰던 가구와 물건들이 지켜보는 데서 숨을 거두고 싶다.

자기 집에서 죽음을 맞는 사람들이 얼마나 될까? 어릴 때 그녀는 짐승들이나 집이 아닌 곳에서 죽는 줄 알았다. 그런데 사람도 짐승이나 마찬가지였다. 그녀의 세 여동생만 해도 집이 아닌 곳에서 죽었다. 하나는 병원에서, 둘은 요양원에서 생을 마감했다.

그녀는 죽은 자신을 누가 가장 처음으로 발견할지 궁금하다. 평택 조카일까? 차라리 생면부지인 이에게 발견되었으면 싶다.

자정이 넘은 늦은 시간, 티브이에서 마지막 생존자인 한 명의 일상을 찍은 영상을 방송한다. 애잔한 음악과 함께 시작되는 영상은, 10년도 더 전 티브이에서 내보냈던 영상이다. 238명에서 하나둘 세상을 떠나 겨우 40명 남짓 남았을 때 티브이에서는 연일 위안부 소식을 전하고, 위안부였던 이들의 일상을 담은 영상을 특집 방송으로 내보내고는 했다. 의정부에 살 때였는데 그녀는 종일 티브이를 틀어놓고 지냈다. 목걸이에 라벨을 붙이다가도 위안부 이야기만 나오면 티브이를 향해 발딱 고개를 들었다. 위안부였던 여자들이 티브이에 나와 위안소가 어떤 곳이었는지 증언하는 동안 그녀는 입을 꾹 다물고 있었다. 그녀가 아무에게도 하고 싶지 않았던 이야기를 그이들이 하고 있었다.

위안부였던 이들의 일상이 담긴 영상을 그녀는 빼놓지 않고 챙겨보았다. 자신과 똑같은 일을 당했던 여자들이 어떻게 살고 있는지 궁금해서였다.

재방송이라는 것을 알고 조금 실망한다. 그녀는 그이가 지금 어떻게 살고 있는지 궁금하다. 누구와 살고 있는지, 어디서 살고 있는지. 거동은 제대로 하는지.

오래전에 내보냈던 영상을 밤늦게 왜 또 보여주는 것인지 속으로 불평하면서도 그녀는 티브이에 더 바짝 다가가 앉는다.

……그이는 그녀처럼 혼자 산다. 카메라가 그녀의 집 마루와 부엌과 방을 비춘다. 작은 빌라지만, 옹색하다는 생각이 들지 않는다. 모든 물건들이 제자리에 있는 느낌이 든다. 거실 창 연두색 커튼이 꿈을 꾸듯 하늘하늘 흔들린다.

갈색 천 소파에 앉아 있는 그이의 모습이 화면에 한 폭의 그림처럼 잡힌다. 그이는 겨자색 스웨터에 회색 모직 바지를 입고, 발에는 초록색 덧신을 겹쳐 신었다. 호리호리하니 등허리가 곧다. 티브이 화면에 증명사진처럼 잡히는 그이의 얼굴은 이목구비가 반듯반듯하고 인중이 길다. 강단이 있어 보이는 얼굴이다. 둥그스름한 이마가 훤히 드러나도록 빗어 넘긴 반백의 머리카락이 근사하다.

그이가 말한다.

"나는 꽃을 좋아해."[279]

거실 창 아래에는 노란 들국화 화분과 난 화분들이 즐비하다. 그이가 아기를 쓰다듬듯 국화들을 쓰다듬는다. 그녀의 손길에 국화들이 까르르 자지러지듯 흔들린다.

"어디 꽃만 좋아하나? 드라마도 좋아하고, 개도 좋아하고, 고양이
도 좋아하고, 인절미도 좋아하고, 팥죽도 좋아하고, 커피도 좋아하
지. 내가 왜 그렇게 좋아하는 게 많은 줄 알아? 싫어하는 건 생각을
안 해서야."

그이가 몸을 일으키더니 부엌으로 간다. 그이는 미리 씻어서 물
기를 말려둔 듯한 복숭아를 깎는다.

"사람이 근거 없이 살면 안 돼. 하루를 살더라도 근거를 만들어놓
고 살아야지. 저 꽃들도 다 근거야. 내가 물을 주니까 말라 죽지 않
고 때가 되면 꽃을 피우는 거 아니겠어. 물을 주기 위해서라도 내가
기운을 내고 바지런해져야지."

혼자 살지만 그이는 시간을 정해 밥을 먹는다. 반찬을 한 가지만
놓고 먹더라도 식탁에 제대로 차려놓고 먹는다.

식탁 위에도 작은 선인장 화분이 놓여 있다.

"가시들 한가운데 꽃이 피어 있는 게 신기하지 않아?"

밥공기를 엎어놓은 것 같은 선인장 한가운데 주황색 꽃이 한 송
이 피어 있다. 흰 가시들이 꽃을 촘촘히 포위하고 있다.

"기특하기도 하고, 안쓰럽기도 하고…… 이 꽃이 꼭 나 같아."

식탁 그이의 맞은편에는 방송국에서 나온 여자가 앉아 있다. 서
른 살이나 됐을까. 여자가 그이에게 결혼은 왜 안 했는지 조심스럽
게 묻는다.

"참말로 내가 깨끗한 우리 어머니 몸에서 태어났지만, 거기 갔다 와 몸이 상했는데 어떻게 결혼을 해. 남 신세 망치려고 결혼을 해? 결혼을 하려면 감쪽같이 속이고 해야 하는데 그 짓을 어떻게 해……. 그게 워낙 지독한 병이라서, 고쳤는데도 봄가을이면 근지럽고 그래."[280]

그이가 복숭아를 포크로 찍어 입으로 가져간다.

"복숭아가 아주 다네. 묻지만 말고 들어."

그이는 밥장사를 해 먹고살았다.

"아무도 몰랐지. 위안부 신고하고, 티브이 나오고 하니까 알았지. 그 전까진 아무도 몰랐지. 다들 놀랐지. 위안부였다는 말이 퍼지니까 사람들이 이상하게 거리를 두더라고. 예전 같지 않은 게. 그래서 장사를 그만뒀지.[281] 위안부였다는 걸 알고 나서도 친구로 남아 있는 사람이 정말 친구야."[282]

그이의 낙은 책을 읽는 것이다. 이웃이 이사를 가면서 버린 세계 전집을 가져다 읽기 시작하면서 책 있는 재미에 빠졌다. 학교 운동장도 못 밟아본 그이는 서른 살 되던 해 스스로 한글을 깨쳤다.

그이가 작은방으로 가 책을 한 권 들고 나온다.

"제목이 '부활'이야. 소련 사람이 쓴 소설이지. 벌써 여섯 번째 읽는 거야."

그이는 갈색 천 소파로 가서 자리를 잡고 앉는다. 소파 옆 탁자에 놓아두었던 돋보기를 쓰더니 조곤조곤 소리를 내어 책을 읽는다.

"몇십만의 인간이 한곳에 모여 자그마한 땅을 불모지로 만드려고 갖은 애를 썼어도, 그 땅에 아무것도 자라지 못하게 온통 돌을 깔아버렸어도, 그곳에서 싹트는 풀을 모두 뽑아 없앴어도, 검은 석탄과 석유로 그슬어놓았어도, 나무를 베어 쓰러뜨리고 동물과 새들을 모두 쫓아냈어도, 봄은 역시…… 찾아들었다. 따스한 태양의 입김은 뿌리째 뽑힌 곳이 아니라면 어디에서고 만물을 소생시켜…… 틈새에서도 푸른 봄빛의 싹이 돋고…… 둥우리를 만들기에 바쁜 떼까마귀와 참새와 비둘기는 새봄을 맞아 아주 즐거워 보였고……."

그이가 책에서 눈을 들더니 여자에게 말한다.

"몇십만의 인간이 자그마한 땅을 불모지로 만드려고 갖은 애를 썼어도, 봄빛의 싹이 돋고 새들이 찾아든다니 얼마나 황홀해. 처음에 이거 읽고 얼마나 울었는지 몰라. 내가 원래 잘 안 울거든……."

그이는 여자를 향해 싱긋이 웃어 보이고는 계속 책을 읽는다.

"이 온갖 만물의 행복을 위해서 신이 마련해주신 세계의 아름다움……."

밤이 되자 그이는 혼자가 된다. 그이는 자주색 꽃무늬가 만발하듯 화사하게 수놓인 이불 속으로 들어가 눕는다. 그이는 누군가를 기다리듯 스탠드를 켜둔다. 그러나 아무도 그이의 옆으로 와서 눕지 않는다. 아무도 그녀의 옆으로 와서 눕지 않는 것처럼.

그녀는 이불을 깔기 전에 걸레로 방바닥을 세심하게 훔친다. 이불 속으로 들어가 누우려다 말고 마루로 나간다.

마루 미닫이문 앞으로 가 두 무릎을 접고 앉는다. 미닫이문 간유리가 가늘게 떨린다.

미닫이문을 열자 냉기가 감도는 바람이 성마른 아이처럼 그녀 품으로 파고든다. 그녀는 마루 밑으로 손을 뻗어 신발을 집어 든다. 마루를 둘러보다가 쓰레기통 뒤에 숨기듯 놓는다. 나비가 죽은 까치를 물고 왔다가도 자신의 신발이 놓여 있지 않으면 도로 가져가지 않을까 싶어서.

이불 속으로 들어가 눕지만 잠은 오지 않는다. 옷수선가게 여자의 개를 거절한 것이 마음에 걸린다. 늙고 병들어 더는 새끼를 낳을 수 없는 개를 옷수선가게 여자가 어떻게 할지 걱정된다. 개의 운명이 한 인간에게 달렸다는 사실이 어쩐지 부당하게 생각된다.

신발을 마루 안에 들여놓고 잠들면서부터 나비는 아무것도 가져다 놓지 않는다. 그리고 아무도 그녀를 찾아오지 않는다. 평택 조카도, 전기검침원도, 수도검침원도. 그녀는 아무도 기다리지 않지만 아무도 찾아오지 않자 불안하다.

11

*

부엌에서 설거지를 하던 그녀가 급하게 마당으로 나온 것은 평택
조카가 온 줄 알아서였다.

평택 조카와 나이가 엇비슷해 보이는 사내는 동사무소에서 나왔
다고 자신을 소개한다. 남색 잠바에 쥐색 기지바지를 입고, 장부책
같은 것을 든 남자의 검정 구두가 유난히 번들거린다.

사내는 동사무소에서 15번지 일대 집들을 대상으로 실거주자를
대대적으로 조사 중이라고 설명한다.

"실거주자요?"

"가짜로 사는 사람 말고, 진짜로 사는 사람이오."

그녀는 사내의 말이 선뜻 이해가 안 된다. 가짜로 사는 사람도 있
나? 가짜로 사는 게 뭔가?

"주민등록만 이전하고 정작 살지 않는 사람들이 있어서요. 임대
아파트 입주권이나 분양권을 따려고, 주민등록 이전 신고만 하고
살지 않는 사람들 때문에 아주 골치 아파 죽겠어요."

그렇잖아도 엊그제 그녀는 옷수선가게 여자로부터 이상한 소문을 전해 들었다. 15번지 일대 재개발 방식을 두고 시와 구가 합의를 보지 못해 개발 사업이 취소되었다고 했다. 7년을 넘게 끌어온 개발 사업이 하루아침에 물거품이 되자 토지주들이 자체적으로 조합을 설립해 민영개발을 추진하고 있다고 했다. 평택 조카가 노리고 있던 임대아파트 입주권은 그럼 어떻게 되는 것인가 싶어 그녀는 잠을 설쳤다.

양옥집을 두리번두리번 살피던 사내가 묻는다.

"이 집에 할머니 혼자 사세요?"

"아니오…… 조카가 살아요."

그녀는 평택 조카가 단단히 이른 대로 말한다.

"조카요?"

"조카 부부가…… 나는 이 집에 안 살아요."

그녀는 손사래를 친다. 평택 조카가 이른 대로, 조카 부부가 딸네 집에 다니러 갔다고 둘러댄다. 시집간 딸이 중국 상하이에 살고 있는데 여행 겸 다니러 가서, 자신이 집을 봐주고 있는 거라고. 자신이 거짓말을 하고 있다는 생각에 사내의 눈을 똑바로 바라보지 못하겠다.

"집을 마냥 비워둘 수 없으니까……."

"할머니는 그럼 어디 사시는데요?"

"부산에……."

그녀는 얼떨결에 그렇게 중얼거린다.

"부산이요? 부산 어디요? 처가가 부산이라 좀 알거든요."

"……부산에 살아요."

"할머니도 참 부산이 좀 넓어요. 부산 어디요?"

"진시장 옆에……."

그녀가 부산에 흘러들어 식모를 살았던 목욕탕 집이 진시장 근처에 있었다.

"아, 진시장이요? 차 타고 여러 번 지나간 적이 있어요. 저희 처가가 진시장에서 멀지 않은 곳에 있거든요…… 그래서 조카 부부는 언제 돌아와요?"

"언제요……?"

"딸네 집에 아주 살러 간 게 아니라 놀러 갔다면서요."

"그게…… 보름쯤 뒤에요."

사내가 장부책 같은 것을 펼치더니 뭔가를 적는다.

"뭘 적는 거예요?"

"별 내용 아니에요."

"……뭘?"

"조카 부부가 돌아오면 부산에 내려가시겠네요."

"……그래야지요."

대문을 닫고 부엌 쪽으로 발을 내딛다 말고 그녀는 양옥집을 찬

찬히 새삼스러운 눈길로 둘러본다. 그녀의 집은 아니지만, 그녀가 사는 집이다. 그녀가 태어난 집은 아니지만, 그녀가 죽음을 맞을 수도 있는 집이다.

그녀는 아침저녁으로 양옥집을 제 몸뚱이처럼 쓸고 닦고 돌보지만, 자신이 살았던 흔적을 남기지 않기 위해 각별히 조심한다.

그녀는 벽에 못 하나 박지 않는다.

*

그녀는 혹시나 동사무소 사람이 다시 찾아올까 싶어 마당에도 함부로 못 나가겠다.

집에 아무도 없는 것처럼 신발을 마루 안에 들여놓고, 마루 미닫이문을 꼭 닫고 지낸다.

평택 조카가 다녀간 지 한 달이 훌쩍 넘은 것도 신경 쓰인다. 그렇잖아도 그녀는 평택 조카에게 무슨 일이 있는 게 아닌가 은근히 걱정이 되던 참이었다. 임대주택 입주권을 받을 수 없다면 전세 계약을 계속 유지할 이유가 없다. 당장 전세 살 집을 알아봐야 하는 건 아닌지 모르겠다. 그러자면 주민등록증이 있어야 할 것이다.

의정부에 살기 전 그녀는 수원에서 3천만 원짜리 전세를 살았다. 그녀 말고도 여섯 가구가 모여 사는 다세대주택이었는데, 집주인이 은행에 저당을 잡히고 잠적하는 바람에 경매에 넘어갔다. 전세금을 되찾을 수 있을 것이라 생각했던 그녀는, 세입자들 중 자신만 경매 대금 변제 대상에서 제외되었다는 사실을 알고 충격을 받았다. 자신과 같은 처지인 세입자들이 자신들의 전세금을 찾는 데만 급급해서는, 자신에게 어떤 정보도 주지 않았던 것이다. 그녀는 자신이 혼자 사는 늙은 여자가 아니었으면 이웃들이 그렇게까지 자신을 무시하지 않았으리라 생각한다. 그녀가 조심조심 사는데도 사람들은 그녀가 남편도, 자식도 없이 혼자 사는 여자라는 걸 귀신같이 알아차렸다.

그녀에게 바람이 있다면 남에게 무시당하지 않고 사는 것이다. 남에게 아무 폐도 끼치지 않고 조용히 살다가 죽는 것이다.[283]

장롱 서랍을 닫고 돌아서는 그녀의 손에 검정색 장지갑이 들려 있다. 그녀는 장지갑 지퍼를 열고 그 안에 든 것들을 하나하나 꺼내 방바닥에 전시하듯 놓는다.

새마을금고 통장, 나무도장, 주민등록증, 둘둘 말아 노란 고무줄로 감은 만 원짜리 뭉치, 옥가락지.

주인이 찾아가지 않는 분실물들을 바라보는 심정으로 물건들을 하나하나 바라본다.

통장을 집어 들고 낱장들을 넘긴다. 한 장, 두 장, 세 장, 네 장. 그녀는 자신이 평생을 모은 돈이 그 안에 들어 있다는 사실이 신기하다. 자신이 의지할 거라고는 통장에 든 돈뿐이라는 게 서글프면서도 낯설다.

얼마나 들었는지 잘 알고 있으면서 그녀는 통장에 든, 2천만 원이 조금 넘는 액수를 몇 번이고 확인한다. 수원에서 전세금 3천만원을 날리지만 않았어도 이렇게 막막하지 않으리라. 첫째 여동생에게 꾸어준 돈을 제대로 받기만 했어도. 여동생들은 급할 때 그녀에게 돈을 융통해 쓰고는 했다. 그녀가 내내 식모살이를 한 데다 혼자 몸이라 모아둔 돈이 있을 것이라고 지레짐작하고. 이자를 손해보면서까지 정기적금을 깬 돈을 빌려준다는 걸 모르고. 변변한 겨울 외투 한 벌 못 사 입고, 영양크림 하나 못 사 바르고 모은 돈이라는 걸.

나이가 예순 살이 넘으니까 어느 집에서도 선뜻 그녀를 식모로 들이려 하지 않았다. 식당에서도 부담스러워했다. 그래서 시작한 일이 목걸이에 라벨을 붙이는 일이었다. 종일 쪼그리고 앉아 일을 하다 보니 소화도 잘 안 되고 손은 손대로 숟가락을 들 수 없는 지경이 되었다.

그녀는 통장에 있는 돈을 자신이 다 쓰지 못하고 죽으리라는 걸 알지만, 최대한 아껴 쓴다. 언제까지 살지 모르지만, 사는 동안에는 돈이 있어야 하니까. 당장 평택 조카가 양옥집 전세를 빼버리면 세 들어 살 집을 구하러 다녀야 한다.

티브이에 위안부였던 여자들이 나올 때마다 그녀는 그이들이 도대체 어떻게 먹고살았는지 궁금했다. 막상 알고 나면 속이 상해 잠까지 설치면서도. 안 해본 일이 없는데도 변변한 전셋집 하나 못 구하고 살고 있거나[284], 정부에서 주는 생활보조금으로 연명하고 있거나[285], 부업으로 근근이 먹고살고 있어서.[286]

위안부였던 여자들은 대부분 그녀와 마찬가지로 식모살이를 하거나, 식당일을 하거나, 행상을 해서 먹고살았다. 버린 몸이라는 절망감에 몸 파는 데로 흘러든 여자들도 더러 있다는 걸 그녀는 알고 있다.

그녀는 도무지 불안해서 집에 있을 수가 없다. 점심도 거르고 양옥집을 나서지만 혹시나 동사무소 사람과 맞닥뜨릴까봐 골목을 마음대로 돌아다니지 못하겠다.

골목을 걸어가는 그녀의 눈에 활짝 열린 대문이 들어온다. 버리고 간 세간들이 어수선하게 널린 마당이 훤히 들여다보인다.

그녀는 그냥 지나치지 못하고 대문으로 다가간다. 녹슬고 부식된 손잡이를 움켜잡고 대문을 끌어당긴다. 새된 비명을 지르면서 닫힌 대문은 그러나 그녀가 손을 놓자마자 도로 열린다. 그녀는 대문을 다시 꼭 닫는다. 손을 놓으면 도로 열릴 게 뻔해 손잡이를 움켜잡고 마냥 그러고 서 있다.

그녀는 아무리 빈집이어도 대문이 열려 있으면 모르는 척 지나치지 못한다. 대문을 닫아주고 나서야 지나간다.

그녀가 그러는 것은 집에도 영혼이 있다는 생각 때문이다. 특유의 분위기와 기운, 냄새가 그녀는 그 집의 영혼 같다. 어떤 영혼은 환하고, 어떤 영혼은 고요하고, 어떤 영혼은 쓸쓸하고, 어떤 영혼은 의기소침하다.

빈집 대문을 닫아줄 때마다 그녀는 일평생 살던 집을 영원히 떠나는 심정이다.

대문 손잡이를 놓고 돌아서는데 "할머니" 하고 부르는 소리가 들린다. 잘못 들은 거겠지 하면서도 그녀는 소리가 들려오는 곳으로 고개를 돌린다.

웬 사내가 그녀를 향해 웃고 있다. 누군가 했더니 전기검침원이다.

"할머니, 왜 여기 계세요?"

"……?"

"왜 여기 계시냐구요?"

그는 그녀가 절대로 있어서는 안 되는 곳에 있기라도 한 듯 거듭 묻는다.

"혹시 집을 찾으세요?"

"집이오……?"

"집이오!"

"아니요……."

그녀는 고개를 가만가만 흔든다.

"할머니 집은 저기잖아요."

그가 손으로 그녀의 어깨 너머를 가리킨다.

"……저기요?"

"저기요!"

"……."

"왜요? 모르시겠어요? 제가 집까지 바래다드려요?"

그녀는 자신도 모르는 집을 그가 어떻게 알까 싶어 입을 다물어 버린다.

골목에서 우연히 만난 전기검침원 때문에 쫓기는 심정으로 골목을 걸어가던 그녀의 발 앞에 무엇인가가 툭 떨어진다. 그녀는 고개를 들어 허공을 바라본다. 슬레이트 지붕 위를 서성이는 비둘기가 그녀의 눈에 들어온다. 방금 그녀의 발 앞에 떨어진 것은 비둘기 알이다. 깨진 껍질 조각들과 흰자, 터진 노른자를 훑던 그녀의 눈동자가 연못처럼 고요해진다. 알이 저절로 굴러떨어진 걸까? 아니면 비둘기가 부리나 발로 밀어서 떨어뜨린 걸까.

*

그녀는 동사무소 사람이 옷수선가게에도 다녀갔을 것 같다. 그여자라면 일이 어떻게 돌아가는지 잘 알 것이다.

개를 끌어안고 김치부침개를 먹고 있던 옷수선가게 여자가 그녀를 반긴다. 당뇨가 있어서 약을 먹는다면서도 그 여자는 먹을 것을 입에 달고 산다.

"동사무소에서 나왔다는 사람이 집집마다 다니는 모양이던데……"

"동사무소요?"

"조사를 한다고……"

"뭔 조사를요?"

"실거주자를 조사하던데……"

"난 또 무슨 말씀인가 했네요. 그러게요. 개발을 한다고 시하고 구하고 짝짜꿍이 되어서 수십 년 정붙이고 살던 사람들을 죄다 내쫓을 때는 언제고, 사업비가 부담된다면서 민영개발을 추진한다니 무슨 짓인지 모르겠어요."

흥분한 여자가 개를 방바닥에 내려놓는다. 개는 정물처럼 여자가 내려놓은 자리에 가만히 웅크리고 있다. 그녀의 손이 무의식 중에 개를 향한다.

개를 쓰다듬는 그녀의 입에서 잠꼬대처럼 흐릿한 목소리가 흘러나온다.

"불쌍한 것……"

"불쌍해요?"

여자가 대뜸 묻는다.

"이 작은 몸뚱이로 새끼를 50마리나 낳았으니……"

"불쌍하면 인간이 불쌍하지 개가 불쌍해요?"

"인간이……?"

"인간이 오죽 불쌍해요? 도대체 끝이 없잖아요. 죽으라고 돈 벌어 자식새끼 키워야지, 시집장가 보내야지. 그런다고 자식들이 어디 알아주기나 하나요? 부모가 늙고 병들면 요양원에 갖다 집어넣어버리기 일쑤지."

그때 골목으로 늙은이와 아들이 지나간다. 미닫이문 너머 골목을 응시하던 여자가 건성건성 중얼거린다.

"며칠 전에는 뭣 때문에 화가 났는지 담벼락에 머리를 짓찧던데."

"누가?"

"저 영감 아들 말이에요. 영감이 아무리 말려도 제 성질을 못 이기고 피가 나도록 머리를 찧더라니까요. 저 천치가 한번 고집을 부리면 아주 황소고집이에요. 저 영감이 지금이야 똥 누러 갈 때도 아들을 그림자처럼 데리고 다니지만, 한때 아들을 버린 적이 있잖아요."

"아들을 버려?"

"그게 벌써 30년도 더 전이지……. 술이 머리꼭지까지 취해서는 아들을 잃어버렸다고 울고불고 난리를 치면서 돌아다녔잖아요. 동네 사람들 전부 이구동성으로 잃어버린 게 아니라 버린 거라고 의심을 했잖아요. 홀아비 혼자 키우기 벅차니까 어디 가서 버리고 와서는 잃어버렸다고 거짓말을 하고 다니는 거라고…… 아들을 잃어버렸다던 날, 영감이 새벽 일찍 아들을 데리고 집을 나서는 걸 봤다는 사람도 있었고요. 홀아비 혼자 모자라도 한참 모자란 아들을 데리고 사는 게 어디 쉬웠겠어요?"

그녀는 자신이라면 어땠을까 싶다. 아들을 잃어버렸다던 늙은이의 말을 믿어주었을까? 아니면 자신 역시 늙은이가 아들을 버리고 와서는 잃어버렸다고 거짓말을 하는 거라고 의심했을까.

"영감이 열 살이나 어린 여자하고 살았는데, 일 나간 사이에 똥오줌도 못 가리는 아들을 방문 문고리에 묶어두고는 도망을 가버렸잖아요. 늦기 전에 팔자를 바꾸고 싶었겠지요. 남편은 늙었지, 아들은 천치지, 한 살이라도 젊을 때 팔자를 고치는 게 상책이라고 생각했겠지……. 아무튼 잃어버린 지 석 달인가, 넉 달 만에 아들을 찾아서 데리고 왔는데, 그때도 말이 분분했어요. 아들을 버렸다가 뒤늦게 죄책감이 들어 되찾아 온 거라고 끝까지 우기는 사람도 있고, 잃어버렸던 게 맞나 보다 하는 사람도 있고……."

"설마 버렸을까……."

"왜요, 버렸을 수도 있지요? 버렸다가 뒤늦게 죄책감이 들어 찾아 데리고 왔을 수도…… 인간이 뭔 짓은 못하겠어요?"

"그렇지, 인간이……."

그녀는 고개를 끄덕끄덕한다.

겨우 열세 살이던 자신을 하루아침에 만주에 데려다 놓은 것도 인간이었다.

양파망이 회색 철 대문 기둥에 걸려 흔들리고 있다. 뭔가 이상하다. 새끼 고양이가 그 안에 들었다면 저렇게 가볍게 흔들릴 리 없다.

그녀는 주저하면서도 철 대문 가까이 다가가 양파망을 들여다본다. 양파망은 비었다.

누군가 양파망 속으로 손을 집어넣어 새끼 고양이를 꺼내준 것이다.

누굴까? 누가 새끼 고양이를 양파망에서 꺼내 놓아주었을까?

*

그녀는 푸른색 보자기를 목에 두르고 거울 앞에 앉아 있다. 돈 안 받고 공짜로 염색을 해주겠다는 서울미용실 여자의 청을 거절하지 못한 것이다. 여자가 누군가와 전화 통화를 하는 동안 그녀는 거울 속 자신을 물끄러미 응시한다. 미용의자가 높아 두 발이 바닥에서 붕 떠 있는 데다 목부터 발끝까지 푸른색 보자기가 감싸고 있어서, 스스로가 한 마리 새 같다. 박제시켜 공중에 매달아 놓은.

통화를 끝낸 여자가 염색약을 개는 데 쓰는 그릇을 들고 그녀 곁으로 다가온다.

여든 살 이후로 그녀는 염색을 하지 않는다. 한 살이라도 젊어 보이고 싶은 게 여자라지만, 그녀는 결코 젊어지고 싶지 않다. 남들은 그토록 되돌아가고 싶어 하는 처녀 시절로 되돌아가고 싶지 않다. 한창때 그녀는 어서 늙고 싶었다.

"미치코요?"

"으응……?"

감긴 그녀의 눈이 거울을 향해 떠진다.

"미치코가 누구예요? 미치코, 미치코 부르셨잖아요."

"……내가?"

그녀는 눈을 동그랗게 뜨고 거울 속 여자를 바라본다.

"대여섯 번은 불렀는걸요."

그러나 그녀는 기억나지 않는다. 자신이 수마睡魔 중에 미치코라는 이름을 불렀다고 생각하니 소름이 끼친다.

"미치코가 누구예요? 꼭 친정엄마가 시집간 딸 이름을 부르듯 부르던걸요."

서울미용실 여자가 손으로는 부지런히 염색약을 바르면서, 거울 속 그녀에게 의심 어린 눈길을 보낸다.

"오래전에 알던 여자야……."

마지못해 중얼거리는 그녀의 눈동자가 흔들린다.

"오래전에요?"

"70년도 더 전에……."

"70년도 더 전이면 언제야?"

"어려서 죽었지, 몹쓸 병이 들어서……."

군인을 데리고 자야 한다는 게 무슨 말인지 몰라 어리둥절해하던 그녀에게 하하가 말했다.

"오늘부터 네 이름은 미치코다."

그녀는 머리를 감고 다시 거울 앞으로 가 앉는다. 먹물에 담갔다 꺼낸 듯 까만 머리와 말린 귤껍질 같은 얼굴이 조화롭게 어우러지지 못하고 겉돈다.

그녀는 하고 싶지 않던 염색을 극구 권한 여자가 원망스러우면서도 안쓰럽다. 유방암 수술을 받아 지하철로 한 시간도 더 걸리는 대학병원에 정기 검진과 치료를 받으러 다니면서도, 여자는 염색 손님과 파마 손님을 받는다. 먹고사는 게 얼마나 무섭고 징글징글한 일인지 여자를 아는 모든 이들에게 똑똑히 일러주려는 듯. 15번지에 살았던 수십 년 된 단골들이 잊지 않고 염색이나 파마를 하러 찾아온다지만, 손님이 한 명도 없는 날도 있는 눈치다.

여자가 그녀의 목에 다시 보자기를 두르더니 가위를 집어 든다.

"조금만 자를게요."

그녀에게 대답할 틈도 주지 않고 머리카락을 자르기 시작한다. 조금만 자른다더니 뒷덜미가 휑하다.

거울을 응시하는 그녀의 얼굴이 울상이 된다. 만주 위안소 시절 그녀는 내내 거울 속 모습처럼 까만 단발머리였다.

여자가 화장실에 간 사이에 그녀는 5천 원을 테이블 위에 놓고 서울미용실을 나온다.

*

미니슈퍼 남자는 어디를 가고 여자 혼자 가게를 지키고 있다. 여자는 머리를 문지방으로 향하고 누워 티브이를 보고 있다. 산발한 머리가 가발 같다. 티브이에서 흘러나오는, 웃고 떠들고 박수 치고 환호하는 소리가 어쩐지 과장되게 느껴진다.

그녀는 벽에 매달아놓은 검정 비닐봉지 뭉치에서 한 장을 뜯어 그 안에 달걀을 담기 시작한다. 문득 자신이 달걀 한 알도 들 수 없을 만큼 육신이 쇠하도록 살아 있으면 어쩌나 두려운 마음이 든다. 그녀는 스스로 씻고, 먹고, 입는 것이 가능할 때까지만 살았으면 싶다.

"달걀 한 줄이오."

그녀는 지갑에서 천 원짜리를 세 장 꺼내 여자의 머리맡에 놓는다. 여자가 금고로 손을 뻗는다. 동전들을 만지작거리더니 백 원짜리 동전을 대여섯 개 집어 문지방 쪽으로 툭 던진다. 동전들은 한곳에 떨어지지 않고 뿔뿔이 흩어진다. 그중 하나가 미니슈퍼 여자의 머리카락으로 도르르 굴러든다.

그녀는 여자의 머리카락으로 뻗던 손을 거두어들인다. 눈에 띄는 동전들만 챙겨 미니슈퍼를 나온다.

달걀 열 알이 담긴 검정 비닐봉지를 들고 골목을 걸어 올라가던 그녀는 한옥집 대문 앞에서 가쁜 숨을 돌린다. 언젠가 그녀는 한옥집 대문을 닫아준 적이 있다.

혹시나 지켜보는 이가 없는지 골목을 살핀 뒤 대문을 밀고 안으로 들어간다.

잡풀로 우거진 마당을 둘러보던 그녀는 먼지가 켜켜이 앉은 마루 한쪽에 자리를 잡고 앉는다.

우두커니 앉아 있던 그녀는 검정 비닐봉지를 벌려 달걀 한 알을 꺼낸다. 마루 한쪽에 그것을 가만히 놓아둔다. 또 한 알을 꺼내 그 옆에 놓는다. 한 알을 더 꺼내 그 옆에 놓는다.

암탉이 몰래 들어와 알을 낳아놓고 가듯 그녀는 달걀 세 알을 마루 한쪽에 쪼르르 놓아두고 한옥집을 나온다.

마루에는 그녀가 머물렀던 흔적이 둥그스름하게, 지우개로 지운 자국처럼 남아 있다.

*

응달이 져 어둑한 골목에서 죽어 있는 새끼 고양이를 만난다. 새끼 고양이는 단물이 다 빠질 때까지 씹다 뱉은 껌처럼 시멘트 바닥에 늘어져 있다. 병이 들어 죽은 것인지, 먹지를 못해 죽은 것인지 모르겠다. 새끼 고양이의 털 색깔은 하필이면 갈색이다.

그녀는 양파망 속 새끼 고양이를 모르는 척 지나쳤듯, 죽은 새끼 고양이도 모르는 척 지나친다.

그렇게 골목 끝까지 걸어간 그녀는 부메랑처럼 되돌아와 죽은 고양이 앞에 앉는다. 달걀이 든 비닐봉지를 손에서 놓고 치마 주머니에서 손수건을 꺼낸다. 한 귀퉁이에 보라색 물망초를 수놓은 흰 면 손수건이다. 수년 전 생전 처음 돈을 주고 산, 아끼느라 코 한번 풀지 않은 손수건을 펼쳐 새끼 고양이를 감싼다.

신이 있는지 없는지 모르겠지만 새끼 고양이를 좋은 곳으로 데려다 달라고 빌고 싶다.

그녀가 없을 때 태어난 셋째 여동생은 하나에서부터 열까지 신에게 빌었다. 손자가 공부를 잘하게 해달라는 것부터, 골초이던 남편이 담배를 끊게 해달라는 것까지.

신에게 소원을 빈다면 그녀는 하나만 빌 것이다. 고향 마을 강가로 자신을 데려다 달라고. 열세 살 그때로.

인간이 마침내 달나라에 가게 되었다는 뉴스를 들었을 때, 그녀는 속으로 비웃었다. 과학이 발달해 인간을 달나라에까지 보내게 되었는지는 몰라도, 그녀를 고향 마을 강가에 도로 데려다놓을 수 없다는 생각이 들어서.

그녀의 고향 마을 강은 달보다 더 먼 곳에서 흐르고 있었다.

늙은이의 집 마당은 폐전선들로 발 디딜 곳이 없다. 넋을 놓고 걷다 보니 늙은이의 집까지 와버렸다. 마당이 훤히 들여다보이도록 무참히 무너진 담 너머로 늙은이의 모습이 보인다. 담을 등지고 쭈그려 앉은 늙은이 앞에 부려져 있는 것은 폐전선 뭉치다. 지렁이 굵기만 한 것부터 장어 굵기만 한 것까지, 폐전선들 굵기가 다양하다.

늙은이는 폐전선에서 구리를 뽑는 작업을 하고 있다. 과도만 한 칼로 폐전선 피복을 벗기고, 그 안의 구리를 뽑는 작업이 결코 쉬워 보이지 않는다. 늙은이는 먼저 폐전선을 왼발로 누르고, 칼로 폐전선 피복에 칼집을 낸다. 장어 배를 가르듯 길게. 피복을 벌리고 펜치로 그 안의 구리를 잡아 뽑는다.

늙은이는 방금 뽑은 구리를 자루 속에 집어넣고, 피복을 옆으로 치운다. 폐전선 뭉치에서 또 다른 폐전선을 한 가닥 골라 자신의 발 앞으로 끌어당긴다.

빈집에 들어가 벽을 더듬어 전선을 찾고, 벽을 깨뜨려 전선을 거두고, 거둔 전선들을 자루에 담아 집 마당까지 나르고, 전선 피복을 벗겨 구리를 뽑고……. 늙은이의 구리를 얻기 위한 일련의 수고가 만만치 않다.

늙은이로부터 돌아서던 그녀는 화들짝 놀란다. 늙은이의 아들이 그녀를 향해 입을 찢듯이 벌리고 웃는다. 그녀는 황급히 자리를 뜬다.

담을 끼고 돌던 그녀는 아무래도 이상한 기분이 들어 뒤를 돌아다본다. 늙은이의 아들이 그곳까지 따라와 그녀를 향해 실실 웃음을 흘린다.

"날 알아요?"

그것은 그러나 신에게 묻고 싶은 말이다.

벌통 속에 벌이 만 마리 들어 있을 경우 신은 그 만 마리를 일일이 다 알까? 만 마리에서 한 마리도 빠짐없이 다 알까? 그녀는 신이 벌통 속 만 마리의 벌을 다 안다 하더라도, 자신은 모를 것 같다.

"날…… 날 알아요?"

사내가 고개를 끄덕인다.

그녀는 신을 외면하는 심정으로 사내로부터 돌아선다.

12

*

습한 바람이 그녀의 머리카락을 흩트리고 지나간다. 염색약 냄새

가 혹 끼친다. 목덜미가 서늘하다. 골목에는 그녀 혼자다. 그녀는 그
제야 사내가 집을 잘 찾아갔는지 걱정된다.

늙은이가 죽으면 사내는 어쩌나? 누가 그를 먹이고, 입히고, 씻길
까?

*

어머니가 아파 죽어간다…… 어머니가 죽었다.

한 달이라는 시간차를 두고 고향으로부터 두 통의 전보를 받은
분선은, 고향으로 더는 전보를 부치지 않았다.

분선은 어머니와 목화를 따다가, 일본 헌병들에게 강제로 끌려왔
다. 분선이 열네 살 때였다.

우리 애기를 데리고 가려면 나를 죽여놓고 데리고 가라.[287]

분선을 붙잡고 매달리는 어머니의 배를 헌병들이 군화 신은 발로
내리찍었다. 어머니가 비명을 지르며 목화밭을 구르던 모습이 분선
은 잊히지 않는다 했다.

춘희 언니는 제정신이 돌아오면, 자신이 미쳐 있는 동안에 만주
위안소를 떠난 소녀들을 찾았다.

"분선이 안 보이네?"

"고향에 갔잖아. 어머니가 돌아가셔서."

봉애가 말했다.

"해금도 안 보이데?"

"해금은 비단공장에 비단 짜러 갔고."

복자 언니가 말했다.

하하가 게다를 딸각딸각 끌면서 걸어오자 춘희 언니가 주문을 외듯 중얼거렸다.

"천벌을 받을 거야!"

열일곱 살이 된 그녀는, 이빨 빠지는 꿈을 꾸었다. 앞니가 쑥 빠졌다. 피는 나지 않았다. 놀라 깨어난 그녀의 옆에서 늙은 대위가 잠들어 있었다.

"가족 중 누군가 죽는 꿈이야."

방에 누워서도 군인들이 어디서 몰려오는지 아는 복자 언니는 소녀들의 꿈을 풀이해주고는 했다.

"누가요?"

"그러게……."

스물여섯 살인 복자 언니는 이가 하나도 없었다.

할아버지와 할머니는 그녀가 태어나기도 전에 죽었다. 아버지는 할머니가 먹을 게 없어 굶어 죽었다고 했다.

소녀들은 부모와 형제들을 꿈에서라도 보고 싶었지만, 꿈에 나타날까봐 두려워했다. 소녀들은 꿈에 부모나 형제 중 하나가 다녀가면 불행한 일이 있거나, 아프거나, 죽었다고 믿었다.

그녀가 울면서 향숙의 방에 갔더니 향숙이 머리 염색하는 약을 앞에 두고 앉아 있었다. 그걸 마시고 죽으려고.

"엄마 얼굴이 떠올라서 못 마시겠어. 엄마가 그랬거든. 자식이 부모보다 먼저 죽는 게 세상에서 가장 불효라구. 우리 엄마가 나까지 자식을 아홉이나 낳았는데, 넷이 죽었어. 둘은 낳자마자 죽고, 하나는 두 돌 지나 죽고…… 내 위로 세 살 터울 오빠가 있었는데 유도를 배우러 다니다가 장질부사가 걸려서 죽었어. 오빠가 순사가 되고 싶어 했거든. 순사가 되려면 유도를 할 줄 알아야 해서, 낮에는 수레 끌고 밤에는 유도를 배우러 다녔어. 오빠는 조선인으로 사느니 일본인 개로 사는 게 낫다고 했어. 일본인들이 자기들이 키우는 개한테는 밥을 주면서 조선인에게는 콩깻묵이나 주니까. 오빠가 순사가 됐으면 내가 이런 데 안 왔겠지. 순사들이 자기 딸, 자기 누이들은 이런 데 안 보낼 테니까."

추석 즈음이었다. 시계도, 달력도 없었지만 소녀들은 추석이 가까워 오면 고향에 가고 싶어 병이 났다.

나흘 내내 지겹게 내리던 비가 그치고, 오지에 있는 군부대에서 군용트럭을 보내왔다. 봉애, 순덕, 미옥 언니, 영순, 한옥 언니, 그녀. 그렇게 여섯 명의 소녀가 군용트럭 짐칸에 올랐다. 봉애는 군부대 출장이 처음이었다. 원래는 향숙이 가기로 했지만 팔이 부러져 봉애가 대신 가는 것이었다.

향숙은 일본 병사에게 떠밀려 팔이 부러졌다. 어느 날부터인가 다카시는 오지 않았다. 향숙은 다카시의 소식을 수소문했지만 알 길이 없었다. 소녀들은 다카시가 전투에 나가 죽었을 거라고 했다. 향숙이 울고 있자 술 취한 일본 병사가 화를 냈다. 조센삐가 군인 받을 생각은 않고 재수 없게 울고 있다고. 향숙이 그래도 울음을 그치지 않자 일본 병사는 그녀의 팔을 꺾어 부러뜨렸다.

땅이 온통 질척질척해 군용트럭 바퀴가 세게 구를 때면 쇠똥만 한 흙덩이가 소녀들의 얼굴에까지 튀었다.

군용트럭이 거의 반나절을 달려 도착한 곳에는 강이 흐르고 있었다. 나막신처럼 생긴 나무배가 강어귀에서 소녀들을 기다리고 있었다. 나흘 내내 내린 비로 강물은 무섭게 불어나 있었다. 누런 강물을 보자 그녀는 겁이 나면서도 살 것 같았다.

소녀들은 군용트럭에서 내려 배에 올랐다. 소녀들이 배 바닥에 자리를 잡고 앉자, 머리카락이 한 올도 없어 삶은 문어 같은 중국인 사내가 노를 젓기 시작했다. 아무것도 걸치지 않은 중국인 사내의 웃통은 햇볕에 그을려 잉크를 바른 듯 까맸다.

그녀는 멀미가 났지만, 인생을 다 산 것처럼 이상하게 평화로웠다. 언제까지나 그렇게 배를 타고 흘러갔으면 싶었다. 강물이 끝나는 곳에 배가 이르렀을 때 자신과 소녀들이 얼굴이 폭삭 늙어 있었으면.

얽은 얼굴이 누렇게 떠 비지덩어리 같은 봉애가 탄식했다.

"마을이야……."

눈꺼풀을 내리뜨고 강물을 거슬러 불어오는 바람에 얼굴을 내맡기고 있던 그녀는, 봉애가 손으로 가리키는 곳을 바라보았다. 마을은 먼 듯, 그러나 손을 뻗으면 닿을 듯 가까웠다. 마을은 전체적으로 불그스름한 빛깔이었고, 꿈속 장면처럼 아늑했다.

"아무도 살지 않는 것 같아."

"설마……."

"사람이 한 명도 안 보이잖아."

"다들 잠들었나봐."

"며칠 전 꿈에 고향집에 다니러 갔는데 아무도 없더라. 아버지도, 어머니도, 동생들도…… 죽은 애기를 업고서 다니러 갔더니……."

봉애가 스르르 일어서더니 순식간에 강물로 뛰어들었다. 그녀가 치맛자락을 잡으려고 손을 뻗었을 때 봉애는 이미 강물 속으로 가라앉고 없었다. 방금 자신들의 눈앞에서 벌어진 일을 뒤늦게야 자각한 소녀들이 강에 대고 봉애의 이름을 불렀다. 목에서 피 냄새가 나도록 악을 쓰고 불러댔지만, 봉애는 다시 강 위로 떠오르지 않았다. 노 젓는 것을 멈춘 중국인 사내가 소녀들을 향해 소용없다는 듯 머리를 가로저었다.

일본 병사들이 흥분한 소녀들을 향해 총부리를 겨누었다. 중국인 사내가 아무 일도 없었다는 듯 노를 다시 젓기 시작했다.

군부대에서 군인을 받고 돌아오는 길에 소녀들은 봉애를 보았다. 닷새 내내 군인을 받은 소녀들은 아래가 붓고 골반이 틀어져 나무배 바닥에 엉거주춤한 자세로 널브러져 있었다. 눈들은 퀭하게 꺼져 있었다.

"저기…… 봉애 아니야?"

한옥 언니가 말했다.

"아이구, 봉애가 맞네!"

봉애는 강물에 거꾸로 처박힌 나무의 가지에 등허리를 기대고 얼굴을 물 위로 내밀고 있었다. 그곳에서 내내 소녀들이 자신을 데리러 오기만을 기다린 듯 두 눈을 부릅뜨고 있었다. 배는 물을 너무마셔 불룩했다.

소녀들은 군인들에게 부탁해 봉애를 강 위로 끌어올렸다. 저마다 부러진 나뭇가지들을 주워와 침대 모양으로 차곡차곡 쌓고, 그 위에 봉애를 눕혔다.

순덕이 울면서 봉애의 얼굴에 묻은 물기를 손으로 훔쳤다. 살갗이 트고 벗겨져 쥐가 파먹은 것 같은 얼굴이 하나도 무섭지 않다는 듯, 하나도 꺼림칙하지 않다는 듯.

군인들이 가솔린을 뿌리고 불을 지피자 불길이 치솟았다. 불길에 휩싸여 타닥타닥 타들어가는 봉애를 두고 소녀들은 군용트럭에 올라탔다. 반딧불 같은 불티들이 수를 놓듯 군용트럭까지 튀었다. 봉애의 혼 같아 그녀가 손을 뻗어 잡으려는 순간 불티는 검게 꺼져들었다.

그녀는 봉애의 죽음이 자신 탓만 같았다. 손을 조금만 더 빨리 뻗었더라면, 봉애의 치맛자락을 붙잡았더라면…….

위안소에서 소녀가 죽을 때마다 소녀들은 자신들의 탓만 같았다.

*

그녀는 늘 그렇듯 일어나자마자 티브이를 튼다. 다행히 한 명에 대한 소식은 없다. 한 명은 아직 살아 있다.

담요를 개키던 그녀는 깊은 숨을 토한다. 그이가 먼저 세상을 떠나든, 자신이 먼저 세상을 떠나든, 그 어딘가에 살아 있을지 모르는 어떤 이가 먼저 세상을 떠나든, 한 명도 살아 있지 않은 날이 머지 않았다는 걸 깨달아서다.

신발을 신으려고 마루 밑으로 발을 뻗던 그녀는 휘청 흔들린다. 까치다. 나비가 언제 다녀간 걸까. 마당 어디서도 나비의 모습은 보이지 않는다.

그녀는 아무래도 까치에게 숨이 붙어 있는 것 같다. 어느 날 오토상이 방에서 끌어내 벌판에 내다 버린 후남 언니에게 숨이 붙어 있었듯.

까치의 날갯죽지에 그녀는 손가락을 두 개 슬그머니 밀어 넣는다. 입김 같은 온기가 고여 있다.

219

그녀는 까치를 두 손으로 떠받치듯 들고 옷수선가게 여자를 찾아 간다. 그 여자라면 까치에게 숨이 붙었는지 아닌지 알 것이다.

옷수선가게 여자는 티브이 앞에 둥근 밥상을 놓고 앉아 아침을 먹고 있다. 반찬통들이 그대로 밥상에 올라와 있다. 티브이 소리는 골목에서도 들릴 정도로 크다. 손으로 구운 조기 살점을 뜯고 있던 여자가 그녀 쪽으로 상체를 돌린다.

"그게 뭐예요?"

궁금해하는 여자에게 그녀는 쭈뼛쭈뼛 까치를 내민다.

"에그그, 까치 아니에요?"

여자가 까무러친다.

"저기, 숨이 붙어 있는지 좀 봐줘……."

"세상에나! 밤새 노망이라도 나셨어요? 아침부터 어디서 죽은 까 치는 주워 와서는!"

여자가 고개를 절레절레 흔든다. 재봉틀 아래 방석 위에서 웅크 리고 있던 개가 몸을 일으키더니 그녀를 향해 짖기 시작한다.

여전히 숨이 붙어 있는 것 같은 데다 아무 데나 버릴 수 없어, 그 녀는 까치를 두 손으로 받쳐 들고 골목을 걸어간다.

햇빛이 사선으로 내리비치는 골목에서 그녀는 문득 걸음을 멈추 고는, 하늘을 향해 까치가 든 손을 들어 올려 보인다.

까치의 깃털이 햇빛을 받아 반짝반짝 빛난다. 만주 위안소에서

때던 조개탄 가루를 뿌린 듯.

만주 위안소에서 빛나던 것은 소녀들의 피와 조개탄뿐이었다.

*

벌써 아흐레째 그녀는 점심을 먹고 나면 양옥집을 나선다. 혹시나 여자아이를 만날까 싶어 15번지 골목을 헤매고 다닌다. 좀처럼 만나지 못하자 꿈에서도 여자아이를 찾아 골목을 헤매고 다닌다. 이사를 가버린 모양이라고 생각하다가도 무슨 일이 있는 게 아닌가 걱정이 된다.

그녀는 자신이 이름조차 모르는 여자아이에게 왜 그렇게 집착을 하는지 모르겠다. 그녀는 평생 누구에게 매달리거나, 정이라는 걸 줘본 적이 없다.[288] 자매들하고도 살갑게 지내지를 못했다. 말 못하는 비밀이 있어서 그런지 자매들을 만나면 불편했다. 몇 년에 한 번 대소사 때나 만나는 조카들은 남 같았다. 한곳에 정착을 못하고 떠돌아다닌 탓에 친구 한 명 사귀지 못했다.

그녀는 종이죽 탈을 받았던 골목에서 무턱대고 여자아이를 기다려보기도 한다. 여자아이가 쪼그리고 앉아 있던 바로 그 담벼락으로 가서 등을 기대고 앉는다. 두 시간을 넘게 기다려보지만 여자아이는 나타나지 않는다.

오늘도 여자아이를 만나지 못했다는 실망감에 타박타박 골목을 걸어가는 그녀의 눈에 쓰레기 더미가 들어온다. 이사를 가면서 버리고 갔는지 낡고 부서진 세간과 물건들이 한곳에 부려져 있다. 전기밥솥, 프라이팬, 그릇들, 배드민턴 채, 동화책 뭉치, 인형.

고무로 만든 인형을 순간 갓난아기로 착각했다.

인형은 자신이 버려진 줄도 모르고 세상을 향해 한없이 사랑스러운 표정을 짓고 있다. 그녀는 인형을 들어 자신의 가슴에 끌어안고 어르듯 손으로 토닥토닥한다.

"아가야, 너희 엄마 아빠는 어디로 갔니?"[289]

"나랑 같이 살래?"[290]

인형에게 속삭이던 그녀의 고개가 들린다. 여자아이가 그녀의 앞에 서 있다.

여자아이는 그녀가 아니라 인형을 보고 있다. 막상 여자아이를 만나니 도망치고 싶다. 여자아이는 지난번 보았을 때 입고 있던 노란 원피스를 그대로 입고 있다.

"학교에 갔다 오는 거니?"

"……."

그녀는 여자아이에게 상냥한 미소를 지어 보이고 싶지만, 얼굴 근육들이 굳어 그녀의 의지대로 움직여주지 않는다.

"집이 어디니?"

"……."

"몇 살이니?"

"열두 살이오."

그녀는 여자아이가 곧 열세 살이 될 거라는 생각만으로도 불안하다.

"할머니는 몇 살인데요?"

"나 말이니……."

소녀가 고개를 끄덕인다.

"열세 살……."

얼떨결에 그녀는 그렇게 중얼거린다.

"열세 살이오?"

여자아이의 양 볼이 개구리 배처럼 부풀더니 폭소가 터진다. 그녀는 인형을 내려놓고 허둥지둥 골목을 나온다.

인형을 놓고 온 게 마음에 걸려 다시 찾아갔을 때 골목에는 여자아이도, 인형도 없다.

13

*

그녀는 홀로 누워 있다.

그녀는 얼마나 오래 홀로 누워 있었는지 알 수 없을 만큼 오래 홀로 누워 있다.

까만 단발머리는 그녀를 만주 위안소 막사 같은 방으로 데려다 놓는다. 70년 넘게 그녀가 부단히 도망치려 안간힘을 썼던 그곳에.

*

복도에서 군인들이 떠드는 소리가 들린다. "오사카 출신 군인들이야. 오사카 말이 경상도 말처럼 시끄럽거든." 복자 언니는 시끄러운 군인들만 보면 그렇게 말했다.

덜컥 문이 열리고, 어리고 왜소한 군인이 등을 떠밀리듯 들어온다. 얼떨떨하고 겁에 질린 표정이다. 군인은 바지를 발목 아래까지 내린다. 너무 내렸다는 생각이 드는지 바지를 도로 오금까지 끌어올린다. 삿쿠를 끼우다 말고 힐끗 그녀의 눈치를 살핀다. 군인은 그녀의 머리채를 움켜잡고 말뚝을 박듯 힘껏 자신의 몸을 그녀의 몸에 넣고는 거칠게 움직인다. 한 번, 두 번, 세 번. 머리채를 잡은 군인의 손에 힘이 들어간다. 네 번, 다섯 번. 군인의 얼굴이 점화 직전의 성냥 대가리처럼 벌겋게 달아오른다.

군인이 나가자마자 또 다른 군인이 들어온다. 병째 들이부은 듯 고량주 냄새가 진동한다. 군인은 낄낄낄 웃으면서 군복 바지를 내린다. "삿쿠를 껴야 해요." 군인이 그녀의 얼굴에 대고 일본 욕을 퍼

붓는다. "내가 병이 있어서 삿쿠를 껴야 해요." 그녀는 울고 싶은 심정이다. 군인은 술이 너무 취해 몸을 제대로 가누지 못한다. 군인은 양철조각처럼 번쩍이는 이빨로 그녀의 어깻죽지를 물어뜯는다.

세 번째인 군인에게서는 고량주 냄새 대신에 암내가 지독하게 난다. 이빨들 새새에서 고약한 냄새가 품어져 나온다. 그녀가 옆으로 고개를 돌리자 군인이 그녀의 고개를 똑바로 한다. 군인의 광기 어린 눈동자는 그녀의 눈동자를 붙들고 놓아주지 않는다. 군인은 정작 절정의 순간에 이르자 그녀를 지우듯 눈을 감아버린다.

문이 뿌리까지 썩은 어금니처럼 달그락달그락 흔들린다.

콧수염을 기른 네 번째 군인이 그녀의 몸에 들어오면서 말한다.

"개구리 냄새가 나는군."

군인의 몸에서는 고양이 냄새가 난다.

고양이가 개구리를 타고 오른다.

다섯 번째 군인은 일본 여자의 이름을 부른다. 도요코, 에이코, 미야코, 하나코……. 그녀는 그 이름들이 누이들의 이름일 거라고 생각한다.

"지에코―!"

"지에코가 누구예요?"

그녀는 군인이 무서워 떨리는 목소리로 묻는다.

"스무 살 때 내 애인."

여섯 번째 군인은 죽은 개구리를 뒤집듯 그녀를 뒤집는다. 그녀의 머리에 얼굴을 파묻고 헤엄치듯 허우적거린다. 군인은 떠나면서 군화 신은 발로 그녀의 옆구리를 걷어찬다.

일곱 번째 군인은 들어오자마자 사정한다. 거스름돈을 덜 거슬러 받은 것 같은 억울한 얼굴이더니, 군복 바지를 주섬주섬 올리다 말고 그녀의 몸에 다시 들러붙는다.

문이 뽑히듯 열렸다 닫힌다.

"삿사토, 삿사토!*"

여덟 번째 군인이 그녀에게 묻는다.

"왜 우는 거지?"

우는 건 그러나 그녀가 아니라 군인이다.

"아아, 우는 여자는 지겨워. 내 어머니가 아침마다 우셨지."

아홉 번째 군인이 머리를 긁적이며 깍듯하게 인사하고 그녀의 몸에 들어온다.

열 번째 군인은 그녀의 몸에 들어오다 말고 인두처럼 뜨거운 것

* さっさと, さっさと. 빨리빨리, 빨리빨리.

에 덴 것처럼 화들짝 놀란다. 그녀는 자신의 몸이 뜨거운지 차가운
지 모르겠다.

붓으로 그린 것 같은 콧수염을 기르고 안경을 쓴 장교가 그녀의
몸에 들어오면서 탄식한다.

"신다 온나 미타이네.*"

그녀가 신음 소리를 토하자 장교가 말한다.

"도료쿠와 스루나!**"

장교가 두 손으로 그녀의 목을 조른다.

"신다 온나토 시테 미타캇타!***"

장교의 손에 힘이 들어가면서 죽은 소녀의 얼굴이 보랏빛을 띠어
간다. 장교는 죽은 소녀의 몸에 자신의 정액을 한 움큼 배설하고 나간
다. 마치 시멘트를 바른 불모지에 묵은 씨앗을 한 움큼 버리고 가듯.

장교가 떠나고, 죽은 소녀의 배가 불러온다. 죽은 소녀는 동물 꿈
을 꾼다. 죽은 소녀의 어머니는 아기가 들어설 때마다 동물 꿈을 꾸
었다. 죽은 소녀를 가졌을 때는 토끼 꿈을 꾸었다고 했다. 눈처럼
흰 토끼가 언덕을 내달려 어머니의 품에 안겼다고 했다.

토끼였어.

---

* 死んだ女みたいね. 죽은 여자 같군.
** 努力はするな. 애쓰지 마.
*** 死んだ女としてみたかった. 죽은 여자하고도 해보고 싶었어.

죽은 소녀는 중얼거린다. 그런데 토끼라고 하기에는 꼬리가 길었다.

고양이였어.

고양이라고 하기에는 뒷다리가 길었다.

노루였어.

동물은 그런데 다리가 세 개였다.

*

사람이 한 명도 살지 않는 골목에서, 그녀는 서서 우는 여자를 본다. 모르는 여자다. 검정 비닐봉지가 여자의 손에 들려 있다. 그 안에 무엇이 들었는지는 알 수 없다. 쉰 살쯤 되었을까. 상아색 면바지 아래로 드러난 발목은 부어 옹이 같다. 파마를 해 고불거리는 머리카락 한 가닥 한 가닥이 열전자를 방출하는 필라멘트처럼 떨리는 것이 그녀에게 고스란히 느껴진다.

저 여자는 왜 울고 있는 걸까?

그녀는 자신이 여자의 몸속에 들어가 있는 것 같다. 서서 우는 여자의 몸속에 누워 울고 있는 것 같다. 여자의 머리 위 늘어진 전선 줄들에는 새 한 마리 앉아 있지 않다. 그녀는 우는 여자만 보면 오래전에 알던 여자만 같다.

그녀는 여자가 갈 때까지 기다렸다가, 여자가 서서 울던 곳으로 가서 선다.

14

*

다저녁때 미니슈퍼 앞에 사람들이 모여 있다. 무슨 일인지 경찰 차도 서 있다. 키가 훌쩍한 경찰과 점퍼 차림의 사내가 이야기를 나누고 있다. 등을 지고 있어서 사내의 얼굴은 보이지 않는다. 다부진 체격의 또 한 경찰은 핸드폰으로 누군가와 전화 통화 중이다. 미니 슈퍼 남자는 가게 앞에 내놓은 의자에 앉아 있다. 웅성웅성 모여 서 있는 여자들은 심각해 보인다. 집에서나 입는 편한 옷차림을 한 여자들 중 하나는 옷수선가게 여자다. 여자 하나가 손을 들더니 미니 슈퍼 뒤쪽을 가리킨다. 화투점을 치려고 화투장을 줄지어 늘어놓은 것 같은 집들 중 하나를 가리키는 듯하다. 어느 집에 도둑이라도 든 걸까. 그녀는 도대체 무슨 일인가 싶어, 전봇대에 반쯤 몸을 가리고 사람들을 지켜본다. 사내가 갑자기 경찰로부터 돌아서더니 그녀 쪽을 응시한다. 그녀는 얼른 전봇대 뒤로 숨는다. 혹시나 싶었는데, 얼마 전 양옥집에 찾아왔던 동사무소 사람이다. 심장이 격하게 뛰고 다리가 후들후들 떨린다.

경찰들이 떠나고 나서야 여자들이 흩어진다. 동사무소 사람은 음료수를 한 병 마시고 나서야 골목을 휘적휘적 걸어 내려간다. 그녀는 그제야 전봇대 뒤에서 나와 미니슈퍼 쪽으로 발을 내딛는다.

그새 가게 앞을 비질하고 있던 남자에게 그녀는 조심스럽게 묻는다.

"무슨 일이 있어요?"

"무슨 일이오?"

"경찰차가 서 있는 것 같던데……."

"아, 경찰차요. 평화빌라에 중국에서 밀입국한 여자들이 모여 살고 있었나 봐요."

"여자들이오……?"

"못 보던 여자들이 밤늦게 라면 같은 것을 사가는 게 이상하기는 했어요. 아무튼 새벽에 난리도 아니었어요. 할머니는 세상모르고 주무셨나 봐요. 동네 사람들이 다 나와서 구경을 했는데……."

"평화빌라에 여자들이 모여 살았다고요?"

"네."

"거기, 아무도 안 사는 것 같았는데……."

그녀는 며칠 전에도 평화빌라 앞을 지나갔다. 아무도 살지 않는 것 같은 그 빌라 앞을 무심히 지나쳤다.

"뭐 드려요?"

그녀는 자신이 뭘 사려고 했는지 기억이 나지 않아 떠오르는 대로 말한다.

"두부…… 두부 한 모만 줘요."

"두부를 또 사세요?"

"네……?"

"어제도 한 모 사 가셨잖아요. 두부 같은 것만 드시지 말고, 고기도 사 드시고 하세요. 고기를 먹어야 힘이 생기지요."

남자가 두부를 검정 비닐봉지에 담아 그녀에게 건넨다.

"여자들이 몇 명이나 모여 살았대요?"

"스무 명은 되나 봐요. 여자들을 굴비 꿰듯 줄줄이 엮어서 경찰차에 싣고 가더라고요."

"그래서 그 여자들을 어떻게 한대요?"

"자기네 나라로 돌려보내겠지요."

"여자들이 숨어 사는 것을 어떻게 알았대요?"

"요새 실거주자 조사를 하고 다닌다고 집집마다 쑤시고 다니잖아요. 조사를 하다가 어떻게 알게 되었나 봐요."

남자는 가게에 달린 방으로 들어간다. 남자가 아내를 일으켜 앉히는 것을 바라보다 그녀는 가게를 나온다.

그녀는 여자들이 얼마나 쉬쉬 숨어 살았으면 자신조차 몰랐을까 싶다. 그녀가 어쩌다 평화빌라를 지날 때, 그곳에서는 어떤 소리도, 불빛도, 냄새도 새나오지 않았다. 그녀는 고개를 들어 평화빌라 쪽을 바라본다. 다른 빌라들에 가려져 평화빌라는 보이지 않는다.

미니슈퍼 남자의 말대로 여자들은 자신들의 나라로 돌려보내질까. 그녀는 어쩐지 여자들이 집으로 돌아가지 못할 것 같다. 돈을 벌 수 있는 다른 곳을 찾아 흘러들 것 같다. 남편과 자식들이 얼굴을 못 알아볼 정도로 늙어서야 집으로 돌아갈 것 같다.

*

터벅터벅 걷던 그녀는 그 골목에 와 있다. 모르는 여자가 서서 울던. 그녀는 그 여자가 평화빌라에 몰래 숨어 살던 여자들 중 하나일 것만 같다.

*

그녀는 아무래도 다음은 자신 차례일 것 같다. 당장 오늘 밤에라도 동사무소 사람이 경찰들과 함께 양옥집으로 들이닥칠 것 같다.

그녀는 핸드폰 전원을 넣고 평택 조카의 번호를 누른다. 신호가 가자마자 평택 조카가 전화를 받는다.

"조카…… 나야, 나."

그제야 그녀의 목소리를 알아차린 조카가 대뜸 뭔 일인지 묻는다. 그녀는 동사무소 사람이 다녀갔다고 알려준다.

"동사무소 사람이 왜요?"

"응, 그게……."

실거주자라는 말이 좀처럼 생각나지 않아서 그녀는 말을 흐린다.

"왜 왔대요?"

"이전 신고만 하고 살지 않는 사람들이 있어서…… 조사를 한다고……."

"조사를 한다구요?"

"그게, 조카처럼 이전 신고만 하고 살지 않는 사람들이 더러 있는 모양이야……."

"동사무소 사람한테 괜히 쓸데없는 말씀 하신 건 아니지요?"

"내가 무슨 쓸데없는 말을……."

"동사무소 사람이 또 찾아와서 이것저것 물으면 그냥 모른다고 하세요."

"……."

"아무튼, 무조건 모른다고 하세요."

"응, 그래야지……."

15번지 일대 재개발 계획이 무산되었다는 것을 조카는 이미 알고 있는 눈치다.

"이모가 올해 어떻게 되세요?"

"……."

"연세가 어떻게 되시냐구요."

"아흔셋⋯⋯."

"그렇게나 드셨어요?"

조카는 놀라는 눈치더니 불쑥 양로원 이야기를 꺼낸다. 나이도 있고 하니 양로원으로 들어가는 게 어떻겠느냐는 것이다. 뜻밖의 제안에 그녀가 아무 대답도 않자 조카는 조만간 다녀가겠다는 말을 건네고 서둘러 통화를 끝낸다.

조카는 처음부터 양로원을 염두에 두고 있었는지 모른다는 생각이 든다. 임대아파트 입주권이 나오고 전세 계약이 만료되면 자신을 양로원으로 보내려고 미리 계획을 세워두고 있었는지도. 하지만 그녀는 양로원에 가고 싶지 않다. 자신이 얼마나 살지 모르지만 그냥 지금처럼 양옥집에서 조용히 살다가 죽고 싶다.

*

밤 9시 뉴스에서 마침내 한 명에 대한 소식을 전한다. 그이는 노환으로 며칠 전 병원에 입원을 했다. 거동은커녕 음식조차 제대로 삼키지 못한다. 병실 침대에 모로 누워 있는 그이의 얼굴이 티브이 화면에 잡힌다. 언젠가 티브이에 나와 꽃을 좋아한다고 말하던 그이가 맞나 싶을 만큼 얼굴살이 내렸다.

세상모르고 곤하게 잠든 듯 꼭 감겨 있던 그이의 두 눈이 떠지더니 허공을 응시한다. 몹시 놀란 표정이다. 아기가 옹알이하듯 입을 오물거린다. 무언가 간절히 할 말이 있는 듯하다.

그녀가 알기로 그이는 자신이 위안부였다는 걸 밝힌 뒤로, 위안소에서 겪은 일들을 부지런히 세상에 알리고 다녔다. 멀리 외국에까지 날아가, 한복을 곱게 차려입고 자신이 겪은 일들을 이야기하는 그이의 사진을 신문에서 보기도 했다.

차마 꺼내놓지 못한 이야기가 있는 걸까. 그게 아니면 이제야 기억나는 것이라도.

며칠 전 그녀도 산속 오지에 있는 군부대로 출장을 나갔을 때가 갑자기 떠올라 밤잠을 설쳤다. 자기들끼리 웃고 떠들던 군인 셋이 변소에 다녀오는 그녀를 보더니 가까이 오라고 손짓을 했다. 겁을 먹은 그녀가 뒷걸음질 치자 군인 하나가 허리춤에 차고 있던 주머니칼을 뽑아 들더니 목을 자르는 시늉을 해 보였다. 주춤주춤 다가가는 그녀를 막사 뒤 풀숲으로 끌고 가 한 명은 주머니칼로 위협하고, 다른 한 명은 살살 달랬다. 또 다른 한 명은 다른 군인들을 말렸다. 말리던 군인은 다른 군인들이 옷을 벗자 따라서 벗더니, 자신의 차례가 돌아오자 허겁지겁 그녀의 몸에 다녀갔다.[291]

그이를 만나고 싶다. 그이가 사람을 못 알아본다지만 자신은 알아볼 것 같다. 자신이 누구인지, 왜 찾아왔는지를.

그녀는 한 명이 세상을 떠나기 전에, 여기 한 명이 더 있다는 걸 세상에 알려야 하는 게 아닌가 싶다.

증언이라는 걸 하고 싶은 마음도 생긴다. 그러나 그녀는 그것을 어떻게 해야 하는지 모르겠다. 자신이 왜 이러나 싶기도 하다. 여태 아무 소리도 못하고 있다가, 이리 숨겨놓고 저리 숨겨놓고 있다가. 이렇게 늙어가지고. 죽을 때가 돼가지고.[292]

그녀는 티브이 받침대 서랍을 열고, 그 안에 넣어두었던 백지를 꺼낸다. 반으로 접힌 백지를 펼치자 또박또박 힘을 주어 쓴 글자들이, 억눌려 있던 스프링처럼 앞다투어 튕겨 오른다.

나도 피해자요.

그 한 문장을 쓰기까지 70년이 넘게 걸렸다.

그 문장에 이어서 뭔가 더 쓰고 싶지만 그럴 수가 없다. 갑자기 아무것도 기억나지 않는다.

그녀는 그럴 수만 있다면 말을 하는 대신, 한쪽으로 돌아간 자궁을 꺼내 보여주고 싶다.

자신 앞에 누군가 앉아 있다고 생각하고 그녀는 입을 뗀다.

"첨에 갈 적에,[293] 첨에…… 내가 만주까지 어떻게 끌려갔느냐 하면…… 만주 얘기 난 누구한테 안 해, 창피해서[294]…… 동기간들한테도 말 안 했어. 고향은 가기 싫어. 고향에 누가 있어야 가지. 어떤

이는 위안부였다고 신고를 하니까, 방송국에서 나와 사진도 찍고 그래서 동네 사람들이 다 알게 되었나봐. 정부에서 받은 지원금으로 집을 지었는데, 하루가 멀다 하고 마실을 오던 이웃 여자가 발을 딱 끊더래. 썹 팔아가지고 집 지은 거라구, 더럽다구."[295]

그녀는 더는 말을 잇지 못한다.
어떤 말로도 자신의 고통을 설명할 수 없다.[296]

15

*

혼수상태가 와 스무 날 넘게 아무도 알아보지 못했다는 그이가 띄엄띄엄 사력을 다해 말한다.

"죽을 수가 없어. 내가 죽으면 말할 사람이 없다는 생각을 하면……."[297]

그이는 거의 스물네 시간 인공호흡기를 입에 달고 산다. 인공호흡기에 의지해 한 호흡, 한 호흡 수놓듯 이어가면서도 자신이 누구인지 말하려 애쓰는 그이가 그녀는 대견하면서도 안쓰럽다. 그런 그이 옆을 간병인처럼 보이는 여자가 걱정스러운 눈길로 지키고 서 있다.

"나는 위안부가 아니야."[298]

"나는 윤금실이야."

"역사의 산증인 윤금실이야."[299]

그녀의 숨이 가빠지자 여자가 재빨리 그녀의 입에 인공호흡기를 씌운다. 그이를 침대에 눕히는 여자의 손길이 갓난아기를 다루듯 조심스럽다. 여자가 그녀의 귀에 대고 무슨 말인가를 하는 것 같더니, 그이의 입에서 인공호흡기를 거둔다. 그이를 도로 일으킨다.

그이가 증명사진을 찍듯 정면을 응시한다.

"죽기 전까지 행복하게 살고 싶어."[300]

*

거울 앞에 앉아 가만가만 머리카락을 빗던 그녀는 거울에 대고 중얼거린다.

……나도 행복하게 살고 싶어요.

그녀는 그렇게 처음으로, 행복하게 살고 싶다는 생각을 한다. 거의 한 세기를 살고 나서야.

하루를 살더라도 행복하게 살고 싶다.

거울로 손을 뻗는다.

생면부지인 사람의 얼굴을 어루만지는 심정으로 자신의 얼굴을 어루만진다.

스무 살이 되기 전에 그녀는 일생을 망쳤다[301]고 생각했다.

*

방을 걸레질하는데 갑자기 티브이와 형광등이 나간다. 그녀는 티브이 받침대 서랍에서 초와 성냥을 찾아 꺼내 든다. 성냥을 그어 초 심지로 가져간다. 초 심지에서 불꽃이 일어나는 순간 그녀는 15번 지의 소녀를 떠올린다.

소녀의 얼굴을 아주 잠깐, 번개가 치는 속도만큼 잠깐 떠올렸을 뿐인데 소녀를 위해 기도를 한 기분이다.

그녀는 두꺼비집 스위치를 올리러 가지 않는다.

촛불을 앞에 두고 종이죽 탈의 막힌 입을 한참 더듬는다.

손톱깎이에 달린 칼을 뽑아, 그 칼끝을 종이죽 탈의 막힌 입으로 가져간다.

칼끝으로 죽— 소리가 나도록 긋는다.

그녀는 긋고 또 긋는다. 쉰 번쯤 그었을까, 막힌 입에 마침내 구멍이 뚫린다.

그녀는 계속 긋고 그어 구멍을 아주 조금씩, 끈질기게 넓혀나간다. 구멍이 혀가 드나들 수 있을 정도가 되자 긋는 걸 멈춘다.

종이죽 탈을 얼굴로 가져간다.

여자로 태어나고 싶다…… 꼭 한 번 다시 여자로 태어나고 싶다.[302]

*

그녀는 하루 종일 마루에 나와 앉아 있다. 혹시나 동사무소 사람이 찾아올까 싶어서다. 그녀는 그에게 꼭 할 말이 있다.

고개를 떨어뜨리고 까무룩 잠든 그녀의 귀에 대문을 두드리는 소리가 들린다. 그녀는 고개를 들고 대문을 향해 눈을 뜬다.

양옥집 마당과 마루는 오후 빛으로 가득하다. 그녀의 허벅지 위

종이죽 탈이 빛을 받아 기묘하게 번들거린다. 그녀가 손톱깎이에 달린 칼로 긋고 그어서 내놓은 입 구멍도 빛으로 넘실거린다.

대문 위로 불쑥 올라온 사내의 얼굴은 역광을 받아 이목구비가 뭉개져 보인다. 그녀는 당연히 동사무소 사람일 거라고 생각한다. 그를 기다리고 있던 참이라서가 아니라, 그 말고는 양옥집을 찾아올 사람이 없다. 전기검침원은 그제 다녀갔다.

"대문 좀 열어주세요."

그녀는 마른침을 삼키고 침착하게 자신이 꼭 하려던 말을 한다.

"저기…… 내가 살아요."

"뭐라고요?"

사내의 목소리에 짜증이 묻어 있다.

"이 집에…… 내가 산다구요……."

"잘 안 들려요!"

"이 집에 내가…… 내가…… 산다구요."

"잘 안 들린다니까요!"

그녀는 대문을 열어줄 마음이 없다. 동사무소 사람을 양옥집에 들이고 싶지 않다.

"대문 좀 열어주세요!"

그녀는 그러나 깊숙이 박힌 대못처럼 고집스럽게 마루에 버티고 앉아 있다.

그가 대문을 한 차례 거칠게 흔든다. 두방망이질 치는 심장을 진

정시키려 애쓰며 그녀는 마음을 다잡고 그에게 한 번 더 말한다.

"이 집에 내가 살아요."

"이모!"

"……?"

동사무소 사람이 아니라 평택 조카다.

"대문 좀 열어줘요."

평택 조카 역시 양옥집에 들이고 싶지 않지만, 그녀는 어쩔 수 없이 대문을 열어주기 위해 몸을 일으킨다. 그녀의 허벅지 위에 있던 종이죽 탈이 미끄러지더니 그녀의 발 앞에 툭 떨어진다.

그녀는 대문 쪽으로 한 발짝도 내딛지 못하고 도로 마루에 주저 앉는다. 몸을 최대한 웅크리고 두 손으로 치마를 움켜잡는다.

"이모! 이모!"

대문 흔드는 소리가 골목 밖까지 들린다.

그녀는 아무도 자신을 양옥집에서 쫓아낼 수 없다고 생각한다. 동 사무소 사람도, 평택 조카도, 얼굴 한 번 본 적 없는 양옥집 주인도.

그녀는 늘 집에 돌아가고 싶었다. 집에 있으면서도, 집에 돌아가 고 싶었다. 집에 영원히 돌아가지 못할까봐[303] 전전긍긍했다.

죽어서 영혼이라도 돌아가고 싶었던 고향집도, 그녀의 집이 되어 주지 못했다.

그런데 얼마 전부터 양옥집이 그녀가 그렇게나 돌아오고 싶었던 집 같다. 주민등록상 하루도 살았던 적이 없는 이 집이.

70년이 훨씬 넘어서야 마침내 돌아온 집에서 그녀는 쫓겨나고 싶지 않다.

그녀가 대문을 열어주지 않자 평택 조카는 담을 넘어온다. 마루에 꼼짝 않고 버티고 앉아 있는 그녀에게 성큼성큼 다가온다. 등산화 신은 발로 종이죽 탈을 밟고서, 그녀의 어깨를 양손으로 붙잡고 흔든다.

"이모!"

간밤 그녀가 기껏 입 구멍을 낸 종이죽 탈이 평택 조카의 발에 밟혀 무참히 깨져 있다.

*

작년 가을에 빈집에 들어가 받아둔 씨앗들을 물끄러미 들여다보던 그녀는, 홀로라고 생각했던 자신이 만물에 둘러싸여 있다는 것을 불현듯 깨닫는다. 하늘, 땅, 공기, 빛, 바람, 물, 씨앗……

그런데 그녀는 홀로라고 생각할 때보다 더 홀로 같다.

그녀는 자신이 온전히 홀로 같다.

그녀는 씨앗 한 점을 손가락으로 집어 든다.

그 작은 것에 자신이 삼켜지는 착시가 일어날 때까지 집요하게 응시한다. 겨우 땀구멍만 한 씨앗이 자신을 가장 완벽하게 숨겨줄 것 같다.

그녀는 지구 밖에서 촬영한 지구를 티브이에서 본 적이 있었다. 지구가 둥글다는 것은 알았지만 어떻게 둥근지는 몰랐다. 애호박처럼 둥근지, 달걀처럼 둥근지, 사과처럼 둥근지, 구슬처럼 둥근지. 전체적으로 어떤 빛깔인지도 궁금했다. 티브이 화면에 떠 있던 지구는 한 가지 빛깔이 아니라 여러 빛깔이 섞다 만 물감들처럼 뒤섞여 떠돌았다. 흰빛, 푸른빛, 주황빛, 초록빛.

숨죽이고 지구를 바라보던 그녀는 자신도 모르게 티브이에 바짝 다가갔다. 집이 한 채도 보이지 않아서, 인간이 한 명도 보이지 않아서, 새 한 마리 날아다니지 않아서.

그녀는 지구가 씨앗 같다는 생각이 든다. 지구라는 씨앗 속에는 물도 있고, 땅도 있고, 나무도 있다. 새들이 날아다니고, 토끼들이 풀을 뜯고, 두더지들이 땅을 파고, 말들이 뛰어다니고, 개미들이 줄지어 이동한다.

그녀가 생각하는 지구라는 씨앗 속은 아름답지만 추하다.

맨드라미 씨앗 속도 그럴까? 지구라는 씨앗 속처럼 아름답지만 추할까?

그녀는 씨앗에 대고 중얼거린다. 여기 한 명이 더 살아 있다…….

우주인이 지구 밖에서 지구를 바라보듯, 그녀는 자신 밖에서 자신을 바라보고 싶다. 밖에서 바라보면 지구가 전혀 다르게 보이듯, 자신 역시 다르게 보일까 싶어서.

그녀는 지구 밖으로 나가려면 빛처럼 어마어마하게 빠른 속도가 필요하다고 들었다.

그녀는 자신이 자신 밖으로 나가려면, 우주선이 지구 밖으로 나가기 위해 요구되는 속도보다 더 빠른 속도가 요구될 것 같다.

*

골목을 걸어가던 그녀는 흠칫한다. 불그스름한 게 철제 대문 손잡이에 감겨 있다. 마치 화상을 입은 손이 철제 대문 손잡이에 매달려 있는 것 같다. 그녀는 소름 끼쳐 하면서도 가까이 다가간다. 양파망이다. 그런데 양파망 속에 새끼 고양이가 없다. 그녀가 골목에서 만난 양파망 속에는 어김없이 새끼 고양이가 들어 있었다.

그녀는 철제 대문으로 다가간다. 양파망이 자신의 얼굴을 올가미처럼 덮쳐오는 것 같은 착각이 들 정도로, 양파망에 얼굴을 바짝 들이민다. 혹시나 자신의 눈이 멀어 양파망 속 새끼 고양이를 보지 못하는 것이 아닌가 싶어서.

누군가 양파망에서 새끼 고양이를 꺼내준 것이라면, 누굴까?

누가?

16

*

장롱 앞에 앉아 그 안에 차곡차곡 개켜 넣어둔 옷가지들을 살피던 그녀는 갈색 주름치마와 코바늘로 뜬 분홍색 카디건을 꺼내 방바닥에 펼쳐놓는다. 양말들이 소복하게 담긴 바구니에서 흰 면양말도 꺼낸다. 봄가을에 입기에 알맞은 분홍색 카디건은 그녀가 가장 아끼는 옷이다.

카디건에 달린 계란꽃 모양의 단추를 채워나가던 그녀의 손가락들이 곱아든다. 첫날 열세 살이던 자신의 몸에 몇 명이 다녀갔는지 그녀는 이제야 기억이 난다.

전부 일곱 명이었다.[304] 아직 초경도 안 난 그녀는 생리를 할 때보다 더 많은 피를 흘렸다.[305]

일곱 번째로 다녀간 군인은 아버지보다 더 나이가 들어 보이는 장교였다.

마루에서 마당으로 내려서는 그녀의 손에는 내복 상자를 싼 살구색 보자기가 들려 있다. 중국인 홀아비에게 주려고 사두었던 그 내복이다.

양옥집 대문을 나서다 말고 그녀는 잠깐 망설인다. 평택 조카가 오기로 한 날이다.

이틀 전 평택 조카가 양옥집에 다녀갔다. 모레 다시 올 테니 그녀에게 아무 데도 가지 말고 집에 있으라고 신신당부했다. 함께 갈 데가 있다고 했다.

"어딜……?"

"좋은 데예요."

"좋은 데……?"

만주로 가는 열차에서 애순이 한 말이 떠올라 그녀는 그렇게 물었다. 그 소녀는 자신이 '좋은 데' 가는 줄로만 알았다. 좋은 데, 좋은 공장에 돈 벌러 가는 줄로만.

"때 되면 밥 주고, 목욕시켜주고, 아프면 간호사가 약도 주고 주사도 놔주는 데예요."

"……."

"거기 가면 친구분도 많아 심심하지 않을 거예요. 이모는 그저 삼시 세끼 주는 밥 받아 드시면서, 맘 편히 지내면 돼요."

그녀가 거절의 표현으로 고개를 가로젓는 걸 그는 모르는 척했다.

"거기 가면 다 있으니까, 중요한 소지품하고 당장 입을 옷 몇 가지만 챙기세요."

평택 조카가 말한 좋은 데가 아무리 좋은 데여도 그녀는 가고 싶지 않다.

좋은 데 가는 줄 알고 간 곳에서 애순의 몸은 낙서장이 되었다. 일본 군인들은 바늘과 먹물로 애순의 배에, 불두덩에, 혀에 문신을 새겼다.[306]

그곳에서 소녀들의 몸은 소녀들의 몸이 아니었다.[307]

그녀는 평택 조카가 원망스럽지만 원망하고 싶지 않다. 세상 그 누구도 원망하거나 증오하고 싶지 않다.[308]

그러나 그녀는 자신에게 일어난 일들을 용서할 수 없다.[309]

그 한마디를 들으면 용서가 되려나?

신도 대신해줄 수 없는 그 한마디를.

*

양지를 골라 발을 내딛던 그녀는 손으로 담을 짚고 숨을 돌린다. 기울어지고 금 간 담벼락이 그 순간 그녀의 버팀목이 되어준다. 그녀는 요즘 부쩍 기운이 달린다.

마당 어디서도 늙은이의 모습이 보이지 않는다. 마당에는 전선 뭉치들과 전선 피복 뭉치들과 구리선 뭉치들이 그녀가 한 달 전쯤 다녀갔을 때보다 더 어지럽게 널려 있다. 녹슨 못들이 그득 담긴 바가지에 그녀의 눈길이 간다. 늙은이는 저 못들도 빈집들에서 거두었으리라.

그녀는 바가지 옆에 내복 상자를 싼 보자기를 놓아둔다. 날이 추워지면 늙은이는 중국인 홀아비를 대신해 내복을 입어줄 것이다.

골목을 걸어가는 그녀의 눈에 무너지다 만 집이 들어온다. 저절로 무너져 내린 것인지, 무너뜨리다가 만 것인지 모르겠다. 15번지에는 그런 집들이 더러 있다. 심지어 집채는 무너지고 담만 성곽처럼 남아 있는 집도 있다.

집은 담과 벽들이 거의 다 무너지고 방 한 칸만 달랑 남아 있다. 그 방마저도 천장은 없고 창문은 깨져 있다. 그곳이 방이었다는 걸 일깨우듯 문짝이 붙어 있다.

점심때까지 돌아오려면 서둘러야 하지만 그녀는 발길이 떨어지지 않는다.

방이 자궁 같다.

그녀 자신의 자궁이 무너진 집 위에 덩그러니 놓여 있는 것 같다.

발길이 좀처럼 떨어지지 않는 그녀의 귀에 대문을 흔드는 소리가 들려온다. 그녀는 아무래도 양옥집 대문을 흔드는 소리 같다.

*

15번지를 종점으로 지하철역을 경유하는 마을버스는 20분 간격으로 있다. 15번지에 사는 사람들은 대개 마을버스를 타고 지하철역까지 나간다. 마을버스를 기다리는 사람은 그녀와 고등학생처럼 보이는 남학생, 그렇게 둘뿐이다. 세상에 떠도는 그 어떤 소리에도 관심이 없다는 듯 남학생은 이어폰을 두 귀에 꽂고 발치만 노려보고 있다. 남학생의 심장에서부터 터져 나오는 불만과 반항심 같은 것이, 그로부터 서너 발짝 떨어져 있는 그녀에게까지 느껴진다.

고작해야 저 남학생 정도 나이였을 것이다. 만주 위안소에 있을 때 딱 한 번 조선인 병사가 그녀를 다녀간 적이 있었다. 동그라미 안에 붉은색으로 'ㅎ' 자가 들어간 견장을 붙이고 있으면 학도지원병으로 끌려온 조선인이라는 걸[310], 그녀는 금복 언니로부터 들어서 알았다. 뜸하지만 간혹 자신을 찾아오는 조선인 병사를 금복 언니는 '오빠'라고 불렀다. 오빠가 오면 담배도 피우고, 고향 얘기도 하다 울기도 한다고 했다. 충북 제천이 고향이라던 조선인 병사가 자신의 몸에 다녀갈 때, 그녀는 손을 뻗어 그의 가슴에 대보았다. 심장이 깨쳐 딸그락딸그락 흔들리는 것이 그녀의 손가락들에 고스란히 느껴졌다. 그녀는 조선인 병사를 한두 번은 더 볼 줄 알았는데 다시는 못 보았다. 금복 언니를 찾아오곤 하던 조선인 병사도 어느 날부터인가 오지 않았다. 소녀들은 낯익은 병사들이 오지 않으면 전투에 나가 죽은 것으로 알았다.[311]

꼭짓점처럼 세 줄기의 골목이 모이는 종점 주위를 둘러보는 그녀의 눈에 까치집이 들어온다. 썩은 대나무 바구니처럼 시커멓고 둥그스름한 까치집이 은행나무 가지들 사이에 기우뚱 걸쳐져 있다. 아무래도 까치가 버리고 떠난 집 같다. 어쩌면 나비가 인간인 자신에게 선물하기 위해 사냥한 까치들 중 하나가 지은 집일지도 모르겠다는 데까지 생각이 뻗치던 그녀의 머릿속에 질문이 떠오른다.

누가 가르쳐주어서 까치들은 나뭇가지를 날라다 얼키설키 쌓아 올려 집을 지을까?

태초의 질문만 같은 그 질문에 이어, 질문들이 연달아 떠오른다.

누가 가르쳐주어서 눈도 안 뜬 강아지들은 어미젖을 빨까? 누가 가르쳐주어서 무당벌레는 나뭇잎에다 알을 낳을까? 누가 가르쳐주어서 암탉은 알들을 품어 부화시킬까?

마을버스가 비탈진 길을 투덜투덜 올라온다. 반 바퀴 크게 원을 그리고 돌더니 그녀의 앞에 철퍼덕 주저앉는다.

무심한 눈길로 마을버스에서 내리는 사람들을 쳐다보고 있는데, 누군가 그녀의 어깨를 손으로 슬며시 쳐온다.

"어디 가세요?"

옷수선가게 여자다. 시장에 다녀오는 길인지 여자의 양손에는 검정 비닐봉지가 여러 개 들려 있다. 그중 하나에서 비릿한 생선 냄새가 난다.

"만날 사람이 있어서……."

"누굴요?"

지난번 까치 일 때문인지 그녀를 쳐다보는 여자의 눈빛이 석연찮다.

"만날 사람이……."

"그러게, 누굴요?"

여자가 따지듯 묻는다.

"꼭 만날 사람이……."

그녀가 더는 설명을 못하자, 여자가 미심쩍은 듯 고개를 갸웃거린다. 눈꺼풀을 반쯤 내리뜬 눈으로 그녀의 옷차림을 살핀다.

"누굴 만나러 가시는 길인지 모르겠지만, 새색시처럼 곱게도 차려입으셨네요."

"새색시는 무슨……."

"설마 멀리 가시는 건 아니죠?"

"멀리……?"

"멀리요."

"아니, 멀리 안 가……."

그녀는 정색을 하고 고개를 가로젓는다.

"조심히 잘 다녀오세요. 버스 타실 때 번호 꼭 확인하시고요, 길을 잘 모르겠으면 사람들한테 물어보시고요."

여자가 신신당부를 한다.

"그래야지."

"안 타세요?"

여자의 그 말에 그녀는 등을 떠밀리는 심정으로 마을버스에 오른다. 앞에도 빈자리들이 있지만 맨 뒤로 가서 앉는다.

마을버스가 기껏 올라온 비탈길을 도로 미끄러지듯 내려간다. 차창으로 햇빛이 깊숙이 비쳐든다. 눈이 부셔서 눈꺼풀을 파르르 떠는 그녀의 혀로, 나비가 한 마리 날아들듯 이름 하나가 떠오른다.

풍길…….

그것은 열세 살 때 만주로 끌려가기 전까지 고향에서 부르던 그녀의 이름이다. 풍길이라는 이름을 그녀는 어머니 배 속에서부터 달고 태어난 줄 알았다. 팔이나 다리처럼. 자신으로부터 떼어놓으려야 떼어놓을 수 없는 절대적인 것인 줄 알았다. 고향 마을에서는 염소들도, 참새들도 그녀를 풍길아 하고 불렀다.

풍길아!

금복 언니가 자신을 부르던 소리가 들리는 듯해 그녀는 고개를 들어 마을버스 안을 둘러본다.

봉애가 강물에 빠져 죽는 일이 있었지만, 하하와 오토상은 소녀들을 또다시 오지 군대로 출장 보냈다. 비가 한동안 내리지 않아 강물은 그때보다 줄어들어 있었지만 흙탕물이었다.

강가 마을에 이르러서였다. 아무도 살지 않는 듯 기괴한 정적에 휩싸인 마을 앞에 웬 여자가 한 명 서 있었다. 까만 머리를 허리까지 길게 늘어뜨리고 강물을 향해 우두커니 서 있는 여자가 그녀는 봉애만 같았다.

봉애다…….

그녀가 중얼거리는 소리를 듣고는 향숙이 무릎에 파묻고 있던 고개를 들었다. 향숙은 봉애가 강물 속으로 사라지는 것을 보지 못했다. 향숙은 손가락으로 귀를 후비다가 무릎에 다시 고개를 파묻었다.

"집에 가고 싶다. 집에 가서 어머니가 해주는 보리밥에 김치 얹어서 먹고 싶다."[312]

군자가 나직이 울먹였다.

손을 흔들어주고 싶었다. 여자가 더 멀어지기 전에 손을 흔들어주려고 그녀는 몸을 일으켰다. 여자를 향해 손을 드는 순간 발을 헛디딘 것인지, 갑자기 휘몰아친 바람에 등을 떠밀린 것인지 그녀는 강물 속으로 빠졌다.

올가미처럼 조여오는 물살을 손으로 떠밀면서 버티던 그녀는 강
바닥에 발이 닿을까 싶어 발을 뻗었지만 천 길 낭떠러지였다. 미역
줄기 같은 것이 발목을 친친 감아오더니 그녀를 끌어당겼다. 한 치
앞도 내다보이지 않을 정도로 혼탁한 강물이 맑아지더니, 온갖 꽃
으로 장식한 상여가 나타났다. 상여 속에 누워 있는 사람은 그녀 자
신이었다. 꽃들 속에 파묻힌 그녀의 얼굴은 엄마 젖을 실컷 먹고 잠
든 아기의 얼굴처럼 통통하게 살이 올라 있었다.

이렇게 죽는구나[313] 하고 죽음을 받아들이려는 순간에 격앙된 소리
가 들려왔다.

"잡았다!"

그녀의 머리끄덩이를 잡아 끌어올리는 손들이 있었다.

"풍길아, 풍길아……!"

"눈 좀 떠봐."

배 바닥에 늘어져 있는 그녀의 눈에 소녀들의 얼굴이 들어왔다.

"살았다!"

"풍길 언니가 살았다!"

영순이 어엉어엉 우는 소리가 들렸다.

"정신이 드니?"

금복 언니가 그녀의 뺨을 찰싹찰싹 때렸다. 그제야 자신이 살았
다는 것을 깨달은 그녀는 하늘을 올려다보고 흐느껴 울기 시작했
다.

"울지 마."

금복 언니가 그녀를 일으켜 앉히더니 두 팔로 끌어안았다. 그녀의 등을 어루만지면서 말했다.

"죽지 않았잖아. 죽지 않았으니 울지 마."[314]

하하가 시키는 대로 해라. 헤어지면서 금복 언니가 그녀에게 당부한 그 말뜻을 그녀는 70년도 더 지나서야 겨우 깨닫는다.

죽지 말고 어떻게든 살아 있으라는 당부였다는 걸.

그녀는 그이를 만나러 가는 것이 금복 언니를 만나러 가는 것이기도 하다는 생각이 든다. 해금을, 동숙 언니를, 한옥 언니를, 후남 언니를, 기숙 언니를…….

그이를 만나면 무슨 말부터 해야 하나? 보고 싶었다는 말부터 해야 하나? 아니면 나도 만주 갔다 왔다는 말부터…….

그녀는 마침내 그이를 만나러 가는 길이다. 그이를 만나는 게 평생을 벼르던 일 같다. 전날 그녀는 그이가 입원한 병원에 찾아가는 방법을 서울미용실 여자에게 물어 알아두었다. 그이가 입원해 있는 병원은 우연히도 여자가 정기검진을 다니는 대학병원이었다. 그녀는 그이가 자신과 다른 도시에 살고 있는 줄 알았다. 그이가 입원한 병원 또한 다른 도시에 있는 줄 알았다. 그렇게 가까이에 그이가 살고 있으리라고는 전혀 생각을 못했던 탓에 허탈감마저 들었다.

그렇게나 만나고 싶어 했으면서도 막상 그이를 만날 생각을 하자 그녀는 두렵고 떨린다.

*

약국 앞에 마을버스가 서고 대여섯 사람이 우르르 올라탄다. 비어 있던 자리들이 사람들로 채워진다. 그녀의 옆자리는 그러나 여전히 비어 있다. 해금처럼 작고 예쁘장하게 생긴 여자가 사내아이를 앞세우고 올라탄다. 그녀는 자신의 옆자리가 비었다는 것을 알려주기 위해 자신의 옆자리를 손으로 토닥토닥 두드린다. 빈자리를 찾아 두리번거리던 여자가 그녀의 옆자리에 자신의 아이를 앉힌다. 순하지만 장난기가 깃든 눈망울로 자신을 흘끔 쳐다보는 사내아이에게 그녀는 빙긋이 미소를 지어 보인다.

몸이 나른해지면서 새벽에 꾸었던 꿈이 떠오른다. 꿈에 그녀는 15번지 골목에서 마주치고는 하던 여자아이의 손을 그러잡고 강물로 걸어갔다. 강물 앞에 여자아이를 앉히고 자신도 그 옆에 앉았다. 손으로 강물을 떠 여자아이의 얼굴을 씻겼다. 여자아이의 얼굴에서 땟물이 흘렀다. 그녀는 땟물이 말끔히 씻길 때까지 강물을 떠 여자아이의 얼굴을 씻겼다.

마을버스는 어느새 사거리 너른 대로로 들어서 있다. 차창 너머 세상으로 눈길을 주면서 그녀는 새삼스레 깨닫는다.

여전히 무섭다[315]는 걸.

열세 살의 자신이 아직도 만주 막사에 있다[316]는 걸.

참고 자료

* 같은 책일 경우 이후 제목만 표기하는 것을 원칙으로 한다.
* 동일인에, 같은 책일 경우 이름만 표기하는 것을 원칙으로 한다.

1) 박두리(1924년생), 『강제로 끌려간 조선인 군위안부들 2』, 한국 정신대 문제 대책협의회 · 한국 정신대 연구회 엮음, 한울, 1997년.
2) 진경팽(1923년생), 『강제로 끌려간 조선인 군위안부들 2』· 강무자(1928년생), 『강제로 끌려간 조선인 군위안부들 2』
3) 진경팽 · 강무자
4) 최갑순(1919년생), 『기억으로 다시 쓰는 역사—강제로 끌려간 조선인 군위안부들 4』, 한국 정신대 문제 대책협의회 2000년 일본군 성노예 전범 여성국제법정 한국위원회 증언팀, 풀빛, 2000년.
5) 강무자
6) 김영숙(1927년생, 북한 일본군 위안부 피해자), 「슬픈 귀향 1부—북녘 할머니의 증언」, 이토 다카시, 뉴스타파 『목격자들』제공.
7) 김복동(1927년생), 『강제로 끌려간 조선인 군위안부들 2』
8) 리경생(1927년생, 북한 일본군 위안부 피해자)「슬픈 귀향 1부—북녘 할머니의 증언」
9) 황선순(1926년생), 「눈물로 생을 보내는 위안부 할머니」, EBS, 2013년 10월 7일 방송.
10) D○○(1929년생), 『들리나요? 열두 소녀의 이야기—일본군 위안부 피해 구술 기록집』, 대일항쟁기 강제동원 피해조사 및 국외 강제동원 희생자 등 지원위원회, 2013.
11) 이옥선(1925년생), 『충청북도 인터넷신문 함께하는 충북』 2015년 8월 4일자. 이옥선 할머니의 증언 내용을 토대로 작가가 소설적으로 재구성.
12) 이옥선(1927년생), 『역사를 만드는 이야기—일본군 '위안부' 여성들의 경험과 기억, 일본군 '위안부' 증언집 6』
13) 정옥순(1920년생, 북한 일본군 위안부 피해자), 「슬픈 귀향 1부—북녘 할머니의 증언」
14) 정옥순
15) 정옥순
16) 정옥순
17) 강무자
18) 최명순(1926년생), 『강제로 끌려간 조선인 군위안부들 1』, 한국 정신대 문제 대책협의회, 도서출판 한울, 1993. 최명순 할머니의 증언을 토대로 작가가 소설적으로 재구성.
19) 일제시대 조선총독부 전매국에서 시판한 가루 담배.
20) 김은례(1926년생), 『강제로 끌려간 조선인 군위안부들 3』, 한국 정신대 문제 대책협의회 · 한국 정신대 연구회 엮음, 한울, 1999년.

21) 김순악(1928년생), 『내 속은 아무도 모른다카이』, 김선님, 정신대할머니와 함께하는 시민모임.

22) I○○(1923년생), 『들리나요? 열두 소녀의 이야기』

23) 문옥주(1924년생), 『강제로 끌려간 조선인 군위안부들 1』

24) 이옥선, CNN 인터뷰, 2015년 12월 29일 방송.

25) B○○(1927년생), 『들리나요? 열두 소녀의 이야기』

26) K○○(1923년생), 『들리나요? 열두 소녀의 이야기』

27) 이용수. '도라지꽃 이야기'는 이용수 할머니의 증언 내용을 토대로 작가가 소설적으로 재구성.

28) 황금주(1922년생), 『강제로 끌려간 조선인 군위안부들 1』

29) B○○(1929년생), 『들리나요? 열두 소녀의 이야기』

30) B○○(1927년생), 『들리나요? 열두 소녀의 이야기』

31) A○○(1930년생), 『들리나요? 열두 소녀의 이야기』

32) 김은진(1932년생), 『강제로 끌려간 조선인 군위안부들 2』

33) J○○(1924년생) · B○○(1924년생), 『들리나요? 열두 소녀의 이야기』

34) A○○(1930년생), 『들리나요? 열두 소녀의 이야기』

35) 황금주

36) B○○(1927년생), 『들리나요? 열두 소녀의 이야기』

37) B○○(1930년생), 『들리나요? 열두 소녀의 이야기』

38) 이기정, 『중앙일보』 2015년 9월 9일자.

39) 김순악, 『역사를 만드는 이야기』

40) P○○(1940년생), 『들리나요? 열두 소녀의 이야기』. P○○ 할머니의 증언을 바탕으로 작가가 소설적으로 재구성.

41) 황금주

42) 김봉이(1927년생), 『역사를 만드는 이야기』

43) 김복동

44) 강무자

45) 김화자(1926년생), 『역사를 만드는 이야기』

46) 김화자

47) 임정자(1922년생), 『역사를 만드는 이야기』

48) 이옥선

49) 하순녀(1920년생), 『강제로 끌려간 조선인 군위안부들 1』

50) 김영숙

51) 김화자

52) 김화자

53) 이득남(1918년생), 『강제로 끌려간 조선인 군위안부들 1』

54) 김화자

55) 김영숙(1927년생, 북한 일본군 위안부 피해자), 「북측 종군위안부 피해자 김영숙 할머니 증언」, 『민족 21』 2002년 3월호.

56) A○○(1930년생)

57) 이용녀(1926년생), 『강제로 끌려간 조선인 군위안부들 1』

58) 이영숙

59) 김순악, 『내 속은 아무도 모른다카이』

60) 김순악

61) A○○(1925년생), 『들리나요? 열두 소녀의 이야기』

62) 조윤옥(1925년생), 『가고 싶은 고향을 내 발로 걸어 못 가고』, 정신대할머니와 함께하는 시민모임, 아름다운사람들, 2007.

63) 김복동

64) 김복동

65) 이상옥(1922년생), 『강제로 끌려간 조선인 군위안부들 1』

66) 김춘희(1923년생), 『강제로 끌려간 조선인 군위안부들 2』

67) 조윤옥

68) 황금주, 『일제강점기』, 박도 엮음, 눈빛, 2010.

69) 곽금녀(1924년생, 북한 일본군 위안부 피해자), 「슬픈 귀향 2부—북녘 할머니의 증언」, 이토 다카시, 뉴스타파 『목격자들』

70) 정옥선

71) 김복동

72) 이용수(1928년생), 『강제로 끌려간 조선인 군위안부들 1』

73) 윤두리(1928년생), 『강제로 끌려간 조선인 군위안부들 1』, 한국 정신대 문제 대책협의회 · 한국 정신대 연구회 엮음, 한울, 1993년.

74) B○○(1927년생), 『들리나요? 열두 소녀의 이야기』

75) 김춘희

76) B○○(1927년생)

77) 윤두리

78) 황금주

79) 황금주 · 윤순만(1929년생), 『기억으로 다시 쓰는 역사』

80) 황금주

81) 김영자(1923년생), 『기억으로 다시 쓰는 역사』

82) 김은진

83) 문옥주

84) 장점돌(1923년생), 『역사를 만드는 이야기』

85) 김춘희

86) 윤두리
87) 최갑순(1919년생), 『기억으로 다시 쓰는 역사』
88) 윤순만
89) 문필기(1925년생), 『강제로 끌려간 조선인 군위안부들 1』
90) 이영숙(1921년생), 『강제로 끌려간 조선인 군위안부들 3』
91) 최갑순
92) 정옥순, 「지옥의 형벌보다 더 치떨리는 일본군의 만행」, 이토 다카시, 『한겨레21』 1998년 10월호.
93) 리상옥(1926년생, 북한 일본군 위안부 피해자), 「북한 위안부 할머니들의 증언」, 이토 다카시, 뉴스타파 『목격자들』
94) 김은진
95) 김은진
96) H○○(1925년생), 『들리나요? 열두 소녀의 이야기』
97) B○○(1929년생), 『들리나요? 열두 소녀의 이야기』
98) 진경팽(1923년생), 『강제로 끌려간 조선인 군위안부들 2』
99) 리경생
100) 리경생
101) 박연이(1921년생), 『강제로 끌려간 조선인 군위안부들 2』
102) 이용녀
103) 노청자(1920년생), 『역사를 만드는 이야기』
104) 진경팽
105) 최일례(1926년생), 『강제로 끌려간 조선인 군위안부들 2』
106) 김화자
107) 쩡쩬타오(대만 일본군 위안부 피해자), 「끝나지 않은 전쟁, 일본군 위안부」, 「KBS 파노라마 플러스」 2013년 8월 11일 방송.
108) 여복실(1922년생), 『강제로 끌려간 조선인 군위안부들 2』
109) 이상옥(1922년생), 『강제로 끌려간 조선인 군위안부들 1』
110) K○○(1923년생)
111) 박차순(1923년생), 「고향 흙냄새 맡자 "아리랑" … 후베이성 93세 할머니」, 『중앙일보』 2015년 11월 12일자.
112) F○○(1923년생)
113) F○○(1923년생)
114) 조윤옥
115) 장점돌
116) 여복실
117) A○○(1930년생), 『들리나요? 열두 소녀의 이야기』

118) 조윤옥

119) 김학순

120) 장점돌

121) 최명순

122) 윤두리

123) 김복동(1925년생)

124) 전금화(1924년생), 『강제로 끌려간 조선인 군위안부들 2』

125) 김복선, 『강제로 끌려간 조선인 군위안부들』

126) 이득남

127) 진경팽

128) 최일례 · 박서운

129) 강무자

130) 쨍쎈투(중국 일본군 위안부 피해자), 「끝나지 않은 전쟁, 일본군 위안부」, 「KBS 파노라마 플러스」 2013년 8월 11일 방송.

131) B○○(1927년생)

132) B○○

133) 김복동

134) 최갑순

135) 이순악

136) 김복동

137) 김덕진(1921년생), 『강제로 끌려간 조선인 군위안부들 1』

138) E○○(1922년생), 『들리나요? 열두 소녀의 이야기』 · 김춘희(1923년생), 『강제로 끌려간 조선인 군위안부들 2』

139) 장점돌

140) 박순애(1919년생), 『강제로 끌려간 조선인 군위안부들 1』

141) 최정례(1928년생), 『강제로 끌려간 조선인 군위안부들 2』

142) 김덕진

143) 이득남

144) 장점돌

145) 군인들이 쓰던 휴대용 식기.

146) 진경팽

147) 김복동 · 최일례

148) 김덕진

149) 김춘희

150) 김복동

151) A○○(1930년생)

152) 최일례

153) 勤勞奉仕. 공공의 봉사로 노동력을 무상으로 제공하는 것.

154) 이상옥, 『강제로 끌려간 조선인 군위안부들 1』

155) 장점돌

156) 김옥주

157) I○○(1923년생)

158) K○○(1923년생)

159) 훈 할머니(1924년생), 『버려진 조선의 처녀들』, 정신대할머니와 함께하는 시민모임, 아름다운사람들, 2004.

160) 박순애(1919년생)

161) 김옥주(1923년생), 『강제로 끌려간 조선인 군위안부들 3』

162) 조순덕(1921년생), 『강제로 끌려간 조선인 군위안부들 3』

163) 임정자(1922년생), 『역사를 만드는 이야기』

164) 김춘희

165) 임정자

166) 강무자

167) 손판임

168) 황금주

169) 최일례

170) 강무자

171) 이영숙

172) 문옥주

173) 이영숙(1921년생), 『강제로 끌려간 조선인 군위안부들 1』

174) 이영숙

175) 하순녀

176) 손판임(1924년생), 『강제로 끌려간 조선인 군위안부들 2』

177) 박두리

178) 이순옥(1921년생), 『강제로 끌려간 조선인 군위안부들 1』

179) 이순옥

180) 심달연(1927년생), 『강제로 끌려간 조선인 군위안부들 3』

181) 최일례

182) 이옥선, CNN 인터뷰, 2015년 12월 29일 방송.

183) 최정례

184) 박연이

185) 김은진

186) 박연이

187) 김복동

188) 문필기

189) 박연이

190) K○○(1930년생)

191) 황금주

192) 이순옥

193) 강무자

194) 김봉이(1927년생), 『역사를 만드는 이야기』

195) 박연이

196) 최갑순

197) 황금주

198) 정서운

199) 최갑순

200) 정서운 · 최일례

201) 강덕경(1929년생), 『강제로 끌려간 조선인 군위안부들 1』

202) 황금주

203) 전금화

204) 조순덕(1921년생), 『강제로 끌려간 조선인 군위안부들 3』

205) 김춘희

206) 김복동

207) 문옥주

208) 문옥주

209) 김군자(1926년생), 1997년 2월 7일 김군자 할머니는 '내가 살아 있는 한'이라는 제목으로 한국교육원에서 일본군 위안부에 대한 증언을 했다.

210) C○○(1920년생), 『들리나요? 열두 소녀의 이야기』

211) 이용수

212) 최일례

213) 최화선

214) 최화선

215) 최화선

215) 한옥선

216) 이용녀

218) 최정례

219) 황금주

220) 김분선(1922년생), 『강제로 끌려간 조선인 군위안부들 2』

221) 김의경(1918년생), 중국 거주 일본군 '성노예' 피해 할머니 포토에세이, 나눔의 집.

222) K○○(1923년생)

223) K○○(1923년생)

224) 이상옥(1922년생), 『강제로 끌려간 조선인 군위안부들 1』

225) 문필기

226) 문필기

227) 김학순

228) 김학순

229) 최명순

230) 김복동 · 김은진

231) 김옥주 · 최명순

232) 김춘희

233) 이옥선, CNN 인터뷰

234) 길원옥(1928년생), 『역사를 만드는 이야기』

235) 길원옥

236) 정윤홍(1920년생), 『기억으로 다시 쓰는 역사』

237) 박차순, 「나는 일본군 성노예였다 3화―위안소는 일본군의 공중변소였다」, 안세홍 글, 2016. 2. 2.

238) K○○(1923년생)

239) 황금주

240) 버선처럼 생긴 일본 신발. 엄지발가락과 나머지 발가락이 갈라져 있다.

241) 박연이(1921년생)

242) A○○(1930년생), 『들리나요? 열두 소녀의 이야기』

243) K○○(1923년생)

244) 최갑순(1919년생), 『기억으로 다시 쓰는 역사』

245) 최갑순

246) 최갑순

247) 김춘희

248) 이옥선, 『역사를 만드는 이야기』

249) 최갑순

250) 최정례 · 최갑순

251) 최일례

252) 김군자

253) 강무자

254) 김영자

255) 김순악, 『내 속은 아무도 모른다카이』

256) K○○(1923년생)

257) F○○(1923년생), 『들리나요? 열두 소녀의 이야기』

258) I○○(1923년생)

259) I○○

260) 황순이(1922년생), 『강제로 끌려간 조선인 군위안부들 3』. 황순이 할머니의 증언 내용을 토대로 작가가 재구성.

261) K○○(1923년생)

262) K○○

263) K○○

264) 김덕진

265) 황순이

266) 길원옥

267) 조순덕

268) 조순덕

269) 이용수

270) 김화선(1926년생), 『기억으로 다시 쓰는 역사』

271) 강무자

272) 강무자

273) 강덕경

274) 김복동, 「난 평생 정이라곤 줘본 적이 없어」, 『한겨레』 2015년 12월 22일자.

275) 한옥선(1919년생), 『역사를 만드는 이야기』

276) 김춘희

277) 장점돌

278) 장점돌

279) 황순이

280) 안법순(1925년생), 『기억으로 다시 쓰는 역사』·임정자(1922년생), 『역사를 만드는 이야기』·김복동(1926년생), 「뉴스매거진 시카고」, 2013년 12월 27일 방송.

281) 김복동

282) 문옥주

283) 황금주

284) 강덕경

285) 김은진, 『강제로 끌려간 조선인 군위안부들 2』

286) 문필기(1925년생), 『강제로 끌려간 조선인 군위안부들 1』

287) 진경팽

288) 김복동

289) 이수단

290) 이수단

291) 황순이
292) K○○
293) 윤순만
294) 김복동
295) 김영자
296) 김복동, CNN 인터뷰, 2015년 4월 29일 방송.
297) 김학순
298) 이용수
299) 이용수
300) 이옥선
301) 리상옥
302) 윤두리
303) 짱쎈투
304) 짱쎈투
305) 황금주(1922년생), 동영상 「일본군 끝나지 않은 이야기」, 이도은 정리.
306) 정옥순
307) 김영숙
308) 이용수, 2015년 4월 21일 증언을 위해 워싱턴을 찾은 이용수 할머니의 특파원들과의 인터뷰 내용 중에서 인용.
309) 이용수
310) 문옥주
311) 이옥분
312) A○○(1930년생)
313) 박연이
314) 문옥주, 『버마전선 일본군 '위안부' 문옥주』, 아름다운 사람들, 모리카나 미치코 글, 김정성 옮김, 정신대할머니와 함께하는 시민모임, 2005.
315) 짱쎈투
316) 이치(인도네시아 일본군 위안부 피해자), 「끝나지 않은 전쟁, 일본군 위안부」, 「KBS 파노라마 플러스」 2013년 8월 11일 방송.

기억의 역사, 역사의 기억

박혜경

1

인간의 상상을 압도하는 참혹한 현실 앞에서 작가가 느꼈을 혼란에 대해 생각해본다. 소설로 무엇을 할 수 있을까? 처음 이 소설을 쓰려고 생각했을 때 작가는 스스로에게 이런 질문을 던졌을 것 같다. 실제로 일어났던, 그래서 누구나 믿을 수밖에 없는 역사의 한 부분이지만, 그럼에도 불구하고 그 믿을 수 없는 참혹의 크기 앞에서 어떤 소설도 선뜻 그 안에 발을 들여놓을 수 없었을 고통의 기억들과 마주하는 순간, 작가는 끔찍한 기억 속에서 생의 대부분을 살아온 분들에게 밥도, 집도, 숨 쉬는 공기조차도 나눠주지 못하는 소설의 무기력에 먼저 절망하지 않았을까? 오로지 상상을 통해서만 인간의 삶을 얘기해온 소설이 인간의 상상을 넘어서는 역사에 대해 어떤 얘기를 들려줄 수 있겠는가? 더군다나 그 참혹한 역사는 생존해 계신 피해자분들이 역사를 부정하고 지우려는 세력에 맞서 지금도 여전히 자신의 고통스러운 기억들을 호출하고 증언해야 하는 현재진행형의 역사가 아닌가? 그 때문에 작가에게는 그분들의 참혹한 증언과 마주하며 소설을 쓰는 일이 더욱 힘겹고 조심스러운 일일 수밖에 없었으리라.

그런데도 작가는 소설을 넘어서는 역사, 인간의 상상을 초과하는 실제의 일들을 왜 소설이라는 그릇에 담으려 했을까? 나는 그 이유가 '한 명' 때문이라고 생각한다. 해설을 쓰기 위해 소설 원고를 받았을 때 온통 하얀 종이 한가운데 찍힌 '한 명'이라는 글자가 얼마나 시리게 눈에 박히던지. 흰색의 망망대해에 떠 있는 듯한 두 개의 글자를 접했을 때 마음이 뻐근하게 뭉치던 느낌, 그것은 아마도 '한 명'이라는 말이 주는 외로움과 숭엄함이 가슴에 뜨겁게 와 닿았기 때문일 것이다. 작가는 그 외로운 '한 명'의 행적을 따라간다. 세상에 홀로 남은 단 한 분의 위안부 할머니를……

2

'한 명'이라는 단어가 어떤 비장한 느낌을 불러일으킨다면 아마도 그것은 이 단어 속에 하나이면서 동시에 전체인 의미가 담겨 있기 때문일 것이다. '한'은 단지 수량을 세는 단어일 뿐 아니라 '같은', '일치된'이라는 의미를 갖고 있는 말이기도 하다. 영어의 'one'에도 '하나로 된united'이라는 의미가 담겨 있지 않은가? 이런 의미에서 소설 속에서의 '한 명'은 더 이상 분리될 수 없는individual 단독명사이면서 모든 개체들을 동등하게 분리될 수 없는 자격으로 아우르는 집합명사이기도 하다. 더 이상 분리될 수 없다는 것, 그 속에는 훼손될 수 없는 개인이, 전체의 이름으로 지켜져야 할 개인이, 아니 스스로 전체인 개인이, 그래서 그 누구도 함부로 파괴하거나 앗아 갈 수 없는 '한 명'의 숭고가 깃들어 있는 것이 아닐까?

작가는 역사의 이름으로 파괴되고 훼손된 개인의 이야기를 들려주기 위해 바로 그 '한 명'에서부터 소설을 시작한다. 소설은 결국 '한 명'의 이야기일 수밖에 없으므로. 소설이야말로 다른 어떤 장르보다도 개인의 내면으로 가장 깊숙이 진입할 수 있는 장르가 아니던가? 소설은 역사가 지워버린 '한 명', 역사 속에 매몰된 '한 명'을 호명하고, 그 '한 명'의 내면을 소설적으로 복원해내는 방식으로 역사가 스스로를 정당화하기 위해 내세우는 집단의 허구와 맞선다. 전체라는 이름으로 개인의 삶을 무참하게 짓밟아버린 역사 속에서 무엇보다도 참혹하게 지워져버리는 것은 바로 개인의 내면이다. 역사는 개인의 내면을 기록하지 않는다. 수많은 사건들과 인명들과 연도들과 수치들 속에 개인은 어디에 있는가? 개인이 겪었을 무수한 내면의 역사들은 어디로 사라졌는가? 인간의 내면이야말로, 내면에 담긴 기억이야말로 더 이상 분리될 수 없는 개인의 가장 내밀하고도 고유한 역사의 영토가 아니던가?

한 개인의 내적인 삶, 그것은 그의 전부다. 죽지 않는 한, 죽어서 내면이 사라져버리지 않는 한, 인간의 내면은 그 어떤 무자비한 역사도 훼손시킬 수 없다. 끔찍한 고문을 당하고, 신체가 훼손되는 고통을 겪어도 그 고통이 각인된 인간의 내면은 남는다. 내면 때문에 인간은 죽는 순간까지 역사가 남긴 고통스러운 기억에서 벗어나지 못하는 것이겠지만, 인간이 세계와 맞설 수 있는 힘 또한 개인의 고유 영역인 바로 그 내면으로부터 나오는 것이 아니겠는가? 기억은 오로지 개인만이 소유할 수 있는 가장 강력한 무기다. 위안부 할머니들이 자신들의 존재를 지우고 부정하려는 역사 속에서 유일하게 자신의 것으로 지니고 있었던 것 역시 기억이다. 그 보이지 않던 기억이 어느 순간 육신의 입을 빌려 말하기 시작한다. 여기 '한 명'이 있다고, 죽지 않고 살아 있다고, '한 명'이 살아 있는 한, 위안부들의 역사는 아직도 끝나지 않은 것이라고…….

기억을 지우는 것, 그것은 내가 지워지는 것이고, 나의 역사가 지워지는 것이고, 나와 '나들'의 기억 속에 내재된 역사 전체가 지워지는 것이다. 작가는 소설의 앞머리에서 이 소설이 "세월이 흘러, 생존해 계시는 일본군 위안부 피해자가 단 한 분뿐인 그 어느 날을 시점으로 하고 있음을 밝힙니다"라고 말한다. 여기서 '마지막 남은 단 한 분'이라는 상황 설정을 단지 앞으로의 이야기 전개에 극적인 비장감을 부여하려는 작가의 의도로만 읽을 수는 없을 것이다. '마지막 남은 단 한 명', 그것은 육신의 소멸에 저항하는 기억이고, 역사의 삭제에 맞서는 개인이며 끝을 부정하는 시작이다. 소설이 시작되는 곳은 바로 이 지점이다.

3

역사의 피해를 온몸으로 감내해온 분들이 여전히 생존해 계시는 역사에 대해 소설을 쓴다는 것은 여러 가지의 한계를 감수해야 하는 일임에 틀림없을 것이다. 하물며 위안부 할머니들의 증언 내용이 그 어떤 소설적 상상도 넘어설 만큼 가공할 만한 수준임에랴……. 상상이라 해도 믿기 어려운 역사적 현실을 소설이라는 그릇에 담기 위해 작가가 먼저 넘어서야 할 난관은 할머니들의 증언에 의해 밝혀진 역사적 실재와 작가의 상상적 개입의 수위를 어떻게 조절할 것인가라는 문제였을 것이다. 소재가 주는 충격이 너무나 강력하기 때문에 자칫하면 소재 자체의 위력에 짓눌려 역사적 사실의 무미건조한 나열에 머물러버리거나, 반대로 영화 「귀향」처럼, 작가가 화해나 치유 같은 섣부른 해석적 코드를 덧입히고 어설픈 대중적 감성을 끌어들임으로써 할머니들의 증언 내용에도 못 미치는 함량 미달의 작품을 만들어버릴 수도 있을 것이기 때문이다. 영화 「귀향」은 위안부 할머니들의 이야기를 본격적으로 다룬 첫 영화라는 점에서 많은 대중적 관심과 지지를 얻었지만, '처음'이라는 것이 작품의 가치를 저절로 보장해주는 것은 아니지 않은가? 그것은 영화뿐만 아니라 소설의 경우도 마찬가지일 것이다.

　그런 의미에서 나는 이 소설이 소설과 다큐의 중간지대라 할 수 있을 지점을 서사 전개의 전략적 거점으로 잡은 것은 나름 현명한 선택이었다고 생각한다. 아니 어쩌면 그것은 역사의 증언을 소설의 내부로 끌어들이기 위한, 그리하여 작가가 선택한 '한 명'의 이야기 속에 무수한 '한 명들'의 이야기를 담아내기 위한 불가피한 선택이었는지도 모른다. 작가는 '한 명'의 이야기 속에 위안부 할머니들의 증언에서 발췌한 수많은 기억의 조각들을 이어 붙여 마치 퀼트 이불을 꿰매듯 기억의 조각보를 만들어나간다. 세상 속에 따로따로 떠돌던 이야기들을 '한 명'의 기억으로 온전히 완성시키려는 듯 말이다. 작가가 소설 뒤에 붙여놓은 무수한 각주들을 보라. 작가가 상상한 '그녀'는 소설이지만 그녀의 이야기 속에 담긴 수많은 '그녀들'은 바로 역사가 아니겠는가. '그녀들'의 역사를 소설로 끌어안기 위해 작가는 '그녀'라는 한 명의 내면을 창안해냈고, 작가가 상상한 '그녀'의 내면에는 무수한 '그녀들'의 역사가 담겼다. 이로 인해 '그녀'의 이야기는 역사의 증언이 되고, '그녀들'의 이야기는 한 개인의 내면이라는 소설의 육체를 얻게 되었다. 역사는 소설에 이야기라는 뼈대를 주고 소설은 역사에 내면이라는 살을 붙여주는 것, 그것이 작가가 '한 명'의 이야기를 쓰기로 한 이유일 것이다.

4

한 명밖에 남지 않았다고 했다. 둘이었는데 간밤 한 명이 세상을 떠
나. (7쪽)

소설은 이렇게 시작된다. 자신이 위안부임을 끝내 밝히지 않고
숨어 사는 한 분이 티브이를 통해 위안부 할머니가 세상에 한 분밖
에 남지 않았다는 소식을 접하는 장면이다. 세상에 남아 있는 한 명
이 세상에 유일하게 남은 분이라는 다른 한 명의 소식을 듣는다. 그
러면서 중얼거린다. "여기 한 명이 더 살아 있다……."

그녀…… 이것이 살아 있는 '한 명'의 호칭이다. "도미코, 요시코,
지에코, 후유코, 에미코, 야에코……." 그 옛날 그녀의 몸에 군인들
이 다녀갈 때마다 군인들이 마음대로 지어 붙인 무수한 이름들이
그녀를 지나갔지만, 소설 속에서 그녀는 이름 대신 '그녀'라는 삼인
칭으로 불릴 뿐이다.

위안소에 있을 때 그녀는 몸뚱이가 하나인 것이 가장 원망스러웠다.
하나인 몸뚱이를 두고 스무 명이, 서른 명이 진딧물처럼 달려들었다.
하나인 그 몸뚱이도 그녀 자신의 것이 아니었다.
그런데 자신의 것이 아니던 몸뚱이를 부려 그녀는 이제껏 살아왔다.
(38쪽)

"군복 허리끈에 발목이 묶이고, 실오라기 한 가닥 걸치지 않은", 세상에 하나밖에 없는 그녀의 몸이 그녀의 것이 아니었듯, 그녀의 몸에 달려들던 군인들이 붙여준 이름들 또한 그녀의 것이 아니었다. 이름이 늘어나듯 몸 또한 늘어날 수는 없었으므로 그녀, 아니 그녀들은 하나인 몸에 스무 명, 서른 명, 심지어는 하루 70명이 넘는 군인들이 달려드는 그냥 '몸뚱이'였을 뿐이다. '몸뚱이'로 산다는 것, 그것은 누구에게도 속하지 않는, 그럼으로써 누구나 함부로 다루어도 되는 존재가 된다는 것이다. 누구나 함부로 지우고 삭제해도 되는 존재가 된다는 것이다. 그녀들은 강제 동원된 20만 명이었고, 그중에서 살아 돌아온 2만 명이었지만, 살아 돌아온 2만 명 또한 온전히 살아온 것이 아니었다. "살아서 돌아왔지만 호적을 살리지 못해서" 여전히 죽은 사람이었던 삶, "자신이 위안부였다는 사실을 사람들이 알게 될까봐 전전긍긍"하며 사람들을 피해 다닌 삶, 자신에 대해 생각하는 것이 너무나 고통스러워서 생각도 말도 하지 않다 보니 "자신이 어떤 사람인지" 잊어버렸던 삶, 이것이 '살아' 돌아온 그녀들에게 남겨진 삶이었다.

근대가 인간의 신체, 그중에서도 여성의 신체를 다루어온 가장 극단적이고도 전무후무한 폭력의 사례일 일본군 위안부들의 삶, 그 잔혹의 역사가 그녀들로부터 빼앗아 간 것은 바로 그녀들이 '한 명'으로 살아갈 권리가 아니었을까? 익명의 도구에 지나지 않던 수많은 몸뚱이들, 20만 명과 2만 명이라는 수치로만 기록되는 존재가 아닌, 세상에 오직 하나뿐인 몸, 그 몸을 '나'라고 부르는 수많은 '한 명들'의 삶이 아니었을까? 1991년 8월 14일, 20만 명 중의 한 분이 티브이에 나와 처음으로 자신이 위안부였음을 고백했다. 50년의 세월이 흐른 후 비로소 '나'의 이야기를 하기 시작한 분, '내가 피해자요'라고 말하기 시작한 분. 김학순 할머니의 고백이 있은 후 전국 각지에 숨어 살던 위안부 할머니들이 저마다 '나도 피해자요, 나도 피해자요' 하며 자신들의 이야기를 털어놓기 시작했다. 할머니들의 숱한 고백들이 쏟아지면서 비로소 역사의 기억을 증언하는 기억의 역사가 시작된 것이다. 이로써 오랫동안 감춰져 있던 위안부 할머니들의 삶이 마침내 세상 속에 그 모습을 드러냈다.

고백한다는 것, 그것은 무엇을 의미하는 것일까? 고백은 오로지 '나'만이 할 수 있다. 고백은 내 안에 있던 기억들을 불러내는 것이며, 그 기억들이 온전히 '나'의 것이었음을, 아니 그 기억이 바로 '나'였음을 발견하게 되는 사건이다. '나도 피해자요'라고 말함으로써 "그녀는, 자신이 아무것도 잊지 않았다는 걸 절실히 깨닫는다." 김학순 할머니 또한 "오직 나 홀몸이니 거칠 것도 없고 그 모진 삶 속에서 하느님이 오늘까지 살려둔 것은 이를 위해 살려둔 것"이라고 말한다. '이를 위해 살려둔 것', 그것은 "자신이 당한 일을 세상에 알리"는 일, 바로 고백이 아니겠는가? "모든 걸 다 말하고 싶은 충동에 휩싸"이며 비로소 그녀는 말한다. "말을 하고, 그리고 죽고 싶다"고…… 익명의 몸뚱이로 살아온 그녀들이 유일하게 내 것으로 가지고 있었던 기억, 그 누구도 그녀들로부터 앗아 갈 수 없었던 기억, '한 명'이 말하기 시작하자 전국에 숨어 살던 수많은 '한 명들'이 함께 말하기 시작한 기억. 이것이야말로 그녀들의 순결한 몸뚱이를 빼앗아 간 역사가 그녀들의 기억을 통해 스스로 자신의 추악한 몸뚱이를 드러낸 사건이라고 해야 할 것이다.

그녀의 삶에서 과거는 바로 현재다. 지워지지 않는 기억 속에서 그녀는 현재보다 더 생생한 과거를 산다. "만주 위안소에서의 일들은 그녀의 머릿속에 얼음 조각들처럼 흩어져 있다. 그 얼음 조각들 하나하나는 너무나도 차갑고, 선명하다." 열세 살 때 강가에서 다슬기를 잡다 난데없이 나타난 사내들에게 붙들려 만주 위안소로 끌려 온 그녀의 손에는 여섯 마리의 다슬기가 쥐어져 있었다. 그 다슬기들이 살아 꿈틀거리던 느낌을 그녀는 아흔 살이 넘은 나이까지 생생히 기억한다. 과거의 기억은 도처에서 그녀의 현재 속으로 스며들어온다. 고향 강가에 가면 아직도 열세 살의 그녀가 다슬기를 잡고 있을 것 같고, 개 태우는 냄새를 맡으면 동숙 언니의 시신을 태우던 냄새가 떠오르고, 목욕을 하다 성긴 음모에 맺힌 물방울들을 위안소에 있을 때 그녀들의 몸에 붙어 있던 사면발니로 착각하고 소스라친다.

그녀는 만주 위안소 이름은 모르지만, 자기 피와 아편을 먹고 죽은 기숙 언니의 이빨이 석류알처럼 반짝이던 것은 또렷이 기억난다. 삿쿠에 엉겨 있던 분비물에서 나던 시큼하고 비릿하던 냄새도. 검은깨를 뿌린 듯 주먹밥에 촘촘 박혀 있던 바구미의 개수까지도.

　때로는 아무것도 기억이 안 나고 추웠던 기억만, 그렇게나 추웠던 기억만 난다. (149쪽)

　아이러니하게도 이토록 생생한 그녀의 기억은 그녀들을 죽음보다 더한 고통 속으로 몰아넣었던 익명의 몸뚱이들에 새겨진 것이다. 그녀는 "모든 걸 다, 처음부터 끝까지 다 기억했으면 오늘날까지 살지 못했으리라"라고 말하지만, 머리가 기억하지 못하는 과거를 몸은 50년, 60년, 70년이 지나도록 또렷하게 기억하고 있다. 몸이 아니면 떠올릴 수 없는 기억, 그것이야말로 참혹한 세월을 온몸으로 관통해온 온전히 위안부 할머니들만의 것이 아닌가? 몸에 새겨진 기억은 그 누구도 대신 기억할 수도 증언할 수도 없는 오롯한 '한 명'의 기억이다. 아무리 고백하고 말로 설명을 해도 그 누가 위안부 할머니들이 몸으로 겪어온 세월을 자신의 몸처럼 살아낼 수 있겠는가? 그녀는 사람들에게 "그럴 수만 있다면 말을 하는 대신, 한쪽으로 돌아간 자궁을 꺼내 보여주고 싶다"고 생각한다. 이름 없던 그녀들의 몸속에 남아 있는, 그 어떤 증언보다도 강력한 기억, 오래전 "자신의 것이 아니던" 몸뚱이에 새겨진 그 기억이야말로 역설적이게도 그녀들을 온전히 그녀들이게 하는, 세상에서 오로지 그녀들만이 가진 유일한 고유명사일 것이다.

"살아 있는 한, 한 명이 살아 있는 한······"이라는 소설 속 그녀의 간절한 중얼거림은 그래서 우리에게 더 깊은 울림을 준다. 몸은 오직 살아 있음으로서만 스스로를 기억할 수 있으므로. 위안부 할머니들이 모두 돌아가신다는 것, 그것은 바로 그 몸의 기억들이 모두 사라진다는 의미가 아니겠는가? '한 명'의 살아 있음, 그것은 위안부 할머니들의 삶이 책에 기록된 역사가 아닌 누군가의 삶 속에서 온전히 현재형의 역사로 살아 있음을 의미하는 것이다.

5

그녀는 끊임없이 자신의 기억을 호명한다. "그녀는 만주 위안소에서의 일이라면 아무것도 기억하고 싶지 않다가도, 정작 치매에 걸려 자신이 아무것도 기억을 못하면 어쩌나" 하는 두려움을 느낀다. 작가는 그녀의 기억을 통해 그녀가 만났던 모든 그녀들을 끊임없이 현재의 시간 속으로 불러온다. 그녀가 특히 잊지 않으려 하는 것은 자신과 함께 만주 위안소에 있었던 소녀들의 이름이다. "기숙 언니, 한옥 언니, 후남 언니, 해금······ 금복 언니, 수옥 언니, 분선······ 애순, 동숙 언니, 연순, 봉애, 석순 언니······." "순덕, 향숙, 명숙 언니, 군자, 복자 언니, 탄실, 장실 언니, 영순, 미옥 언니······." 그녀가 오랜 세월이 흘렀어도 이만큼이나 그녀들의 이름을 기억하는 것은 "종종 구구단을 외우듯 소녀들의 이름을 중얼거리고는 했기 때문이다". 그녀가 그녀들의 이름과 사연들을 잊지 않으려 하는 것은 지옥 같은 그곳에서 살아 돌아온 그녀가 그녀들에게 바치는 간절한 애도가 아니었을까? 그녀는 그녀들의 이름을 잊지 않음으로써 역사 속에서 잊혀져버린 그녀들이 어떤 역사도 훼손할 수 없는 유일한 '한 명들'로서 세상에 존재했음을 증언한다.

열차에서 자신은 바늘공장에 간다던 소녀가 한옥 언니였다. 무조건 좋은 데 간다던 소녀는 애순, 대구역으로 가는 도중에 들렀던 여관에서 도라지꽃을 따주려 했던 소녀는 동숙 언니, 야마다공장에 실 푸러 간다던 소녀는 봉애……. (36쪽)

"밭 매다가, 목화 따다가, 물동이 이고 동네 우물가에 물 길러 갔다가, 냇가에서 빨래해 오다가 학교에 가다가 집에서 아버지 병간호하다가 억지로 끌려온 소녀들"과 "간호사 시켜준다고 해서", "옷 만드는 공장에 가"려고, "좋은 데에 취직시켜준다 해서" 만주 가는 열차에 올라타게 된 소녀들, "사람으로 태어나 고양이, 개만도 못하게 살아서" 때로 자신의 이름도 기억을 제대로 못하던 소녀들이 아흔세 살인 그녀의 기억 속에서 열셋, 열넷, 열다섯 살, 심지어는 열두 살의 모습으로 오롯이 살아난다. 영순은 샘에 물 길러 갔다가 붙잡혀 온 열두 살의 소녀였다. "군인들 오면 데리고 누워 자는" 것이 무엇인지도 모르던 소녀는 매독에 걸려 "배꼽까지 검붉게 썩어 들

어갔다". 석순 언니는 "우리가 무슨 죄를 지었다고 군인 백 명을 상
대합니까"라고 말했다가 3백 개의 못이 박힌 나무판 위에 굴려지는
참혹한 고문 끝에 죽었다. 일본군들은 석순 언니를 변소에 버리면
서 "죽은 소녀에게는 땅도 아깝고, 흙도 아깝다 했다". 동숙 언니는
폐병에 걸려 한겨울의 냉방에서 피를 토하며 죽고 춘희 언니는 미
치고, 수옥 언니는 사산된 아기를 낳았다. 열여섯 살에 임신한 군자
는 "저년 나이도 어리고 인물도 곱고 더 써먹어야겠"다며 자궁을 들
어내는 수술을 받았다.

　고통은 지옥 같은 그곳에만 있었던 게 아니다. 살아 돌아온 그녀
들도 자신이 위안부였음을 숨기고 밥장사를 하거나 남의 집 살림을
살며 힘겹게 목숨을 연명해왔다. "사람들은 그녀가 어디 가서 무슨
일을 당하고 왔는지 모른다." 김학순 할머니가 자신이 위안부였음
을 밝힌 이후 238명의 위안부가 정부에 자신의 이름을 등록했지만
그 이후로도 그녀들의 삶이 나아진 것은 아니었다. "먹고살기가 너
무 힘들"어 신고를 했지만 돌아온 것은 주변 사람들의 냉대로 더 쓸
쓸해진 삶뿐이다. 그녀들을 더러운 여자로 바라보는 시선들보다 더
고통스러운 것은 스스로를 바라보는 그녀들의 시선이다. 아무리 씻
고 씻어도 "그녀는 자신이 더럽게 생각된다". "그녀는 속옷은 매일,
겉옷은 사나흘마다 갈아입는다." "죽은 자신을 처음 발견하는 사람
이 누구든 자신을 만질 때 더럽다고 느끼지 않"기를 바라면서…….
"자신의 잘못이 아닌데도" "창피스러워서, 너무 부끄러워서" 스스로

를 드러내지 못하는 누군가가 남아 있는 한 그 옛날 위안소에서 시작된 그녀들의 삶은 아직 끝난 것이 아니다.

6

그녀는 정부에 등록된 238명의 위안부 중 마지막으로 살아남은 한 명이 인공호흡기에 의지해 겨우 목숨을 부지하고 있는 모습을 티브이로 본다. "어떤 말로도 자신의 고통을 설명할 수 없"는데도, "죽을 수가 없어. 내가 죽으면 말할 사람이 없다는 생각을 하면……"이라고 사력을 다해 말하고 있는 그녀를. 가쁜 숨을 몰아쉬며 "죽기 전까지 행복하게 살고 싶어"라고 말하는 그녀를. 그녀를 본 후 그녀는 철거를 앞둔 자신의 집 근처에서 어떤 소녀로부터 받았던 입이 막힌 종이탈을 비로소 정면으로 응시한다. 종이탈의 입을 그녀는 칼로 긋고 또 긋는다. "막힌 입에 마침내 구멍이 뚫"릴 때까지.

아흔세 살이 되기까지 자신이 위안부임을 숨기고 살아온 그녀가, 티브이 속에서 "나는 윤금실이야" "역사의 산증인 윤금실이야"라고 "인공호흡기에 의지해 한 호흡, 한 호흡 수놓듯" 말하던 그녀를 만나러 간다. 작가는 작품의 마지막에 이르러서야 비로소 "열세 살 때 만주로 끌려가기 전까지 고향에서 부르던" '풍길'이라는 이름을 그녀에게 되돌려준다. 이름을 찾는 일이 그리도 어려웠을까? 그녀가 자신의 이름을 찾기까지 무려 70여 년의 세월이 흘렀다.

풍길이라는 이름을 가진 그녀가 금실이라는 이름을 가진 그녀를 만나러 간다. 세상에 남은 한 명이 세상에 남은 다른 한 명을 만나러 간다. "그녀는 그이를 만나러 가는 것이 금복 언니를 만나러 가는 것이기도 하다는 생각이 든다. 해금을, 동숙 언니를, 한옥 언니를, 후남 언니를, 기숙 언니를……." 그녀는 한 명을 만나러 가는 것이 아니라 238명을, 2만 명을, 아니 20만 명을 만나러 가는 것이다. 그녀가 그녀를 만나는 것, 그것은 그녀의 기억이 그녀들 모두의 기억이 된다는 것이다. 한 명은 한 명을 만남으로써 '한 명들'이 된다. 한 명이 '한 명들'이 될 때 기억은 역사가 된다. 그렇다면 그녀와 함께 20만 명을 만나러 가는 또 다른 한 명들, 그것은 바로 지금 이 소설을 읽고 있는 우리, 독자들이 아닐까?

　언젠가 일본군 위안부에 대한 소설을 쓰고 싶었지만, 써지지 않으면 쓸 수 없겠구나 생각했다. '한 명'이라는 제목이 오고, 구해지는 대로 증언록들을 찾아 읽으면서 소설이 써지기 시작했다. 두려웠다. 피해자 한 분이 또 세상을 떠났다는 소식이 들려올 때마다 마음이 조급해졌다. 내 소설적 상상력이 피해자들이 실제로 겪은 일들을 왜곡하거나 과장할까봐, 피해자들의 인권에 손상을 입힐까봐 조심스럽고, 또 조심스러웠다.

　피해자들의 증언록을 구해 읽으면서 그분들이 나와 아주 가까운 곳에서 조용히 살고 계셨다는 사실을 알게 되었다. 내가 청소년기를 보낸 곳에도, 내가 불과 몇 년 전까지 살았던 동네에도, 그 어느 해인가 내가 여행을 갔던 곳에도 그분들은 살고 계셨다. 일본군 위안부 피해자가 내 친할머니나 외할머니였을 수도 있었겠다는 생각이 들었다. 그분들이 내 할머니들을 대신해 그 지옥에 대신 다녀오셨다는 생각 또한.

1930년부터 1945년까지 20만 명에 달하는 여성이 일본군 위안부로 동원되었고, 그중 2만 명만이 살아 돌아왔다. 끝끝내 돌아오지 못한 나머지 여성들은 죽거나, 언어도 물도 낯선 땅에 버려졌다. 기록에 의하면 일본이 전투를 벌인 아시아 전역과 태평양 군도 곳곳에 위안소가 있었다.

그 20만 명 중에는 심지어 열한 살짜리도 있었다. 평균 나이는 열예닐곱 살이었고, 대부분 가난한 부모 밑에서 태어나 초등교육조차 제대로 받지 못했다. 그리고 그들 대부분은 공장에 취직이 되어 돈을 벌러 가는 줄 알았거나, 납치되었다. 팔려 가는 가축처럼 트럭에, 배에, 열차에 태워져 전쟁터로 보내졌다. 조센삐('삐'는 중국어로 여성 성기를 저속하게 부르는 말이다)로 불리며 하루에 십수 명씩 일본 군인을 받았다. (50명 넘게 일본 군인을 받았다는 증언도 있다.) 임신을 하면 태아와 함께 자궁이 통째로 들어내지는 수술을 받기도 했다. 살아 돌아온 소녀들은 대부분 임신이 불가능한 몸이 되어 있었다.

위안부는 피해 당사자들에게는 물론, 한국 여성의 역사에 있어서도 가장 끔찍하고 황당한, 또한 치욕스러운 트라우마일 것이다. '트라우마에 대한 기억은 그 자체로 트라우마'라고 프리모 레비는 말했다. 1991년 8월 14일 김학순 할머니의 공개 증언을 시작으로, 피해자들의 증언이 지금까지 이어져오고 있다. 그 증언들이 아니었다면 나는 이 소설을 쓰지 못했을 것이다.

초고를 쓰던 해 아홉 분의 일본군 위안부 피해자가 짧은 시차를 두고 세상을 떠나셨다. 소설을 연재하고 퇴고하는 동안 여섯 분이 더 떠나셔서, 작가의 말을 쓰는 지금은 불과 마흔 분만이 생존해 계신다. (정부에 등록된 일본군 위안부 피해자는 모두 238명이었다.) 그 와중에 한국과 일본 양 정부는 '사실 인정과 진정한 사과'라는 절차를 무시하고, 피해자들을 저 멀찍이 구경꾼의 자리에 위치시킨 채 일방적인 '2015년 일본군 위안부 합의'를 발표했다. 일본 정부는 '10억 엔 정도의 지원금을 출연할 테니, 소녀상을 철거하라'고 암묵적으로 요구하고 있다.

피해자 중 한 분인 훈 할머니 말씀처럼 "개나 고양이만도 못한" 시절을 살았음에도 불구하고 인간으로서 기품과 위엄, 용기를 잃지 않은 피해자들을 볼 때마다 나는 감탄하고는 한다.

내 할머니이기도 한 피해자들이 행복하시기를 기도하는 마음으로 이 부족한 소설을 세상에 내보낸다.

2016년 8월
김 숨

한
명

지은이 김숨
펴낸이 김영정

초판 1쇄 펴낸날 2016년 8월 5일
초판 18쇄 펴낸날 2024년 8월 31일

펴낸곳 (주)현대문학
등록번호 제1-452호
주소 06532 서울시 서초구 신반포로 321(잠원동, 미래엔)
전화 02-2017-0280
팩스 02-516-5433
홈페이지 www.hdmh.co.kr

ISBN 978-89-7275-796-2 03810

* 책값은 뒤표지에 있습니다.
* 파본은 구입처에서 교환해 드립니다.
* 이 책의 저자 인세와 출판사 수익금의 일부는 (사)한국정신대문제대책협의회 '나비기금'으로 기부됩니다.